Franziska König

Was sie an *dem* nur findet?

Erinnerungen

Meinem lieben Onkel Andi gewidmet!

TWENTYSIX – Der Self-Publishing-Verlag
Eine Kooperation zwischen der Verlagsgruppe Random House und
BoD – Books on Demand
© August 2020 von Franziska König
Titelbild: Kunstvolle Zeichnung von Friedel Rothfuß „Brad"
Zuschnitt: Andreas Rothfuß, Blankenfelde
Herstellung und Verlag: BoD –Books on Demand Nordersted
ISBN: 9783740768829

Franziska (Kika) mit ihrer Violine – fotografiert von ihrer lieben Freundin Ute aus Rottweil.

„Wenn ich dereinst verstorben bin, so schweigt auch meine Violine!" so denkt sie.
Und drum bringt Franziska alle vier Wochen ein schlankes Taschenbuch heraus:
Erzählt werden Geschichten aus ihrem Leben, die von erhöhtem Interesse sein dürften.
Jeden vierten Dienstag um 18.05 wird das fertige Manuskript in die Umlaufbahn entsandt.

Alle Vorkömmlinge finden sich am Schluß des
Buches im Personenverzeichnis

Hier aber die engste Familie:

Opa, (*1909) Opa mütterlicherseits
Oma Ella (*1913) Omi väterlicherseits
Buz, mein Papa (*1938)
Rehlein, meine Mutter (*1939)
Ming, mein Bruder (*1964)

Juli 2000

Samstag, 1. Juli
Aurich

Meist grau

Vorwissen:

Ein Konzert mit dem „Lamberti-Quartett", in welchem unser Papa die erste Violine spielte, lag in den Lüften. Rehlein, unsere Mutter, befand sich derweil im 1400 km entfernten Niederösterreich, um ihrem verwitweten alten Vater den Haushalt zu führen, und drum saß auf ihrem noch warmen Bratschenthron eine Andere: Die Petra, eine Studentin Buzens, die bereits aus Süddeutschland angereist war. Die zweite Violine spielte Ingo aus Bremen, und am Cello saß der Auricher Stadtmusikant und Alleskönner Christoph-Otto Beyer, von dem nur zu hoffen ist, daß in hundert Jahren eine Büste auf dem Auricher Marktplatz an ihn erinnert.

Die Petra als Frühstücksgast löst stets einen großen Erzählschwung in mir aus. Kaum hatte ich die Stube betreten, da fühlte ich auch schon Plauderschwung in mir aufbrodeln: Da das junge Ding auf *meinem* Platze saß, steigerte ich mich in einen erheiternden Rausch darüber hinein, wie eine Seniorin an meiner Statt wohl wild geworden wäre, wenn ein Anderer auf ihrem Stuhle sitzt, denn Senioren geraten durch geringfügige Veränderungen oft gänzlich aus dem Tritt.

„Gottachgottachgott, Mädchen! Kannst du dich nicht daaa hinsetzen?!" parodierte ich eine aus der Fassung geratene Seniorin, „das kann ich ja *gar nicht* haben!" und wenn die Petra sich dann umgesetzt hätt´, dann hätte ich als Seniorin auch nicht gleich mit der Litanei innehalten können, sondern würde mich weiter im Grause schütteln: „Dies hätt ich nun gar nicht gut haben können!"

Dann erzählte ich vom sowjetischen Violinisten Oleg Kagan, der einst in Wien an zwei Abenden sämtliche Solo-Sonaten von Bach interpretiert hat.

In Erinnerung ist mir jedoch lediglich geblieben, daß der Anfang von der E-Dur Partita ein wenig „wie mit der Tür ins Haus gefallen" und seifig geklungen habe. Doch das Presto von der h-moll Partita wiederum schien mir von atemberaubender Qualität.

Das hatte er wohl auch am längsten geübt.

Ich stellte mir vor, daß er sich zu Trainingszwecken Gewichte an die Arme gehängt hatte. Zuerst nur fünf Kilo, und nach drei Monaten sogar zehn, so daß er sich nur noch mit zusammengebissenen Zähnen durch das Werk kämpfen konnte.

Einzig der Gedanke, wie leicht es hernach ginge, wenn man die beiden fünf Kilo Gewichtsbriketts abschnallt, ließ ihn die Tortur ertragen.

Buz erzählte vom Cellisten Daniel Schafran:

Wie glücklich er über das schöne westliche Metronom war, das wir ihm geschenkt hatten. Lustvoll beschrieb ich der Petra ein sowjetisches Metronom: Es ist groß und sperrig wie ein Kontrabasskasten, und morgens muß man es in einem Kraftakt aufziehen, bloß, daß es dann eine viertel Stunde lang ganz unregelmäßig tickt.

Buz & Petra lachten, und dann durfte der süße Buz auch noch vorlesen, was heut vor einem halben Jahr,

am 1. Januar 2000 geschah. Obwohl dies´ Datum so überaus einschneidend ist, haben fast alle vergessen, was sich an diesem Tag in ihrem Leben ereignet hat.
An einer Stelle stand zu lesen, wie ich zu Buzen gesagt habe: „Schönen Dank, daß du mein Zimmer so vollgefurzt hast!" Buz beim lesen wurde so süß rot, doch er lachte gutmütig und belustigt.

Die Unordnung in unserer Wohnung tut direkt ein bißchen weh, und es liegt doch schon zum Greifen in der Luft, daß in zehn Tagen Staubsaugoholiker Ming nach Ostfriesland kommt. Naja, zehn Tage vorher ist man im Allgemeinen noch optimistisch, daß man bis dahin Tritt in einem neuen Leben gefasst haben könnte, und zur Mittagsstund, beim Kochen sagte ich zu Buzen: „Wenn Frau Meyer das nächste Mal kommt, dann müssen wir drauf schaun, daß es immer genau so ordentlich bleibt, damit der süße Ming eine Freude hat!"

Mitten in jener Tätigkeit, mich als Wischwunder in der Küche zu verdingen, wurde ich dann allerdings als Probenersatzpartnerin im Dvorak-Quartett gebraucht, da der Ingo im Stau auf der Autobahn feststak.
An einer Stelle im dritten Satz hieb´s die Petra beständig hinaus. Sie verzählte sich derart oft, daß man hätte meinen können, das lustige junge Fräulein habe ganz plötzlich den Verstand verloren.
Die Herren können ihr allerdings nie böse sein, und so reagierte man allgemein immer nur gutmütig,

während sich die Petra selber vor Aufregung schon leicht violett eingefärbt hatte.
Einmal spaßte Buz: „Wenn du es noch einmal falsch machst, dann bekommst du die Bratschlizenz entzogen!" Und in Anlehnung an einen besonders zündenden Bratscherwitz konterte die Petra: „Ich dachte, dann bekomme ich sie erst!"

Ein anderes Mal schilderte uns die Petra, wie der Unterricht bei Herrn Creitz so abläuft: „In Takt 148 steht pianissimmo!! Psssssst!!! In Takt 152 ist Forte…Also nochmal 145!"
Und für dererlei bezieht er nun ein saftiges Professorengehalt! – (Platz für Entrüstung) - Manchmal ruft er Dinge wie: „Come on, it´s music!" und dies wird als Motivierungskunst gewertet!

Sonntag, 2. Juli

Sonnig und heiß

In der „Bild am Sonntag" konnte man lesen, daß Klaus-Jürgen Wussow jetzt auch noch um sein Leben bangen muß, weil die mörderische Yvonne eine Lebensversicherung auf ihn abgeschlossen hat, und einige Milliönchen kassiert, wenn er bis zum Jahre 2003 verstorben sein sollte.

Matinée mit dem Lamberti-Quartett in Remels:

Zu meiner Überraschung spielte das Lamberti-Quartett, auch wenn auf Rehleins Stuhl leider eine Andere saß, ganz zauberhaft. Allen voran Buz mit z.T. sagenhafter Poesie.

Auf der Heimfahrt mit der Klavierlehrerin Frau Seibl und der Petra ließ ich meine Udo-Jürgens-Kassette laufen, doch dann drehte ich sie bald wieder ab und sagte: „Jetzt geht es euch bestimmt schon auf die Nerven?"
„Bis nach Aurich hätte ich´s wohl nicht ertragen!" gab Frau Seibl zu.

Abends:
Ich schwenkte die Rede darauf, daß wir in Trossingen dieser Tage doch einen neuen Rektor bekommen? Doch Genaues weiß man noch nicht.
Ob vielleicht Herr Rademacher der Neue wird? Schließlich hat er ein so wichtig klingendes Fax geschickt? „Die Thematik ist sehr dringlich!" schrieb er albern. Etwas, was sich angesichts der Weltlage geradzu grotesk ausnimmt.

Buz und Petra verabschiedeten sich gen Grebenstein, und mir rieselte die Zeit unter dem Po hinweg.
Zuerst mußte ganz <u>dringend</u> aufgeräumt werden, weil es geradezu erschreckend bei uns aussah. Und dann mußte <u>dringlichst</u> geübt werden.

Beim Üben sah ich, daß im Hause gegenüber die Liebe zwischen der Ina und ihrem Freund wieder aufgeflammt ist. Sie wirkten so sommerlich und glücklich und sind bald mit dem Auto weggefahren. Erst als sie schon weg waren, beugte sich der Vater, der Herr mit dem Maulkorbbart, fragend aus dem Badezimmerfenster hinab. Doch die Straße war bereits leer.

Montag, 3. Juli
Aurich - Wangerooge

Sehr grau. Bewölkt und stickig.
Das Wolkenmeer schaute aus,
als müsse man darin sehr lange nach einem
Stückchen Himmel herumstochern

Nach neun Uhr fuhr ich ins Fitnesstudio, doch ich konnte rumrechnen wie ich wollte: Die Zeit reichte hinten und vorne nicht (so wie bei anderen das Geld), und so brach ich das Training schon nach 25 Minuten wieder ab, und sogar der Besuch im Duschhäusl wurde erbarmungslos gestrichen.
Absolute Priorität hatte Buzens zerrissene Konzerthose, die unserem Manager „Sir Bumble" nach Hamburg mitgegeben werden sollte, wo Buz sie dann abholen wollte, damit sie zur rechten Zeit am rechten Ort sitzt.

*So wurde unseren Manager Thomas Hummel zuweilen scherzend genannt

Die Zeit rann unerbittlich, doch ich versuchte auch noch, Rehleins zu bearbeitende Rentenzettel mithineinzuquetschen. Ich ahnte schon: Man muß die ganzen öden Rentenwische kopieren, weil extra angemerkt war: „Bitte keine Originale schicken!"
So raste ich von der Schneiderwerkstätte zur „Ostfriesischen Landschaft", wo ich gleich loszukopieren begann.
Ständig sah man Sir Bumble gewichtig aufschimmern, doch ich duckte mich vorerst vor der Begegnung, um noch besser voran zu kommen…
Beim Kopieren selber fühlte ich mich ganz konfus, weil's so viele Zettel waren!
Ständig kamen alle möglichen Landschaftsmitarbeiter vorbei, und man mußte erörtern daß „es bald losginge".* Besonders erpicht darauf, daß man sieht, was ich da kopiere, war ich nicht.
*Unser musikalischer Sommer
Sir Bumble im Nebenzimmer telefonierte sehr höflich und seniorengerecht mit einer Dame, und als er endlich fertig war, trat er auf mich zu, und lenkte die Rede drauf, ob er wohl bei uns übernachten dürfe, und sprach gekonnt wie ein brillanter Anwalt daüber, daß ich ihm doch den Schlüssel geben könne, wenn ich nach Wangerooge reise?
Rehlein in mir bangte gleich „wissend" herum, daß er den auf seine behäbige professorale Weise doch wohl gewiss „aus Versehen" morgen nach Hamburg mitnehmen wird, so daß ich nach meiner Heimkunft obdachlos dastehe?

Einem Pressierenden, der inmitten einer Warteschlange vor einem Klosett einsam vor sich hingampt nicht ganz unähnelnd, mußte ich auch noch zu Herrn Rosenboom (einem Beamten im Kreishaus) eilen, bevor das Kreishaus schließt.
Im Kreishaus war´s so stressig, und ich fühlte mich, als würde ich in einem Roman von Kafka herumlaufen.
Doch die anderen haben sicherlich nicht weniger Stress als ich, dachte ich begütigend:
Ein junger Mann hatte eine Asiatin an Land gezogen, die er nun notgedrungen anmelden mußte, und man weiß ja, wie anstrengend so etwas ist.
Etwas gehetzt sprach er in ungeduldigem Ausländerdeutsch auf sie ein, weil er wohl gedacht hat, ausländerdeutsch könne sie besser als deutsch?
Na, jedenfalls hatte ich keine Zeit mehr, den Hausschlüssel zu kopieren, und so brachte ich ich dem Thomas Konzerthose und Schlüssel „auf gut Glück", mich hernach leicht entblößt fühlend.

In den Räumen der „Landschaft" begrüßte ich den einsamen, alten Herrn Schüt, der extra herbeigewackelt war, um nochmals zu bekräftigen, daß er gewillt sei, im Sommer jemanden bei sich aufzunehmen. Und nun zählt er vielleicht schon die Tage, bis dieser jemand endlich kommt?

Auf der linealgeraden Fahrt von Aurich nach Harlesiel ahnte ich´s schon: Das schaff ich nimmer.

Als ich an den Parkgaragen 11 Mark entrichten mußte, sagte mir die Parkgebühreneintreibungsdame, daß ich mein Schiff, wenn ich wolle, noch von hinten sehen könne…und tatsächlich: Da fuhr es dahin.
Es war aber nicht so schlimm, da ja um 14 Uhr 40 das Nächste fahren würde. Nach dem stressigen Vormittag hatte ich somit zwei Stunden Herumlungerungszeit einfach geschenkt bekommen.

Ich setzte mich in ein Hafenlokal mit Namen „Hafenblick", da man oben, auf dem Balkon sitzend auf den Hafen draufschauen kann, auch wenn dies ein öder Anblick ist, wie man sich leider eingestehen muß.
Beim Warten auf die Bestellung entfaltete ich die Bild-am-Sonntag und las ein Interview mit Klaus-Jürgen Wussow über seinen Rosenkrieg.
Auf die Frage, ob er die Yvonne noch liebe, antwortete er knallhart mit „Nein!", und dabei hatte er einst nach Art von Ming oder Onkel Ebi so viel Hoffnung in diese neue Liebe gesetzt.
Beim Lesen malte ich mir eine Szenarium aus:
Wie ich gleich auf ruppigste Weise von einem Beamten angebarscht werde, daß ich die Geige auf <u>keinen</u> Fall mit auf's Schiff nehmen dürfe!
„Dafür haben wir immer noch unseren Gepäckwagen!"
…Mein betretenes, argumentierendes Gemurmel, das in einem wettergegerbten welken Seemannsohr ganz gewiss keinen Halt findet…

„Daaa drüüüben aufgeben!" (Mit ausgefahrenem Zeigefinger gesprochen)
Mein Gemurmel
„Keine Diskussioun!"
Doch im wahren Leben sagte der gelangweilte Kartenabrupfer überhaupt nichts!

Zuerst hatte man annehmen müssen, daß der labberige und nach nichts schmeckende Kaffee auf dem Schiff wahnwitzig teuer sei.
Eine Dame mit silberner Schnittlauchfrisur lächelte etwas fassungslos, weil sie für zwei Tassen Kaffee 15 Mark entrichten mußte.
Auch ich traute meinen Sinnen nicht, kaufte mir auch einen, und konnte es nicht fassen: "7 Mark 50!" wurde ich aus dem Kioskfenster heraus angebellt. Doch dann sah ich, daß man für die faden Kolpingtassen in denen das Gesöff schwamm drei Mark Pfand zurückbekommt, und erzählte es eifrig den netten Senioren aus dem Schwabenland, die das gar nicht gewusst hatten, und sich somit sehr freuten, daß der Preis ja letztendlich doch kommod war.

Ich hatte gemeint, wir kämen um Punkt 16 Uhr in Wangerooge an, doch bereits um 15 Uhr 25 hielt das Schiff, und der Ausstiegsherdentrieb wurde ausgelöst, obwohl ich mir ganz unsicher war.
Nachher stehe ich mutterseelenallein auf irgendeiner unbedeutenden Zwischeninsel? Umbrandet und schließlich verschlungen vom gischtenden Meer?

Doch das Leben ordnete sich ganz von alleine:
Man mußte sich in ein kleines buntes Bähnle setzen,
und mir gegenüber saß eine Seniorin mit silbernen
Röllchen auf dem Kopf.

In der Hauptstadt von Wangerooge wurde ich von
Pastor Rösch abgeholt, einem zirka 33-jährige Herrn
mit einer frischgemähten, hauptabdeckenden Rasenfrisur.
Ich freute mich sehr darüber, daß es sich um einen
netten Herrn zu handeln schien.

Meinen Lieben daheim hatte ich erzählt, daß ein
Luxusapartement für zwei Personen auf mich warte,
doch eigentlich schaute es eher etwas kolpinghaft
aus, so daß Ming sicherlich enttäuscht gewesen wäre.
Mit schmuddelig-blassgelben Kacheln im Bad, und
auf dem Fußboden wiederum kleinformatigen
rostroten Kacheln. Kein Bad in das man sich
verlieben könnte.
Und ich hatte mir ein Bad wie im Hotel Ritz
vorgestellt – mit gestärkten, zart vorgewärmten
sahneweißen Bademänteln, die auf den Gast warten,
und blitzenden Spiegeln inmitten chromglänzendem
Badezimmermobiliar!

Ich empfand Wangerooge als schal und beklemmend, und besonders ärgerte ich mich über die doch
sehr mäßige Werbung für mein Konzert.
Concerts at St. Nicolai war alles, was der Ex-
Werbe-Profi Herr Rösch an Werbe- bzw. Herbei-

lockfinessen zustande gebracht hat, und vor dem „concert" war ich somit sehr von Zweifeln gepackt: Aus dem Sakristeifenster konnte man nämlich in den Park hinausblicken, und er schien wie ausgestorben. *Womöglich würden gleich nur zwei Damen dasitzen. Ich bekomme 24 Mark, und Pastor Rösch macht bedauernde Worte: „Das Wetter war woul nich sou..*" Bloß hat die Fahrt schon 47 Mark verschlungen, und mein Auto parkt auch noch für 11 Mark, so daß mindestens fünf Leute kommen müssten, damit man sich über ein kleines Plus in seinem welken Börsel freuen dürfte.

Als ich mich wenig später dann verbeugte, konnte ich mich doch leicht freuen, weil´s wenigstens mehr als zwanzig waren, die sich herbeibemüht hatten.

Hinterher lud mich Pastor Rösch für morgen früh um acht zum Frühstück ein. Ich erfuhr, daß er zwei Söhne habe.
„Ich hätt woul gern noch eine Tochter, doch meine Frau, die will nicht mehr", plauderte er ein wenig aus dem Nähkästchen. Lustiger wär natürlich gewesen, der Pastor hätte gesagt: „Meine Frau lässt sich ja leider nicht mehr bespringen!"
Eine andere Frau an meiner Statt hätte vielleicht mit ihm angebändelt?
„Ich hätte gerne eine Tochter von Ihnen!" hätte ich sagen können, "und dies wäre doch wohl interessant: Eine Mischung aus einem Pastoren und einer Dame die für die Kirche nur ein Hohnlachen übrig hat?"

Wangerooge gefällt mir nur mäßig, aber dem Prasseln des Regens höre ich sehr gern zu.

Dienstag, 4. Juli
Wangerooge - Aurich

Zunächst schön – etwas diesig –
dann Verfinsterungen und Gewitter.
Abends leicht verrupft wirkendes
herbes Wolkengebräu

Ich erhob mich nicht zuletzt deshalb, weil ich um acht beim Ehepaar Rösch zum Frühstück eingeladen war.
Eine Einladung auf die ich schon freudig gespannt war, denn: Lernt man einen Menschen kennen, so wie in meinem Falle Pastor Rösch, so ist man naturgemäß gleich gespannt, was er wohl für einen Frauengeschmack hat?
Eine „Renate", scheint es ihm angetan - wie mir das kleine Klingelschildchen verriet.
Die zirka 38-jährige schimmerte mir auch bereits durch die Glastüre entgegen, und leider empfand ich sie als etwas unterkühlt, und sehr norddeutsch und zugeknöpft, so daß ich wenig froh gewesen wäre, wenn ich hier ein Auslandsjahr hätte absolvieren sollen.
Zwei Söhne saßen auch bereits am Frühstückstisch und musterten mich.

Der kleine vierjährige Simon mit blonden Löckchen auf dem Haupt begann sogleich, übergangslos etwas aus seinem Leben zu erzählen.
Der andere Bub, der sechsjährige Leon mit seinem zarten Eierkopf, schaute mich durch seine Tigerentenbrille undefinierbar an, wie ein Klavierschüler Buzens.

Naturgemäß sprach man viel darüber, daß man auf Wangerooge lebe, was ja im Grunde eine ganz spezielle Entscheidung war. Man kehrt sich vom realen Geschehen auf Erden ab, und wenn man mit den Kindern das Festland besucht, werden sie vielleicht augenblicklich von einem Auto überrollt, weil sie so etwas doch gar nicht gewöhnt sind?
300 Pastoren hätten die freie Stelle bekommen können, doch da zogen 299 Ehefrauen nicht mit.
Für Herrn Rösch, der sich nach innerer Einkehr und Stille sehnt, ist die Insel ein „blaues Kloster", erfuhr ich.
Ich erzählte, daß ich mir jeden Morgen von Neuem vorstelle, eine Eintagsfliege zu sein, so daß ich mir allmorgendlich ganz neu und frisch vorkomme. Und wenn ich dann einen Tag auf Wangerooge verbringe, dann denke ich, ich sei eine auf Wangerooge lebende Eintagsfliege.
Einmal hub der kleine Leon an, etwas zu erzählen, und da sagte Pastor Rösch gutmütig: „Moment! Ich hab zuerst angefangen zu reden!"

Der kleine Leon hat diesen Grundsatz schon sehr verinnerlicht, und sagt seinerseits ständig: „Jetzt hab ich aber zuerst geredet!"
Dies sagte er auch jetzt, „und du quatschst mir dauernd dazwischen!" fügte er kiebig hinzu, und stand kurz davor, ungemütlich zu werden.

Der kleine Leon zeigte mir dauernd, welche Pokémon-Ungeheuer er in ein Heft geklebt hat.
„Es gibt <u>152</u> verschiedene!" sagte Pastor Rösch erklärend über die albernen Monster und das „hun" von hundert färbte er ein, als wolle er damit aussagen: „Dat is´n Ding! Wa?"
Die Kinder schwimmen somit ganz und gar auf der Herdentriebswelle mit.
Über Erziehung sprachen wir auch, und Herr Rösch meinte besonnen, daß sie die Kinder nicht in irgendwelche Richtungen puschen wollen, sondern ersteinmal schauen, was sie wohl für Neigungen entwickeln?
Die Neigung vom kleinen Leon war ganz eindeutig: Er saß nämlich ganz still und versunken über ein Comic-Heft gebeugt, und man weiß ja allgemein, wo es hinführt, wenn man den Kindern freie Hand lässt: Hier ein Semester Jus, dort ein Semester Psychologie....tat ich mich mit Erfahrungen hervor.
Frau Rösch erzählte ein bißchen, wenn auch eher uninteressant, von ihrer Arbeit als Leiterin einer Gruppe, in der man lernt, sich mit Farben auszudrücken.

Später übte ich in der Kirche auf meiner Violine.
Beim Spielen sah ich, daß eine alte Dame gaaaaanz lange etwas ins Gästebuch schrieb, und war schon richtig gespannt, was da wohl gleich zu lesen stehen würde? Es handelte sich dann allerdings doch nur um eineinhalb Zeilen darüber, daß ihre Tochter heiratet, und sie hoffe, daß der HERR seine schützende Hand darüber halten möge.

Im Bähnle zum Hafen.
Eine Frau weinte ein bißchen, weil sie die Insel nach einem dreiwöchigen Urlaub liebgewonnen hat, und dadurch, daß das Bähnle so langsam fährt, wird der Abschiedsschmerz leider noch zusätzlich gedehnt

Im Schiff.
Ich trank schon wieder einen jener abscheulichen Schiffkaffees, doch man kann sich daran festhalten, und er hilft gegen die Einsamkeit. Statt eines Löffels gibt es nur einen Rührstengel aus Plastik mit zwei kleinen Löchern, die sich mit Milchblasen vollgesogen hatten. Neckisch wie durch ein Monokel betrachtete ich einen kirchenmusikerartigen Herrn mit blank-poliertem baren Haupt, der leise an den Konrad erinnerte.
In der Zeitung las ich über einen Brandstifter, der leichtsinnig mit dem Leben eines Kumpels gespielt hatte: Aus dümmlichem Übermut heraus hatte er einfach mit seinem Feuerzeug einen Pullover an der Wäscheleine in der Waschküche in Brand gesetzt!

Großkampftag in der Musikschule.
Zuerst kam der 13-jährige Florian in die Klavierstunde. Er vertippte sich andauernd, und meinte, das läge daran, daß er gedanklich mit etwas anderem beschäftigt sei. Nämlich mit dem dicken Buch, das er gerade läse. (Heldensagen)
Beim Unterrichten gebrauchte ich heut andauernd das Füllwort „sozusagen" – bis es mir peinlich wurde. So sprach ich schnell darüber, daß es mir peinlich geworden sei.
Die 17-jährige Foolke wollte mir eine Frage stellen, die ihr schon seit langem auf der Seele brannte.
„Aber nicht lachen!" bat sie nett:
„Ich stelle mir das so schwierig vor, wenn man einen Vater hat, der selber so waaahnsinnig toll spielt..." befrug sie mich über meine Gefühle als geigende Tochter eines Geigenlehrers.
Als nächstes kam ein 7-jähriger Junge, der einer türkischen, divenartigen Dame gehörte: „Deniz".
Zuerst geißelte er sich mit dem Geigentuch – so wie ein Geistlicher, der sich geißelt, weil ihn die Fleischeslust gepackt hat.
Nach einer Weile frug ich keck: „Bist du ein Fall für den Psychiater?"
Auf einem kleinen Faltblatt hatte Buz ihm „Hänschen Klein" in Form von Nummern, die als Fingersätze dienen sollten, niedergeschrieben.
„Ich hasse Problemkinder!" stöhnte ich, und als ich ihm mehr scherzhaft sein komisches Geigentuch entriß und in die Höhe hielt wurde er aggressiv und

gefährlich, so daß ich ihm am liebsten eine gelangt hätte.
Ich dachte, er sei vielleicht ein bißchen mongoloid – aber ein bißchen erinnerte er mit seinem Zwicker auch an den jungen Eberhard, und vielleicht ist er ja auch bloß ein verhaltensgestörtes Genie, hoffte ich zu seinem Besten.

Ganz zum Schluß unterrichtete ich Hermann Bär, einen zirka 20-jährigen jungen Herrn, den ich vielleicht zum vorletzten Mal im Leben gesehen habe, da er nur noch *einmal* kommt, und danach nie wieder, da er nach Karlsruhe zu ziehen plant. (Und nächste Woche ist doch Buz wieder da.) Steif und ein bißchen elektrisiert vibrierend bot er ein Rondo von Mozart.
Als ich ihm die Simone als neue Geigenlehrerin in Karlsruhe empfahl, war er hocherfreut, weil er schon erwogen hatte, eine Anzeige mit folgendem Wortlaut in die Zeitung zu setzen:
„Welcher Lehrer unterrichtet ohne Schulterstütze?"
(Vor lauter Eifer hatte er vergessen hinzuzuschreiben, für *was* dieser Lehrer gedacht ist.)
Dann verabschiedeten wir uns mit einem netten, leicht verlegenen Händedruck, und er ging – für immer.

Mittwoch, 5. Juli
Aurich - Wangerooge

In Aurich eher sonnig,
auf Wangerooge diesig bewölkt

Am Morgen klingelte es. Frau Meyer war´s.
Ich erfuhr, daß Frau Meyer morgen die vierte und letzte Chemotherapie verabreicht bekommt.
Frau Meyer geht es immer gut – weil sie nicht klagen mag! „Bringt doch nichts, wenn man klaacht!" sagte sie.
Jetzt löste sie einen geradezu klatschbasenartigen Plauderschwung in mir aus.
Ich erzählte vom Opa, den man ins Hotel Schloßblickl einquartiert hat, da bei uns daheim die Handwerker lärmen. Dort gewöhnte er sich an das Leben im Hotel, und vergaß wo er wohnt.
Das treue Rehlein besucht ihn dort nahezu ohne Unterlass und brachte ihm seine wichtigsten Besitztümer: Die Fliegenklatsche, ein gerahmtes Foto von Omi Mobbl, und vieles mehr.

Heut erfuhr ich, daß Frau Meyer „Theda" und ihr Mann „Fritz" heißt. Eine Namenskombination, mit der man gleich eine goldene Hochzeit assoziiert.
Wir sind jetzt per Du – bloß fällt es mir schwer, bei einer so reifen Dame auf´s Du hinüberzuschwenken.
Verbindend tauschten wir uns über die Unordnung in Buzens Zimmer aus.

„Das Zimmer eines Geisteskranken!" sagte ich entschuldigend, und Frau Meyer sagte halblaut: „Das kann man laut sagen!" Denn für alle Übel dieser Welt bietet sich ein Sprüchlein in schlichter Friesenlogik an. Z.B.: „Da hat jeder andere Vorstellungen!"

Als ich z.B. erzählte, daß ich heute ein Konzert hätte, da antwortete Frau Meyer nach Friesenart: „Da kann man nichts machen!"

Auf dem Schiff.

Der zweite Trip nach Wangerooge binnen kürzestem wirkt ja direkt ein bißchen so, als führe man wie gewohnt zur Arbeit, und kenne jeden Winkelzug auswendig.

In meinem Nacken fühlte ich ein neugieriges kleines Mädchen, das von einer reifen norddeutschen Frau in humorfreiem pädagogischen Ernst gemaßregelt wurde.

„Das find ich nicht gut, daß ich immer alles dreimal sagen muß!" hieß es verdrossen.

Auf der Insel selber herrschen andere Maßstäbe als auf der übrigen Welt. Im Grunde sollte es einen nicht wundern, wenn nach der Ankunft alle Uhren eingesammelt würden.

„Uhren sind auf der Insel nicht üblich!" würde es dann heißen, und auf den Konzertplakaten könnte stehen: „Das Konzert beginnt, wenn die Sonne untergegangen ist".

Ich habe aber das Gefühl, daß Wangerooge der schalste und langweiligste Ort auf der ganzen Welt ist. Auf der Bimmelbähnchenfahrt versuchte ich, mir die Insel genau anzuschauen. Tatsächlich war´s ein bißchen so, als sei man auf einem fremden Planeten abgestiegen, wo es nichts besonderes zu sehen gibt. Die Oberfläche besteht aus grau-grünem kurzen Gras, dazwischen befinden sich kleine Tümpel und die Vögel die herumfliegen sehen alle gleich aus, so daß man meinen könnte es sei nur ein Einziger, und diesen einzigen den sieht man überall.

Ich stand neben einem etwas teigigen Herrn in schwarzer Lederkluft auf der Außenplattform eines Wagens, und das Schild, daß das Stehen auf der Plattform verbieten sollte, hatte man etwas halbherzig mit einem Schild, daß maximal vier normale, oder zwei dicke Leute auf der Plattform stehen dürfen, überklebt.

Ich mußte an die unzähligen Schicksalsreporte denken, die ich schon gelesen habe, und wie die meisten Frauen in meiner Situation jetzt auf der Insel einen Mann kennenlernen würden der Klaus oder Wolfgang heißt.

Das kleine Pingpongspiel der Worte, das zwischen Mann und Frau beim Kennenlernungsvorgang zunächst abgehalten wird, schien mir plötzlich so banal.

Mit dem Herrn, der jetzt neben mir stand, hätten sich schon beinah die Blicke getroffen. Leicht unnatürlich, so als sei ich eine ertappte Frau, die „ein

bißchen herumschaut" zog ich meine Blicke wieder zurück – aber das war auch doof.
Der Herr frug mich, wie lange ich hierbliebe.
"Nicht lang genug um mit Ihnen etwas anzufangen!" dachte ich. „Einen Tag!" sagte ich mit Schwung.
„Ich auch nur bis Freitag!" sagte der Herr, und: „Muß auch mal sein."
Natürlich hätte sich aus dieser dürren Unterhaltung heraus ein Dialog entspinnen können, doch mir war so gar nicht nach einer Bekanntschaft mit diesem Herrn zumute.

Donnerstag, 6. Juli
Wangerooge - Aurich

Verquollen und diesig bewölkt

Um acht Uhr war ich schon wieder bei Pastor Rösch zum Frühstück eingeladen.
„Hatten Sie eine gute Nacht?" frug Ehefrau Renate steif.
Der kleine Leon mit seinem zarten Eierkopf und der bunten Tigerbrille scheint mir hochkompliziert zu sein. Wegen irgendeiner Pullover-Geschichte, die für einen erwachsenen Menschen völlig uninteressant ist, bekam er eine ganz laute, helle und kiebige Quäkstimme.
Später barg er sein Gesicht am Rücken von Pastor Rösch, und Pastor Rösch, der ein sehr milder,

moderner und gutmütig-engagierter Vater ist, frug zunächst etwas am Kern der Sache vorbei: „Na? Schaust du durch meinen Pullover hindurch? – was siehst du denn da?"
Man hat´s aber genau gemerkt, daß der Knirps weinte.
Seine hilflose Wut, - ähnelnd jener, die der Bild-Reporter nach dem schmachvollen Ausschied der deutschen Elf gefühlt hatte - war so tief empfunden.

An der Wand klebte ein Stundenplan für das Inselleben: Jetzt z.B. würde gleich eine Wattwanderung stattfinden, und hernach ein Kneippwandern für Seniorenwaden am Inselsaum.

Ich schrieb mein Briefabbo an meine Freundin Simone, und erzählte darin von Sebastian Hess, einem bedeutenden Cellisten, mit welchem wir im Sommer Trio spielen wollen, und den ich damit verblüffen möchte, daß ich die Stücke alle nach der Schallplatte lerne und nicht nach Noten, und *dies* wo die meisten Musiker doch meinen, Texttreue sei oberstes Gebot. Ich aber fände es auch mal schön, Musikstücke nicht nach Textestreue sondern nach Hörensagen wiederzugeben, solcherart wie man Geschichten, die durch die Gerüchteküche aufbereitet werden, zuweilen noch spannender machen kann als sie sind? Sich der Texttreue verpflichtet fühlende Musiker gibt´s nun wirklich zuhauf!

Ständig verdächtigen sich Musiker und auch Nichtmusiker wie der Prof. Kebap gegenseitig, es mit Texttreue, Ordnungs- oder Wahrheitsliebe nicht so genau zu nehmen.

Auf der Insel war es öde bis zum Geht nicht mehr, und dann hat´s auch noch geregnet, und ich dachte an die vielen vergrätzten Ehehälften, die nun darüber jammern, warum man die schönste Zeit des Jahres wohl unbedingt hier verbringen muß?

Ich packte zusammen, und saß alsbald im Bähnle zum Hafen. Den Blick auf eine reife Frau mit Steckdosennase, ungekämmten silbriggetöntem Haar und einem empörten Ausdruck im Gesicht gerichtet. Wangerooge gehört zu den wenigen Orten, wo ich gar keinen Abschiedsschmerz fühle. Im Gegenteil – für mich fühlte es sich an, als würde man aus der Strafkolonie entlassen.
Einmal hielt der Zug ganz lange, doch einer verließ sich in Bezug auf den Herdentrieb auf den anderen, und so blieben alle sitzen.
Eine gestrenge Seniorin mit einem entrüsteten Gesicht das entfernt an Heinz Rühmann erinnerte, stand schließlich auf, um nach dem Rechten zu sehen, doch just in dem Moment ruckelte das altersschwache Bähnle noch die letzten paar Meter zum Schiff hin.

Auf dem Schiff:

Nach einer Weile sah ich, daß Pastor Rösch neben meiner Violine saß. Der Pastor hatte einen ganz langen Plan dabei, worauf lesen stand, was er wohl alles in die 24-stündige Freiheit auf dem Festland hineinpacken wollte.
Ein Freiatmen von seiner strengen Renate – dies gönnte man ihm doch!

Nachmittags:
Großkampftag in der Musikschule.
Zunächst kam der Florian, der etwas frech und auch lockerer zu werden beginnt, weil ich immer so gutmütig bin, und von mir auch keine spezielle Strenge zu erwarten ist.
„*Sie* kann man ja zum Narren halten. Herrn König nicht!" sagte er in Friesenlogik als er laienhaft auf dem Klavier herum drosch.
Dem 15-jährigen Andreas erzählte ich, daß ich das Haydn-Konzert auch schon mal gespielt habe.
„Als es dich noch gar nicht gab!" sagte ich naseweiß, „es sei denn, als Rentner in einem Seniorenheim – falls man an die Reinkarnation glaubt!"

Abends telefonierte ich ganz lange mit der Omi.
Die Omi sehnte sich nach ein wenig Liebe und wünschte, ich wäre da, damit man sich liebevoll drücken könne.
Sie weiß doch gar nicht, ob sie überhaupt noch lebt, wenn ich im September „vielleicht" komme? Doch ich weiß es besser, da die Omi ja noch bis zum 28.

September 2002 lebt, wie ich mal glaubhaft geträumt habe.

Ich schaute „die ungehorsame Frau" mit Veronika Ferres weiter und fand den Film lachhaft.
Dann ging ich zu Bett.

Freitag 7. Juli

Diesig bewölkt

Ich dachte über die Gefahr nach, daß der ältere Sohn vom Pastor Rösch vielleicht mal von einem Pitbull gefressen wird, da der Pitbull mit seinem sicheren Instinkt spürt, was das für ein unmöglicher Mensch ist?!
Pastor Rösch hatte sich so nett vorgenommen, daß bei Ihnen in der Familie jeder ernstgenommen und gehört wird. Doch dazu gehöre, daß man einander ausreden lässt und sich nicht einfach ins Wort fällt.
Allerdings entpuppte sich dieser wunderbare pädagogische Grundsatz gerade beim Leon als tückische Fußfessel in der Aufzucht.

Samstag, 8. Juli

Verquollen bewölkt – abends gar ein aufgeblasener Tröpfchenregen und ein ganz dunkelgrauer Himmel

Buz, auch wenn er es sich äußerlich nicht anmerken lässt, wundert sich doch sicherlich, daß ich immer nett bin, da man doch als Mann bei einer Frau mit der man näher zu tun hat, unterschwellig immer mit Meckereien und Nörgelkaskaden rechnen muß?
Mittags saß Buz vor dem Televisor, und ich gab mir Mühe, Buzen seinen Fernsehgenuß nicht zu versauen, indem ich vielleicht auf Ehefrauenart dicke Luft heraufbeschwöre. („Der gnädige Herr entspannt sich mal wieder vor dem Bildschirm??")
Ich versuchte, all jene Ärgerlichkeiten, die im Zusammenleben zu erwarten sind, zu erfühlen, weil ich wissen wollte, ob es wirklich unvermeidbar ist, den guten Vorsätzen eine lange Nase drehend, mit der Zeit doch sauertöpfisch zu werden?!
Im Häusl z.B. hatte Buz das letzte Klopapierblatt abgezupft und war dann einfach gegangen, und was „des Nächsten ist" schien ihm nicht von Bedeutung.
Als gräßlich empfinde ich's, daß Buz andauernd telefoniert. Z.B. auch, als aufgetischt wurde.
Und nun sagte ich ganz laut, so daß es der Anrufer auch hören möge: „Essssen Saperlott!" (So wie einst Omi-Mobbl, die sich von früh bis spät über vereinzelte Familienmitglieder ärgern mußte.)

Buz sprach sehr verhalten und leise und murmelte: „sofort!"
„Nicht sofort sondern gleich!" sagte ich resolut.
Hätte Buz „gleich" gemurmelt, dann hätte ich wiederum gesagt: „nicht gleich sondern sofort!"
Es war Antje Poppinger, mit welcher Buz gesprochen hatte.
„Und, wieviele ihrer Kinder sind mittlerweile gestorben?" frug ich, ohne eine Antwort zu bekommen.

Unablässig klingelte das Telefon.
Einmal war´s die Petra. Ich erzählte, daß wir so etwa 90 Anrüfe pro Tag hätten.
„Beim nächsten bekomme ich einen Schreikrampf!" sagte ich wörtlich.

Abends hatten wir einen Gast.
Einen alten Freund Buzens, der eine sehr nachdenkliche Ausstrahlung in unser Heim brachte, und uns im Laufe des Abends eine Flasche edlen Weines bringen ließ. Ein Bote klingelte und lieferte die bestellte Flasche ab, die nun als Gastesergänzung bei uns auf dem Tische stand.
Wir erfuhren allerlei: z.B., daß der arme Herr – mit einer Zahnärztin verheiratet gewesend – einen wüsten, fünf Jahre währenden Scheidungskrieg hinter sich habe, und hernach auch noch einen Herzanfall erlitt.
Um ihn wieder aufzumuntern zeigte ihm Buz Finessen aus dem Kabinett seiner Geigentechnik,

und als die Stimmung durch den schönen Rotwein gelockert war, steigerte Buz sich in einen Sandor Vègh-Imitationsrausch hinein, und wir sind am Boden gelegen vor Lachen.

Sonntag, 9. Juli
Aurich - Hamburg

Ganz grau bewölkt. Hi und da ein Aufregnen

Fahrt mit Tone und Buz nach Hamburg
So, wie ich gerne Udo Jürgens höre, so hört der Tone gerne Hindemith, und nun röhrte uns aus dem Kassettenrekorder eine aufdringlich gespielte Bratschen-Sonate des Tondichters an, welche der Tone im Sommer mit der Gerswind zu interpretieren gedenkt.
Der Tone mußte lachen, weil er sich Gerswinds Gesicht so gut dazu vorstellen konnte.
Buz erzählte, wie die Leute in Stuttgart zu sagen pflegen: „Das ist aber sehr unkonventionell!" und spitzte dazu die Lippen, damit es noch lustiger klänge.

Wir erklommen die Treppen zum Heim der Familie Hummel steil in die Höh´, und genau eine Stufe vor Schluß verließ mich meine Kraft, wie ich der Frau des Hauses, einer Dame namens Andrea, gleich plauderfreudig vermeldete, bevor wir uns mit einer verbindenden Umarmung gegenseitig willkommen hießen. Sie mich in ihrem Heim, und ich sie auf meinem Lebenspfade.

Einmal passierte dem Hausherrn Thomas eine Peinlichkeit: Er wollte mir ein Stück Rhabarberkuchen rüberreichen, doch es fiel ihm in die Teekanne.
Der Thomas erkundigte sich, ob Rehlein wohl zum ostfriesischen Sommer kommt?
Doch wir glauben kaum, daß Rehlein abkömmlich ist.
Rehleins Leuchtturm steht – so wie in dem Hit von Udo Jürgens besungen – jetzt anderswo, und außerdem schrieb sie in letzter Zeit oft von einem Kümmeltürken, der ihr bei der Wohnungsverschönerung behilflich ist, und ihr darüber hinaus auch schon ein eindeutiges Angebot unterbreitet hat: Er mache auch Nachtarbeit.
Der Thomas nennt seine Frau „Spatz". Das finde ich nett und sonderbar in einem.

Abends gab es ein wirklich wundervolles Essen. Peinlich war mir nur, daß man in der engen Küche im ehrlichen Bestreben hilfreich zu sein, so linkisch und fehl am Platz wirkt.
Es gab einen Weißwein aus der Flakonflasche „Hummelberg", welchen sich die Andrea auf einem 60. Geburtstag „erbratscht" hat.

Montag, 10. Juli
Hamburg - Aurich

Zunächst grau und trübe.
Doch dann wurde es am Abend milde und schön

Ich teilte mir das Zimmer mit dem Tone.
Im Traume *war Buz ironischerweise mit dem Kläuschen zu einer Person verschmolzen, und diese Person sah man nun bei einsetzender Abendstimmung dabei, wie sie sich auf ein Pavillon zubewegen, in welchem Rehlein als Abendgast erhofft wurde...*
Na, dann wurden wir so pö a pö in die Realität zurückgespült.
Die Wolken über Hamburg schauten aus wie dicke Wattebäusche, mit denen man das Gesicht eines Kohlehändlers abgeputzt hatte.
Zu meinem Mitschläfer Tone sagte ich: „Ich kann nur aufstehen, wenn ich mindestens eine halbe Stunde lang wachgebusselt werde!"
„Ich auch," sagte der Tone, so daß wir beide wie Säcke liegenblieben.

Der Thomas spricht zu seinem einjährigen Söhnchen in einer Art ausländerdeutsch und sagt Dinge wie beispielsweise: "Ab Sommer du nicht mehr Kacka in Windel, o.K.?"
Der kleine Sven spielte mit Streichhölzchen und babbelte. Ob man sich vielleicht einen Kleinkindsimultanübersetzer mieten könnte? Denn irgendwas

wollen die kleinen Kinder mit ihrem Gebabbel doch wahrscheinlich aussagen? Doch der übersetzt dann irgendwas, schickt eine gesalzene Rechnung, und keiner kann nachprüfen, ob´s auch stimmte, was er da übersetzt hat.

Ich erzählte, wie ich einst als 13-jährige Todesangst davor verspürte, ein Streichholz zu entzünden, die Erwachsenen allerdings auf grausame Weise darauf beharrten, daß ich´s lern! Da weinte ich sehr stark, obwohl ich doch eigentlich viel zu groß für dererlei war. Buz und Rehlein waren befremdet. „Daß das Kind so infantil ist?" hieß es.

Und dadurch, daß die Andrea so einen Plauderschwung in mir auslöst, erzählte ich die Geschichte gleich nochmals in variierter Form: Wie es damals war, als ich im Schwimmbad vom Dreimeterbrett hinabhopsen sollte. Opa und Rehlein feuerten mich an, doch ich schaffte es einfach nicht, und kletterte unverrichteter Dinge wieder hinab.

Ich malte uns aus, wie Buz jetzt immer selbstverständlicher bei der Kleinfamilie Hummel übernachtet, da er ja ständig von Hamburg nach Stuttgart fliegt. Zuerst frägt er noch, wenn auch bei jedem Male etwas weniger höflich als beim vorhergehenden Fragen, und dann kommt er einfach so.

Kleiderkauf mit dem Tone.

Gleich der erste Shop, den wir besuchten, machte mir gute Laune, weil ich in einem silbernen Oben-Ohne Kleid so kostbar ausschaute. Dann freute man sich über ein hübsches grünes Kleid, und ich fand, daß ich darin trotz leicht öliger Frisur im Spiegel so nett aussah.

Wer hätte aber gedacht, daß dies der einzige Shop bleiben würde, der mir Freude macht?

Dann waren wir noch bei „Laura Ashley", ich probierte vorhangsartige Matronengewänder aus, und dann schleifte mich der Tone in einen Shop, wo es hieß, hier wäre alles zehnmal so teuer! Doch der Tone meinte, bei einem Konzertkleid dürfe der Preis keine Rolle spielen.

Einmal stak ich in einem schweren rosa Kleid, das „sieben-neun" kosten sollte (haha).

Bei einem Klogang stellte ich mir genußvoll vor, wie ich einfach schnell im Gewühl der Großstadt verschwinde, weil mir die anstrengende Kleiderausprobiererei so auf die Nerven zu fallen begann.

Bald fühlte ich jedoch – wie nach einer Probenpause – frischen Schwung in mir und hüpfte die Treppen hinauf, was zur Folge hatte, daß ich mir den Kopf an einer spitzen Kante anstieß.

Dadurch, daß ich mich in der Kabine mit den zwar netten Helferinnen so gefangen und eingezwackt fühlte, dachte ich mir aus, *wie ich von dem Stoß auf den Kopf Nasenbluten bekomme, die kostbaren Kleidungsstücke besudele, schließlich ohnmächtig werde, so daß man nach der Ambulanz rufen muß. Doch leider zu spät – Exitus!*

Ich wußte gar nicht, wie ich dem Tone klarmachen sollte, daß ich doch voll und ganz zufrieden mit dem grünen Kleid wäre. Was will ich denn noch mehr??

Doch der Tone schleppte mich von Geschäft zu Geschäft. Es war langweilig und anstrengend doch ich beugte mich Tones fachkundigen Wünschen.

Ich machte ein paar Scherze darüber, daß Mutti Knyphausen, so wie Rehlein vielleicht an ihrer Stelle, fortan bei jeder sich bietenden Gelegenheit sagen wird: „…aber Du mußt ja womöglich mit dem gnädigen Fräulein wieder Abendroben in Hamburg aussuchen??"

Der Tone aber meinte, seine Eltern würden diesen Trip begrüßen. Sie hätten gesagt: „..wo du doch so gut mit Königs befreundet bist!"

Ich modulierte das Gespräch zu meiner derzeitigen Theorie hin: Daß ich nämlich nicht an Freundschaft, sondern nur an die Liebe glaube.."

Der Tone erzählte, daß er einen Brief von Gabi Prahm erhalten habe: „Es wäre schade, wenn unsere langjährige Freundschaft an einem Scheinwerfer zerbrechen würde…"

Der Tone erzählte mir bildhaft die Geschichte, wie Gabis Freund Falko sich immer in die Bühnenbeleuchtung eingemischt hat, und einmal hat der Tone davon einen wüsten Tobsuchtsanfall bekommen.

Auf dem Brief las ich dann später: „Dein Verhalten hat ein beklemmendes, ärgerliches Gefühl hinterlassen!"

Dienstag, 11. Juli

Ganz grau

Heute kaufte ich mir die BILD, weil die verbitterte Yvonne Wussow einen offenen Brief an ihren Klaus geschrieben hat. Der letzte Passus schnitt besonders tief ins ♥ : „Ich will Dich in diesem Leben niemals wiedersehen! Yvonne"
Viele scheinen nicht zu wissen, daß man – einmal vom Virus der Liebe gepackt – zuweilen Dinge tut, die man selber bei anderen nicht gutheißen würde. Der „Professor Brinkmann" sei gar unter Yvonnes Bett gekrochen, um dort in ihren Liebesbriefen herumzuwühlen.
„Pfui Teufel!" schrieb da die erboste Yvonne.

Viermal hatte mir der süße Buz auf den Anrufbeantworter gesprochen. Der erste Anruf war so entzückend, doch naturgemäß war jeder folgende etwas „erstaunter", als der Vorhergehende, da man es als Anrufer immer nicht fassen kann, daß der Angerufene so lange aus- oder weghäusig ist.

Beim Tone.
Wir bestaunten das neue Zimmer mit den noch unverputzten Wänden, das für die Annegret reserviert ist. Wie die Annegret wohl die Augen herausschraubt, wenn sie hören muß, daß sie bei *uns* einquartiert wird, weil *ich* jetzt beim Tone wohne?

Dann sprach der Tone ganz viel über Konzertflügel, obwohl ich doch zuvor zu Ming gesagt hatte: „Hoffentlich redet ihr nicht wieder die ganze Zeit über Flügel!"

Vor meinem geistigen Auge sah ich einen sperrigen Flügeltransport vor mir – doch strenggenommen war es eigentlich ein Elefantentransport, den ich da vor mir sah, weil mir der Flügel aus der Ferne wie ein widerborstiger Pachyderm schien.

Dann unterhielten wir uns sehr verbindend über Bekannte mit gravierenden charakterlichen Mängeln.

Gabi Prahm hat den Tone als Korrepetitor auf ihrer Demo-CD überhaupt nicht erwähnt, und auf der Hülle sieht man eine Frau mit welligem Haar und dem dünnen, spröden Lächeln einer zutiefst zerrissenen Seele.

Der Tone gab mir zum Abschied noch auf, mir für das grüne Kleid einen passenden fleischfarbenen BH zu kaufen, und neckisch lud ich ihn dazu ein, mit mir nach Hamburg zu reisen, und einen passenden auszusuchen.

Mittwoch, 12. Juli

Zunächst häßlicher Regen. Abends sonnig

Heute freuten wir uns über einen Frühstücksgast: Den Franz. Etwas, was ja mittlerweile einen anderen

Beigeschmack hat, als noch vor einem Jahr, da der Franz uns ja leider nicht mehr gehört. Ähnelnd einem Onkel, der einem durch seine Auswanderung so langsam entgleitet, ist der Franz vor vier Monaten nach Taiwan zurückgewandert.
Jetzt begrüßte mich der Franz wie eine Schwester mit einer ganz langen und tiefempfundenen Umarmung.

Ming erzählte vom Gesangswettbewerb in Zwickau, und wie ihm beim Blick auf die Teilnehmerliste ganz blümerant zumute geworden sei. In der Tat gibt´s so unendlich viele „Restmusiker", sprich, Musiker die man gar nicht so recht brauchen kann, und von denen man allgemein nicht so recht weiß, wo hin damit?

Um ein Uhr kam der Christoph-Otto, um mit uns zu proben. Er hat jetzt endlich Ferien, doch den Stress muß man erst einmal abschütteln und kann sich somit wohl kaum von der ersten Ferienstunde an in Ferienstimmung befinden? Wir luden ihn dazu ein, die Ferien bei uns zu verbringen, und wenn er im Herbst zu seiner Frau zurückkehrt, dann könnte er doch sagen, der Hausmeister habe ihn aus Versehen in der Schule eingesperrt und sei seinerseits in die Vakanz gefahren…
Es war sehr gut, daß wir das Ravel-Trio mit dem Christoph probten, denn was alles passieren könnte? Nachher geschieht etwas ganz und gar Unglaubliches, das das langweilige Leben der

Auricher kurz aus den Angeln hebt: Wenn z.B. der Sebastian H. zwei Stunden vor dem Konzert wegen einem Dirnenmord verhaftet wird.

Wir erfuhren, daß Musikschulleiter Seibold bei der gestrigen Konferenz ohnmächtig zusammengebrochen ist, und mit Blaulicht ins Krankenhaus abtransportiert wurde.
Ich überlegte, daß er vielleicht darunter leidet, nicht zum Musikalischen Sommer geladen worden zu sein? – und nun schlug ich nach Art einer Frau, die nichts, aber auch gar nichts kapiert hat auch noch vor, ihm im Krankenhaus ein Ständchen zu bringen!

Ming erzählte mir, daß Gisela und Nader sich scheiden lassen. Ich war sehr bestürzt, denn der Nader hatte sich immer so sehr bemüht, kein typischer Iraner zu sein! Er war immer nett zu seiner Frau, schenkte ihr sein Vertrauen und verdrosch sie nicht.

Ich parodierte den mißratenen Sohn vom Pastor Rösch, der ständig laut heult, herum schreit – und auf harmlosen kleinen Verfehlungen herumreitet, auch wenn man sich längst höflichst entschuldigt – oder ihm das Gewünschte gebracht hat.

Die Luisa ist heuer für die Künstlerbetreuung zuständig, und nimmt ihre Aufgabe rührend ernst. Ich stellte mir vor, wie sie einen Kummerkasten bastelt und ihn in der „Ostfriesischen Landschaft"

an der Wand anbringt, während doch dringend jemand vom Bahnhof abgeholt werden müsste.
So wie die Mireille, als wir sie dereinst im Tal in Trossingen als Stubenmädchen angestellt haben, Servietten gefaltet hat, während doch dringend geputzt und gekocht hätte werden sollen.

Donnerstag, 13. Juli

Grau, trübe und häufig verregnet

Am Morgen saß ich im Schaukelstuhl und schrieb einen Brief an die Veronika. Bald fiel mir jedoch auf daß ich heut, auf die Schiene einer älteren Dame geraten, nur Empörendes anritzte – z.B. meinen Besuch auf Wangerooge - detailliert geschildert.

Dann schaute ich ein gestern begonnenes „Ehen vor Gericht" Drama weiter.
„Darf ich vorstellen: Dein Sohn!" sagte die blonde Frau mit Unterton über ein Bündel in einer Tragetasche, und der Herr schaute säuerlich, weil´s doch von einem fremden Samenspender gezeugt war. Und dies sollte nun „sein" Sohn sein, bloß weil man ehelich noch gebunden war?? ...
Dann tat´s mir leid, daß ich die Franziska Müller, die nebenan genächtigt hatte, mit meiner Frühgeigerei molestieren mußte. Ich kam mir höchst rücksichtslos vor, als ich mit Bach´s E-Dur Sonate „anhub"←

warum schreibe ich dies hier eigentlich in Anführungszeichen??

Es erinnert direkt an die Annegret, die auf die Geburtsanzeige vom kl. Johannes schrieb: „Bald werde ich ihn „live" vorstellen." Und dabei ist dieser Ausdruck doch weder köstlich noch amüsant.

Wir frühstückten zu fünft, und von diesen fünfen begannen drei mit „Franz..", und von diesen dreien endete wiederum einer mit Franz, indem er nämlich nur Franz hieß: der Franz.

Die Franzi wunderte sich ein bißchen, daß wir Geiger morgens einfach so losüben können. Etwas, was für einen Oboisten undenkbar wäre, da die Oboe morgens immer ganz kalt und klamm ist.

Wir sprachen darüber, daß ein Musiker, über den mal gesagt wurde, er sei „nichts besonderes", die größte Mühe hätt, aus diesem Loch in das er verbal hineingeschubbst wurde, wieder herauszukrabbeln.

Dadurch, daß in mir ständig die Schlager von Udo Jürgens nachbeben, sang ich der Franzi in variierter Form vor, wie sie vielleicht mal über *ihren* Udo singen muß:

„Ich blies nie ein Lied für Udo. Nie blies ich ein Lied für ihn..."

Die Franzi lebt mit dem Udo zusammen und wirkt dadurch glücklich und ausgeglichen.

Ihr fehlt praktisch nichts.

„Hast du das Bedürfnis ununterbrochen über ihn zu referieren?" frug ich.

„Nein."

Der Udo arbeitet bei „Musik Hug" in Zürich, und manche Schallplatten finden einfach keinen Absatz – z.B. jene mit Musik von Hindemith.

Dann kam die Rede auf den Pianisten William Kapell, der sehr gut gewesen sein soll.

„Aber nicht so gut wie mei Wänschtesle!" sagte ich im Gedenken an Omi-Mobbl über Ming, und Ming stieß in entrüsteter Verlegenheit einen fürzelnden Ton aus.

Der Franz saß etwas vergessen am anderen Ende des Tischs, und ich war immer bestrebt, ihn durch ein Lächeln, eine verbindende Grimassierung oder ein Augenzwinkern ins allgemeine Geplapper mit einzubeziehen.

Zur Mittagsstund kam Sebastian Hess, dem ich schon etwas bang entgegengeharrt hatte, da es leider immer Menschen gibt, in deren Gegenwart man total lahm und komisch wird, und *gar nichts* dagegen machen kann. Gar nichts. Und dies wiederum passiert mir sehr häufig bei den sog. E-Musikern. Durch's Musikzimmerfenster sahen wir, wie er einem Auto entstieg.

„Der hat ja ne Glatze! Der hat ne Platte!" rief Ming in der Art, als handele es sich um den Neuen in der Klasse.

Zu unserer Freude handelte es sich um einen ganz normalen und netten Mann, der uns gleich mit einer Umarmung begrüßte – so, als seien wir verwandt.

Der Franz trat soeben aus dem Häusl, und ich stellte ihn mit den Worten vor: „Das ist unser Diener Wang!"

Später wurde Buz von Seb. Hess auch mit einer Umarmung begrüßt, und die beiden Herren klopften sich gegenseitig vor Freude tremmolierend auf dem Rücken herum, dieweil es sich bereits um das zweite Aufeinandertreffen handelte.

Derzeit erzähle ich so viel von dem mißratenen Sohn von Pastor Rösch, und schildere lustvoll, was das für ein unmöglicher Mensch ist. Wie bei einem Schlager, den man mit der Zeit mitzusingen beginnt, habe ich sein unmögliches Benehmen adaptiert, indem´s mich nämlich regelrecht juckt, ständig eine Unmöglichkeit von mir zu geben.
„Steh hier nicht so rum!"
Kalt und barsch vorgetragen.
Vergebens sucht man im Gesicht des unmöglichen Menschen leise Spuren eines Späßleins.

Ming und ich brachten den Sebastian zum Bernhard, seinem Herbergsvati, und erzählten, daß der Bernhard auch Cello spielt, und stellvertretend für den Sebastian staunte ich nicht schlecht, als es hieß, er habe ein fantastisches Cello.
Im Treppenhaus hat man schon hören können, daß der Sebastian mit seinem neuen Herbergsvati sofort warm geworden ist.

„Dann spielen wir mal ein paar Duos von Offenbach!" rief S.H. kumpelig in der ersten Kennenlernminute aus.
Etwas, das der Bernhard gar nicht gewohnt ist, da die meisten Cellisten die bei ihm nächtigen sehr kompliziert sind.

Abends:
Ein kleines Mäuslein turnte auf Buzens Violinkasten herum.

Freitag, 14. Juli

Ab und zu prasselnde Duschregene – meist grau.
Kurze Sonneneinblendungen auf verheulter Kulisse

Beim Frühstück sprachen wir über das Festival von Ivo Pogorelič in Bad Wörishofen, das irgendwie nicht so richtig zum Zünden gekommen ist. Der Thomas meinte, daß der Pogorelič nicht so ganz sein Fall sei. Jemand, der in Champagner badet!

Probe im Georgswall:
So wie früher, als er Ming auf dem Schlitten verlor und es nicht bemerkt hat, bemerkt Buz es nie, wenn einer ausgestiegen ist, und spielt einfach immer weiter, so daß man das Gefühl hat, seine Bremse sei kaputt.

Wir erfuhren, daß der Sebastian Hess bereits verheiratet ist. „Kate" heißtse, und er sprach den Namen übertrieben amerikanisch aus, um sein Internationales Format noch etwas besser in den Fokus zu rücken. (Gestern LA, morgen Tokyo und heut Ostfriesland, haha!), ebenso, wie er später „Hämmbörger" sagte, und es sollte mich nicht wundern, wenn er auch „Mägnum" sagt.
Ich frug ihn interessiert über die Kate aus.
„Hast du nicht das Bedürfnis pausenlos über sie zu referieren?" frug ich nun auch ihn.
„Nö" sagte der Sebastian lapidar.
Sie sind ja auch schon acht Jahre zusammen.
„Stimmt. Da lässt der Referierungsdrang nach", vermerkte ich altklug.
Der Sebastian war sehr gestresst, weil der einsame Bernhard so furchtbar viel redet. Seine ganze Lebensgeschichte habe er sich heute bereits anhören müssen, und auch, daß der Bernhard immer noch sehr an der Trennung von einer berühmten Geigerin laboriert.
„Habt ihr Kinder?" frug ich neugierig.
Doch das wäre für den Sebastian im Moment ganz und gar undenkbar.
„Das müsste meine Frau dann entscheiden!" meinte er vage und halbherzig, weil er sich an der Familiengestaltung nur so etwa zu 20% würde beteiligen wollen.

Wenn ich später mal alt und vereinsamt bin wie die Frau Münch, dann bekomme ich im Fitnesstudio wenigstens noch mehrere zärtlich gewellte „Tschühüs´s" nachgeworfen, dachte ich beim Verlassen des Fitnesstudios. Von Damen, die an ihren üppigen Pfunden herumstrampeln.

Abends trafen wir Herrn Heike im Konzert und erfuhren, daß es seiner Frau Brigitte immer schlechter geht. Ich wußte gar nicht so recht, wie ich zu seinen Worten schauen solle, zumal Herr Heike trotz dieser traurigen Worte fröhlich und optimistisch wirkte. Vielleicht schmerzt es ihn auch schon gar nicht mehr so, seine Frau, von der er sich innerlich längst verabschiedet hat zu verlieren, da damit ja auch Platz für ein neues Glück geschaffen würde?

Samstag, 15. Juli

Am Vormittag war´s geradezu unglaublich trostlos verregnet. Nachmittags milderte es sich auf

Gestern – bzw. heute natürlich, hahaha!-kamen wir erst um halb drei ins Bett. Wir Geschwister saßen noch ewig lange mit dem süßesten Buz am ovalen Tisch und tranken Bronchialtee.
Allgemein war unser Ravel-Trio sehr gut angekommen, und auch mein grünes Kleid gefiel.
Ming bestaunte mich sehr tief empfunden, daß ich das Ravel-Trio auswendig gespielt habe (allerdings nur in der Probe – im Konzert war ich zu feig´) und

wunderte sich, warum alle es so selbstverständlich nehmen, daß ich so fantastisch spiel´?
Alle anderen schließen untereinander G´schäfterln ab, bloß mich fragen sie nie.
Mir geht´s somit ein bißchen wie der Karin in dem Hit für Udo Jürgens, für die er nie ein Lied geschrieben hat.

Am Morgen träumte ich von Frau Münch: *Direkt an ihrem großen altenglischen Bett, wo letztendlich drei Leute hineinpassen würden, befand sich eine Glasscheibe, auf welcher Buz mit der Fliegenklatsche ein Insekt zu erlegen suchte.*
Am Morgen war ich sehr schwach und fühlte eine postkonzertale Traurigkeit.

Bei uns liegen derzeit die Wesendonck-Lieder von Stoppelenburg auf dem Sofa, und origineller- oder auch nur ungewöhnlicherweise hat der Komponist sogar uns Interpreten mit auf´s Titelblatt der Partitur geschrieben.

Ming & ich hängten oben die Wäsche auf, und die Rede wurde darauf geschwenkt, daß Ming sehr enttäuscht sei vom Lindalein, weil´s so gar nicht mehr schreibt?! Täglich Tag schaut Ming mehrfach sehnsuchtsvoll im Computer nach, doch die Hoffnung schwindet eigentlich mit jedem Tag.
Am Vormittag, als es mal klingelte hatte ich freudig ausgerufen: „Die Post! Die Linda hat ein Päckchen geschickt!" – Doch das wird wohl ein schöner Traum bleiben.

Abends übte ich am Fenster meine Bach-Sonate, und schaute dabei zu, wie das Ehepaar Otten eine alte Dame verabschiedete die mit dem Radl hinwegstrebte. Die Eheleute wunken synchron los und blieben dann auf fast surrealistische Weise ganz lang versonnen am Straßenrand stehen.

Sonntag, 16. Juli

Zuerst weißwölkig.
Nachmittags wurde es zart-sonnig

Am Morgen erhob ich mich mit einem blitzschnellen Ruck ganz eilig, und versuchte diese einmal angekurbelte Eile auch beizubehalten, da ich ja noch was von „meinen Männern" haben wollte. (Schon wieder schreibe ich leicht so, wie´s die Annegret wohl täte?) Dann wurde geübt. Die abgesäbelte Übzeit fraß sich in den Vormittag hinein.

Wieder hatte Ming die Rede draufgelenkt, daß Frau Basse ihn unterstützen solle, damit er ein College in den USA besuchen könne. Frau Basse habe so viel Geld, daß sie die ganze Graf-Enno-Straße mit Silberlingen pflastern könnte, wenn sie wolle.
Ich werde immer ganz unglücklich von diesen Worten, und fühle mich so, als wolle Ming mir entzogen werden.

Aber ich wurde fröhlich beim Gedanken, daß der Friedel jetzt wieder in Düsseldorf lebt.

„Jetzt gehört er uns wieder ein bißchen!" sagte ich froh, und überlegte, wie Friedels Mutti, meine Lieblingstante Antje wohl glücklich sein dürfte, daß der verlorene Sohn endlich zurückgekehrt ist, auch wenn man vielleicht nach Außen hin ein Bedauern über das Scheitern seiner Ehe durchschimmern lassen muß? Doch ein bißchen fühlt es sich vielleicht auch so an, als sei jemand aus dem Sarg wieder herausgestiegen.

Getragen von Udo Jürgens Hits fuhr ich nach Leer.
Mit Tone und Rieke probte ich Bach´s E-Dur Sonate. Die Rieke arbeitete, bzw. klapperte in engagierter Unzufriedenheit, weil sie vom Empfinden geleitet wurde, daß man das alles viel schöner und kunstvoller machen könne.

Die schlechte Wellenlänge von Frau zu Knyphausen zu ihrem Sohn Tone hat man leider auch zu spüren bekommen, indem sie ihm gegenüber immer so einen feldwebeligen Ton anschlug. Zu mir war sie jedoch höflich.

Konzert in Leer:
Die erste Hälfte stand ganz im Zeichen von Andreas Böhlen, einem jungen aufstrebenden Blockflötisten. Zuerst spielte er mit Streichermarinade ein Konzert von Sammartini und schließlich ein modernes rockiges Werk auf einer speziellen Flöte, die wie ein

Salzstreuer ausschaute und mitten durch das Bildnis des steifen jungen Mannes lief.

Montag, 17. Juli

Grau und trübe

Mein Brief an die Kadda wurde fertig. Er erinnerte leicht an eine Sonntagspredigt, und beinhaltete im Wesentlichen den Kernsatz „Es kommt nichts besseres nach". (Eine umstrittene These).

Probe im Georgswall:
Ich stellte fest, daß ich der Gerswind gegenüber eine leichte Tendenz entwickelt habe, belehrend auf sie einzuwirken, doch nach zwei Belehrungen nahm ich mich beim Zügel und stellte die Belehrungen wieder ein.

Sehr schön, doch zuweilen auch dilettierend vom Blatt, spielten wir unser Brahms-Sextett. Vorallem die Petra saß oft mit einem verwunderten Ausdruck auf ihrem Platz, und schien soeben ausgestiegen. Wenn man sie aber fragend ansähe, so hieße es womöglich: „Da hab ich grad nichts!" und dann wäre man selber der Dumme. So traute sich keiner aufzuhören, und die Petra saß immer ganz lange so da.

Wie´s mit dem Fritz so läuft wissen wir nicht, aber die Gerswind ist auch noch wegen einer anderen Sache traurig: Sie hat kein Elternhaus mehr.
Das Haus in der Schafsdrift wurde bereits verkauft, und Omi Olthoff kehrte in den Süden zurück.
Der Gerswind stellte ich jene Frage, die ich mir selber schon oftmals gestellt hab: ob sich die Omi O. wohl noch von uns verabschiedet, oder ob sie sich wie ein Decrescendo das ins Nichts verblubbert aus unserem Leben stehlen will?
Die Gerswind ist sich aber sicher, daß sich die Omi Olthoff von allen persönlich verabschieden will. Vielleicht fallen auch noch Worte wie: „Besucht mich doch mal, wenn ihr in der Gegend seid!" oder „haltet die Ohren steif!"
Doch die Realität sieht wohl so aus, daß wir Gerda Olthoff nie wieder sehen werden.
(So, wie die Gabi im Park den Udo.)

Nachtrag 2020: Und so war es auch.

Ab 13 Uhr durften wir auf eine Dame mit Namen Anneli Peebo gespannt sein, von der es heißt, sie sei pünktlich und zuverlässig.
„Glaubst du, sie wird mich mögen?" frug ich Ming hüpfrig wie ein kleines Töchterlein. „Was, wenn wir uns von Anfang an nicht grün sind?" den Ausspruch fand ich lustig.
Und so nahm heute unsere Bekanntschaft mit Anneli Peebo ihren Lauf.

Sie kam allerdings nicht allein, sondern brachte ihren Lebensgefährten „Markus Werba" mit. Beide hatten eine gute Wellenlänge zu mir, was sich darin niederschlug, daß ich so emsig an der Teetafel herumdeckte. Etwas, was dann allerdings nicht Not getan hätte, da Ming und Anneli bald mit der Probenarbeit anhuben.

Auf Art einer eifersüchtigen Ehefrau, die mit Argusaugen darauf schaut, ob sich ihr Ehemann wohl gescheit von ihr verabschiedet, übte ich oben in meinem Zimmer emsig auf meiner Violine? Buzens Auto stand nämlich bereits Eile suggerierend auf der falschen Seite, und wenn Buz jetzt einfach abgefahren wäre, ohne „Auf Wiedersehen" zu sagen, dann wäre ich den ganzen Abend über unglücklich gewesen.

Buz suchte eilig seinen grünen Pulli und dann frug er mich hessisch-scharmfrei, ob ich ihm wohl ein Brot schmiere? Verdrossen tat ich´s.

„Also, tschau!" sagte er auf pubertäre Art und strebte schnell hinweg, so als sei ich seine alte Mutter über die er im Alltag nie bewußt nachdenkt.

„Nicht so unherzlich!" rief ich ganz aufgebracht vor Enttäuschung.

Ich bekam noch einen flüchtigen Kuß, und weg war er!

Dienstag, 18. Juli

Grau und trüb

Am Morgen lärmte der kleine Sohn vom Thomas.
Er heulte mit blecherner Stimme: „Mama!" und für Ming nebenan war´s sicherlich eine Überraschung, daß wir ein Kleinkind im Hause haben?
Es ist alles so surrealistisch!
Aber wenigstens brauchte ich mich jetzt nicht um ein Frühstück zu kümmern, und konnte gleich losüben, wo doch meine Zeit so knapp geworden ist wie das Öl!

Ming saß oben auf der Klobrille.
„Du übst so schön!" sagte der süße Ming versunken und warm, und ich hätte Mings Aura so gerne unendlich weitergenossen wenn ich meinen guten Ruf als Pünktlichkeitsfanatikerin wie der Omar nicht hätte verteidigen müssen.

Wir probten den zweiten Satz vom Brahms Sextett, und ich benahm mich Buzen gegenüber direkt etwas pampig und frech. D.h. es benahm sich so aus mir, obwohl ich doch den Vorsatz immer nett zu Buzen zu sein mit mir herumtrug.
Vielleicht lag es daran, daß Buz, immer wenn er einen Einsatz verpasste, so tat, als müsse man „die Schoose" aus künstlerischen Gründen abbrechen.

Einmal rief ich wie ein kleines Töchterlein: „Du hast deinen Einsatz verpasst!"

Etwas unlogisch ist Buz auch: Wenn der Christoph mit kleinen Tips zur Verbesserung anrückt, rollt sich Buz auf eine Pobacke an der Stuhlkante und symbolisiert ungeheure zeitliche Stringenz.

Und wenn er selber etwas kritisiert, macht er variierend auch noch vor, wie´s sonst klänge. (Meist übertrieben und unpassend.)

Als ich mit der Rieke Bach´s E-Dur Präludium übte, lag der Tone dazu auf dem Boden und machte eine Kerze.

(Schon wieder etwas Surrealistisches!)

Mittwoch, 19. Juli

Grau.
Abends zeigte sich am Himmel allerdings ein flammendes Rot

Buz ist nicht zufrieden mit der Arbeit am Sextett und rettete sich in Schnupfen und Grämlichkeit.

Schon am Morgen im Bad spürte ich Buzens B-Seite.

„Viel Spaß beim Duschen!" rief ich. Es war vielleicht nett gemeint, klang aber geziert, da ich mich in der Aura eines B-Seiteligen nicht voll entfalten kann.

„Biddö?" sagte Buz scharmfrei und geistesabwesend und stieg unter dem quietschenden Geräusch der

Schiebetüre ins Duschhäusl, weil ihn die Antwort eh nicht interessierte.

Jeden Tag um Punkt 12 findet bei uns die seltsame, wenig greifbare Probe mit der Kastanjettenrieke statt. Die Rieke macht sich immer ganz viele Gedanken, wie man das Werk künstlerisch schön gestalten sollte, und dennoch könnte ich mir vorstellen, daß ein eventueller Konzertbesucher von der Klapperei das Gefühl bekommt: „Jetzt sollte doch mal jemand das Fenster öffnen, und den armen Hirschkäfer hinauslassen!"

Ich erfuhr, daß Riekes Eltern sich gar nicht mehr verstehen, und ihre Mutti jetzt anderswo wohnt:
Sie zog in ein Schloß, und leider ist sie bei der Tante Bitze in Ungnade gefallen.
Stiefschwestern, Halbschwestern und richtige Schwestern hat die Rieke jede Menge, bloß verstehen sie sich alle nicht.

Am Abend kam der Friedel zu Besuch. Ich hatte natürlich gedacht und gehofft, der Friedel bliebe jetzt wochenlang bei uns, und so trug ich erstmal unbeirrt meine Übschulden ab.
Von meinem Fenster aus konnte ich sehen, wie der Friedel sich mit Anneli Peebo festgeplaudert hatte. Die sonst das Leben so stringent in Siebenmeilenstiefeln Durcheilende schien mit einem Male alle Zeit der Welt zu haben. Nach so kurzer Bekanntschaft umarmte man sich bereits, und ich beim Geigen

überlegte, ob das womöglich der *Landru-Effekt sei?
Bald vergisst die Anneli ihren Markus. Total.
*Landru: Der Blaubart von Paris. Ein Herr, dem alle Frauen verfielen, sogar eine brave Pfarrfrau, die sich nicht gegen seine Sogwirkung zu wehren vermochte

Abends saßen wir dann zunächst mit dem Friedel beim Tee. Wir sprachen über die kleine Maika, Friedels Töchterlein.
Die Maika habe am Telefon gefragt: „Dad? Where are you?"
„I´m staying away for a long, long time!" habe der Friedel zu diesen Worten mit starkem deutschen Akzent gesagt, doch wäre es angesichts der Lage nicht ratsamer gewesen, gesagt zu haben: "I am in heaven now!"

Ich erzählte von der schüchternen Mireille:
Als Rehlein und Ming im Jahre 1984 aus den Staaten zurückkehrten, haben Buz und ich die Mireille zum Zwecke eines „Buh-Rufes" in den Schrank gescheucht, doch im Schrankinneren war sie dann doch zu schüchtern für diesen albernen Allerweltsscherz, und wenn ich wenig später nicht zufälligerweise daran gedacht hätte, daß wir sie dort hineingescheucht hatten, dann würde uns heute aus dem Schrank ein Skelett entgegenfallen.

Donnerstag, 20. Juli

Matt bewölkter Sonnentag
wie auf einem alten belgischen Gemälde

Ming erzählte uns eine unglaubliche Geschichte: Von einem Herrn, der ein Callgirl kommen ließ, und dann war´s seine eigene Tochter. (Da fielen beide aus allen Wolken.)
Und dann fügte Ming eine andere Geschichte hintan, die mit der vorhergehenden scheinbar gar nichts zu tun hatte:
Gestern habe der Herwig grantig angerufen und alles einfach so sinnlos verkompliziert!
„Vielleicht will ja der Herwig gar nicht grantig sein, und es grantelt nur so aus ihm heraus?" mutmaßte wiederum ich beschwichtigend und gänzlich aus der Luft gegriffen.

Ich war ein bißchen schlecht gelaunt, weil ich schon vorneweg darüber nachdenken mußte, daß die Proben mit dem Stephan Schoon immer so langweilig seien.
Und das war die heutige Probe in der Tat.
Wir setzten uns zu einem Boccherini-Quintett zusammen.
Währenddessen wehte mich ein Gefühl aus der Schulzeit an: „Noch 60 Minuten?? Das halt ich nicht aus!" Langeweile ist verdünnter Schmerz.

Allgemein brütete man an Nebensachen herum, aber die erfüllenden Cellosoli vom Nick gefielen mir, und ich dachte: „Vielleicht sollte ich mein Ohr daran aufhängen? Vielleicht vergeht die Zeit dann schneller?"
Einmal sagte der Stephan nett: „Gell ihr sagt´s, wenn ich zu viel quassel?"
Während ich noch überlegte, wie man das wohl machen solle ohne unhöflich zu sein, sagte die Theresa neben mir auf ihre kühle Art: „Neee- bestimmt nicht!" Und unausgesprochen schwangen die Worte: „Mein liiiiiber Schwaaan – da gibt´s noch viel zu reden!" mit.

Freitag, 21. Juli

Zarte, aber nichtssagende Sonnenansätze unter einer grauen Wolkenfrisur

Ich finde es seltsam, daß Herr Heike seine sterbende Frau alleine lässt, und hier die Konzerte besucht, die ihm doch größtenteils gar nicht gefallen. Er schleicht herum und findet zu niemandem den rechten Kontakt.

Der kranke Buz mit seiner violett verschwollenen Knollennase bietet derzeit leider einen entsetzlichen Anblick.

Wieder probten wir mit Stephan Schoon, und mitten in der Probe fiel mir ein, daß ich vergessen hatte „Ehen vor Gericht" zu programmieren – und dann fiel mir aber auch noch etwas anderes ein: Ich hatte vergessen die Parkuhr zu speisen!

Im Fernsehen war zu sehen, wie Gerhard Schröder beim Staatsbesuch in Japan stilwidrig eine kleine Japanerin umarmte, die sich vor Schreck in seinen Armen augenblicklich totstellte, so daß der sonnige Kanzler von einem Moment auf den anderen eine leblose Person im Arm hielt.

Beim Umkleiden für´s Konzert machte ich der Petra vor, wie man den neuen fleischfarbenen Büstenhalter in die jubelnde Menge schleudern könnte.

Samstag, 22. Juli

Sonnig

Brahms, so Ming, schrieb Musik als sei er immer verliebt gewesen. Und drum sei Buz im Grunde der richtige Interpret für diese Musik, weil er auch immer verliebt ist, sagte wiederum ich warm.
Und tatsächlich gibt es niemanden auf der Welt, der die G-Dur Sonate in solch vollendetem Ausdruck darstellen kann, wie Buz. Dieses Werk hat seinen

Interpreten somit gefunden, und sollte für andere gesperrt werden, meinte ich.

Allerdings geht´s einem bei Premieren zuweilen so, wie beim ersten Rendezvous, wo einem alptraumartig nichts Geistvolles zum Parlieren einfällt. Und so geht´s einem zuweilen auch bei der Premiere auf der Bühne, und es fällt einem nicht mehr ein, wie man nun gescheit losinterpretieren soll?

Die Rede kam auf Herrn Stoppelenburg, der zwei bildhübsche Töchter habe: Die eine blond, die andere dunkelhaarig, und vielleicht sind´s geeignete Kandidatinnen für Ming?

Mittags um 14 Uhr machte ich mir die größten Sorgen, wo der sonst so pünktliche Ming sei? Ich stand am Fenster, übte meine Beethoven-Sonate und war aber gar nicht bei der Sache, da sich in mir zwei Gefühle stritten: Ärger und vorallem Sorge. Ich hatte Angst, Ming sei vielleicht überfahren worden.

Buz, Rehlein und ich würden in diesem Falle eingehen wie Pflanzen, die nicht mehr gegossen werden. Ich würde nur noch teilnahmslos unten auf der Treppe herumsitzen und rasch ergrauen – bloß würd´s mich gar nicht mehr kümmern.

Zum Glück lebte Ming aber doch noch und war bloß beim Franz zum Mittagessen eingeladen gewesen.

Sonntag, 23. Juli

sonnig

Zunächst nur ein Verdacht – dann jedoch Gewissheit: Anneli P. fühlt sich vom Friedel magisch angezogen. *Sie packt all ihre moralischen Grundsätze in ein Köfferchen, schließt es ab und wirft den Schlüssel in hohem Bogen in einen Tümpel.*

Ich erzählte die Geschichte, wie Gidon Kremer einst den vielbeschäftigten Maestro Barenboim nach Lockenhaus einfliegen ließ, weil er fand, daß das Aufeinandertreffen zweier verschiedener Temperamente die richtige explosive Mischung für eine Schubert-Sonatine ergeben könnte? Er dachte somit auf Kritiker-Art – und dann hat sich der Barenboim nach der Darbietung auf der Bühne gar nicht richtig küssen lassen! Zum „Dank" für die Einfliegung hat er dem Kremer auch noch die Frau vor der Nase weggeschnappt.

Probe im Güterschuppen.
Wir probten das Werk von Herrn Stoppelenburg, der seine beiden bildhübschen Töchter mitgebracht hatte. Die Josephine hatte eine etwas persönlichere Ausstrahlung als ihre blonde Schwester Charlotte, mit der man sich erst anwärmen müsste.
Der Martin am Horn problematisierte herum, daß so wenig Zeit zum Proben bliebe, und ich fühlte mich

in diesem Raum unwohl, weil er mich so an letztes Jahr erinnerte: An die langweiligen Klarinettenquintettproben mit Jan M. und Inka E.

Der vertrocknete Oboist aus dem Osten zu meiner Rechten schien mir wenig sympathisch, redete aber wenigstens aus einer gewissen Misanthropie heraus gar nichts.

Einmal kam Buz als geistiger Vater des Festivals, um uns einen kleinen Besuch abzustatten.

Buz leuchtete so bezaubernd, als er den einzelnen Gästen so nett die Hand reichte.

Montag, 24. Juli

sonnig

Ich las über den Scheidungskrieg der Wussows bzw. ein Interview mit der gehörnten Yvonne:
Der Wussow sei mit einer anderen Dame Bötchen gefahren, und diese Dame wiederum hatte sich mit einem Kußmund ins Gästebuch eingetragen.

Heute wurden wir von einem neuen Schofför schoffiert. Ein Herr namens Tim, der demnächst nach Taipeh reisen will, und nun um Tips ansuchte, wie man sich dort wohl zu benehmen habe?
Als Gastgeschenk sollte man etwas Nettes aus seiner Heimat mitbringen, meinte Buz.

Wenn man aber nichts mitbringt, so sei dies auch nicht schlimm – dann denken die Chinesen eben, es wäre vielleicht ein alter Brauch in der Heimat des Gastes, nichts mitzubringen?
Manche bringen auch gute Laune oder ihre Frau mit oder beschenken den Gastgeber reich, indem sie bei Tisch unglaubliche Geschichten erzählen?

Ich dachte mir einen Satz für eine Kritik aus, der wirklich unter die Haut geht:
„Nach einem beschissenen ersten Satz gelang es ihm, sich dermaßen zu steigern, daß das Publikum den Atem anhielt."
Ohne große Worte zu machen, ließ Herr Heike in seinen Zügen Bedenken darüber spielen, daß wir morgen *schon wieder* das Werk von Stoppelenburg interpretieren, und als ich ihm mitteilte, daß ich auch noch etwas von Wagner spiele, da tat er so „erstaunt".

Dienstag, 25. Juli

Grau und düster. Hi und da Sprühregen.
Abends tosende Regenfälle

Nach dem Konzert in Viktorbur:
Ein Herr hatte sich ein Herz gefasst, um mir eine Frage zu stellen, die ihn sehr zu beschäftigen schien:
„Wenn man als Tochter so dasitzt, und der Vater spielt Geige, ob´s da wohl die ein oder andere Stelle

gibt, wo man bei sich denkt „Vadda, das hättest du auch besser hinbekommen können!?!"‟?"
Doch da ich noch unter jenem Banne stand, daß Buz seine Brahms-Sonate ganz genau so interpretiert hatte, wie sie sich der verliebte Tondichter gedacht hatte, antwortete ich auf den ersten Horch höchst einsilbig: „Nein."
Da bereute es der arme Herr, diese Frage gestellt zu haben, und so sagte ich schnell: „Es war aber eine sehr interessante Frage!" so daß der Herr seine Reue wieder einsammeln, und bei anderer Gelegenheit gebrauchen kann.

Zum Proben waren mal wieder alle zu spät erschienen, so daß sich im Probenraum nur Lücken tümmelten.
Buzens Spezi Peter vertraute ich an, daß ich zwar sehr gerne auf meiner Violine und auch mit anderen zusammenspiele, „Proben" jedoch auf der Liste der zehn Tätigkeiten, die ich am ungernsten im Leben betreibe, ziemlich weit oben stünden. Gestützt von staubsaugen und Parkplatzsuchen.
Es sind die ewigen Unterbrechungen, und die engagierten Unzufriedenheiten der vielen inkompatiblen Temperamente, die mich so zermürben.
Jetzt saß ich aber gottergeben da, und der Rudolf neben mir wirkt immer ganz teilnahmslos und leicht hinweggetreten, so als zirkulieren Sorgen und Probleme durch sein Hirn. Nur einmal, als man einen Dämpfer brauchte, sagte er in klassischem

Tuttischweinderlhumore: „Wir brauchen ne Sardine!"

Und wenn Herr Stoppelenburg etwas zu ihm sagte, dann schrieb er es sich in die Noten – auch wenn es vielleicht klüger wäre, es sich hinter die Ohren zu schreiben? Haha, jetzt witzel wiederum ich wie ein Tuttischwein.

Der Nick am Cello sagte hi und da etwas Poltriges: z.B., daß man viele verschiedene Einsen höre, und dererlei.

Als ich nach Hause kam, fühlte ich mich wie ein echter Arbeitnehmer: Ausgelaugt und geradezu verdrossen.

Mittwoch, 26. Juli

grau

Ich frug den Hornisten Martin interessiert nach seinen Familienverhältnissen aus.

Martins Mutti ist ganz auf Harmonie eingeschworen und vermeidet als klassische Waage-Frau jeden Streit. Ich am Steuer hätte gern eingeworfen, daß die Hilde als Waage-Frau immer an jedem zweiten Tag anfängt Streit zu suchen, und doch fehlte mir der nötige Wortschwung hierfür.

Einmal habe der Martin zu seinem Vater etwas derart Häßliches gesagt, daß hinterher eine schockierte Stille eintrat, denn es gibt Worte im Leben, die sich nie wieder ausmerzen lassen.

Angestrengt versuchten wir das Konservatorium in Groningen zu finden. Nur ein einzelner, mürrischer alter Mann wußte überhaupt, was ein Konservatorium sein soll, und ausgerechnet auf dessen Wegbeschreibung hin verhedderten wir uns im Straßenverkehr derart, daß wir leider immer weiter fragen mußten. Nett übernahm die Josephine die oft unbequeme Fragerei, denn wenn man keine Antwort bekommt, dann steht man mit seiner Verlegenheit ganz alleine da.

Manchmal rief sie: „Frau!" und wenn sie dann die Auskunft bekam, daß man nichts wisse, dann rief sie: „Bedonkt!"

Es klang wie ein endgültiger Stempel, den man hinter diese kurze Bekanntschaft setzt.

Mit im Auto saß auch noch Buzens Schwarm Amalia, eine Meisterpianistin aus Rumänien, und Amalia und Martin sprachen zu meiner Überraschung etwas geringschätzig darüber, daß Herr Stoppelenburg in den Proben viel zu viel reden würde. Die Amalia meinte gar, sie wäre das erste Mal im Leben froh gewesen, kein Orchesterinstrument gelernt zu haben, denn das könne sie nicht ertragen, wenn jemand neben ihr säße, und bei jedem Ton Worte drumrankt, wie der wohl zu spielen sei.

Dann sprachen wir über die Liebe.

Der Martin geriet bei diesem Thema ins Philosophieren. Er beleuchtete den Ausdruck „*ver*liebt", der ja auch etwas Negatives beinhalte. „*Ver*liebt" war der Martin schon unzählige Male, doch nur über eine, nämlich *seine* Frau, darf er es sich erlauben, zu sagen: „Ich *liebe* sie."

Im Künstlerzimmer in Norg ist es leider sehr eng. Alle übten wild durcheinander, und so ist von Glück zu sprechen, daß die modernen Kammermusikformationen keine Brutstätten von Animositäten mehr sind.

Heimfahrt durch die Dunkelheit:
Josephine und Martin unterhielten sich auf dem Rücksitz leise über die Aufführung. (Etwas aufgeregt von Herrn Stoppelenburg dirigiert.) Herr Stoppelenburg wirkte hernach unfroh – wahrscheinlich, weil es seiner Frau nicht so sehr gefallen hat?

Donnerstag, 27. Juli

Hell bewölkt. In der Luft lag Feuchtigkeit

Mittags mußten wir noch ganz lang auf die beiden Familienoberhäupter Thomas und Buz warten, und die grässliche Trioprobe im Musikzimmer hörte und hörte einfach nicht auf. Der Andrea gegenüber ließ ich ein paar Andeutungen verlauten, wie man bloß vier Stunden am Stück proben kann? Man kann ja schwer sagen: „Ich werde immer ganz krank, wenn ich mit Wienern proben muß!", oder „ich kann das „Wienerische" einfach nicht mehr ertragen!"

Doch im Tagebuch darf ich ja unverhohlen sagen: „so ist´s!" (Leider!)

Die Andrea hatte gekocht, und wir ließen uns den köstlichen Duftreis mit pikanter Soße munden.
Einmal frug ich über die Tafel hinweg, ob wir diese Dosenkost wohl öfters kaufen sollten? (Dies, um den einkanaligen Buz auf das schöne Essen aufmerksam zu machen.)
Man sprach darüber, daß in Adorf die Bühne sehr eng sei, und man den sensiblen Herwig schonend drauf vorbereiten müsse, damit er nicht eingeschnappt abreist.

Ming hatte in Rehleins Zimmer allerlei erledigt, und erst nach langer Zeit gemerkt, daß dort der kleine Sven schlief.
Nicht auszudenken wär´s somit gewesen, wenn Ming sich nach Adonisart nackt vor den Spiegel gepflanzt hätte um seine Muskeln spielen zu lassen, und dann erst gemerkt hätte, daß die Andrea dort ein Nickerchen hält.

Heute stellte ich mir immer wieder vor, daß doch im Leben von uns allen der Moment kommen wird, wo man im Sarg liegt, und die Verwandten von oben ein Schäufelchen Erde in die Gruft kippen. (Als letzten verzweifelten Gruß.)
Ich stellte mir die Amalia und Herrn Stoppelenburg in diesem Moment vor.

Wesendonck-Lieder am Abend im Konzert. Der dirigierende Herr Stoppelenburg war so aufgeregt, daß sein Gesicht im Schweiße schwamm! Eigentlich hatte er vorgehabt, nur ganz wenige Bewegungen zu machen, doch aus Aufregung rührte er bildlich gesprochen „wie um sein Leben" in der Luft herum.

Freitag, 28. Juli

Nieselnd grau

Am Morgen lag ich eine Weile wie angeschossen in meinem Bett, und man hörte, wie es draußen in Strömen regnete. In unseren derzeit engen Wohnverhältnissen herrschte Stress: Der kleine Sven heulte und schrie, und den Thomas, - auch wenn er immer emsig an sich als idealem Ehemann feilt und arbeitet - hörte man ungeduldig ein ums andere Mal von unten heraufrufen: „Spatz! So komm doch endlich!"
Ähnelnd dem kleinen Sven kann er es einfach nicht einsehen, warum seinen Bitten und Wünschen nicht sofort und auf der Stelle Folge geleistet wird?
Die Andrea vermisste ihren Autoschlüssel, und in den Bund der hektisch Herumsuchenden, gesellte ich mich einfach als Dritte, damit's nicht heißt, ich hätte nach Künstlertypenart nur meinen eigenen Scheiß im Hirn.

Die Andrea hatte heute nämlich Dienstantritt – auch wenn´s nur ein Drei-Tage-Dienst ist. (Im Symphonieorchester, das angefangen hat, für das Abschlußkonzert zu proben.)
Eine Zweitärgerlichkeit ließ auch nicht lange auf sich warten: In meinem Auto, in welchem Ming sich erbarmt hatte, die junge Dienstantretende zum Güterschuppen zu schoffieren, hatte sich schon wieder eine Pfütze unklarer Herkunft gebildet.
So lange Ming weg war, steckte ich den Kopf vor den Sorgen in den Sand, wohlwissend daß sie nach einer kurzen Sendepause wieder übergroß vor mir auferstehen würden.

Ich kaufte ein, und begann unverzüglich los zu kochen. Bald schon jaulte die Haustüre, und der Thomas strahlte eine Vorkriegsmanneshektik aus, weil er um viertel vor zwei eine Besprechung hatte.
In fast arroganter Hektik ließ er fragend anklingen, warum man das Fleisch nicht schneller bräte?
Früher hätte ich es ihm verübelt, doch inzwischen weiß ich, daß der Thomas auch großzügig und hilfsbereit ist, und außerdem hat er uns doch schon so oft seine Frau als Köchin zur Verfügung gestellt, daß wir ihm nun wirklich Dank schulden.
Der Herwig aß auch mit uns, und empfand das feine Fleischgericht als köstlich.
„Ich hab einfach kopflos drauf losgekocht, weil der Thomas so eine Hektik ausgeströmt hat", sagte ich nett, und der Thomas lachte gutmütig, weil er ja jetzt

artgerecht gehalten hinter seinem Teller saß, und somit darüber schmunzeln konnte.

Nur Buz war wie alle Tage in der „Börse", da er sich gerad wie der Mohr in unserem „Ehen-vor-Gericht" Film, nur dort wohl fühlt, wo seine Freunde sitzen.

Um 16 Uhr wachte der Sven auf und heulte!
Ming war so entzückend zu dem Knirps.
Ich rief den Thomas an, nicht ohne die Scheu, er könne vielleicht stressgepeinigt aufbarschen und sagen: „Kümmert ihr euch doch ein bißchen um ihn! Macht doch nicht so ein Geschiss drum!!"
Aber der Thomas kam. Der Sven hatte in die Büx geschissen und wir fanden keine Pämpers, und mit jeder Nichtfindungsminute stieg natürlich auch die Dauer dessen, die das Würstl an dem zarten kleinen Po klebte.
Rührend hilflos suchte der Thomas zuerst an den Pämpers herum, dann suchte er eine frische Hose und zu Svens Gequängel sagte er pädagogisch unklug: „Svenni! Sollen wir *die* Hose nehmen? Oder *die* Hose?? Oder lieber **die** Hose???" Zu mir aber sagte er: „Sei froh, daß Du nicht so einen Pimpf am Bein hast!"
Später fiel mir eine kleine Aufmunterung ein, die ich hätte sagen können, doch da war's schon zu spät: „In ein paar Jahren ist er sicher stubenrein!"

Am Abend rief ich die Omi an – froh, daß es sie, so quasi als Verknüpfungsstrapsbändel zum Jenseits - noch gibt.

Samstag, 29. Juli

Es wurde sonnig

Der kleine Sven hatte schon wieder in die Büx geschissen, so daß Ming und Thomas zum Windelkauf aufbrechen mußten.

Hinter den schweren Eisentüren der „Ostfriesischen Landschaft" hörte man die Ravel-Sonate heraustönen. Nach dem ersten Satz stürzte ich mich in die Publikumsfluten. Ich hatte gemeint, die „Elisabeth", die da mit dem Hanno musizierte, sei vielleicht jene, die er neulich unbeabsichtigt geschwängert hat, so daß er sich selber mit dieser *scheinbar* überflüssigen Gelegenheitsschwängerung einen Ast vom sorglosen Studentenleben abgesägt hat. Nun sah man ihn aber eifrig am Klavier agieren, und von der Geigerin sah man nur den halben Kopf über der Nasenwurz, weil die untere Hälfte davon hinter den riesigen Noten verborgen war.
Der Oberkopf schaute aus wie von einem zartgebräunten österreichischen sog. „Skihaserl".
Hernach spielte eine divenartige Koreanerin die Tzigane von Ravel.
Ich schloss die Augen und löste mich schon nach kürzester Zeit aus meinem Körper heraus in eine andere Dimension.
Ein bißchen Angst hab ich allerdings immer davor, ganz plötzlich mit einem erschrockenen „Huh-Ruf"

wieder aufzuwachen, wie es mir einmal in der Eisenbahn passiert ist.

Der süße Buz war vom zarten Rot einer Mischung aus Begeisterung und Verlegenheit überzogen, weil es für ihn so aufregend ist, wenn seine Schüler vor aller Ohren musizieren.
Die Leute freuen sich auch über den Kunstgenuß, doch über all dem schwebt die Frage: Wo ist Rehlein?
Und klingt es nicht gar zu halbseiden und hinzu gänzlich unglaubwürdig wenn man sagte, sie sei zu ihrem alten Vater gezogen, um ihm den Haushalt zu führen?
Die meisten sind der heimlichen Meinung, Rehlein habe Buzen verlassen.
„Zu viele Arrogäntlichkeiten und Sticheleien haben das Zusammenleben für immer verdorben", so könnte der Ehepsychologatskundige vermuten.
Etwas, was sich aber leider auch über viele Kollegen in Trossingen sagen lässt.

Der Onkel Hartmut äußerte sich in der Pause mißbilligend zur Tempowahl vereinzelter Sätze, und nach dem Konzert gab es auch noch einen Disput zwischen Herwig und Ming, weil Ming es so gönnerhaft fand, daß der Herwig der Musik von Prokofieff im Panierungsmäntelchen Wiener Intellektuellen-Arroganz den Tiefgang abfaseln wollte.

Etwas schien mir leicht gruselig: Linda R. brachte Buzen seine Nummernschilder, die angeblich entfernt worden waren, doch ich konnte mich des Verdachts nicht erwehren, daß es die Linda selber war, die sie abgeschraubt hatte, um sich bei Buzen hervorzutun?
„Sieh her, die habe ich im Gras gefunden!"
Auf Buzens Sitz im Auto lag ein kleiner Liebesbrief von ihr, und Brillenputztücher, die sie extra als kleine Aufmerksamkeit für Buz gekauft hat, damit er endlich mal sieht, wie sehr sie ihn anschmachtet.

Ich glaube, der Onkel Hartmut möchte sich so gerne einmal mit Buzen unterhalten, und ihm vielleicht kleine Kümmernisse aus seinem Leben anvertrauen. Es geht aber nicht, weil er Buz nie alleine erwischt.

Sonntag, 30. Juli

Bräunlich, waschküchenhaft bewölkt

Am Morgen lag ich wohlig verpackt im Bett und schöpfte mir symbolisch gesehen ständig zehn Minuten Schlaf mit der Schlafkelle nach, weil ich einfach nicht genug davon bekommen konnte.
Dann stand ich auf und verkündigte gleich als Erstes, daß sich der Onkel Hambum schon seit 40 Jahren darum bemüht, seinen großen Bruder Buz ein einziges Mal unter vier Augen zu sprechen.

Immer ist Buz von Trauben irgendwelcher sog. „Insider-Typen" umringt.
Jetzt würde ihm der Hartmut so gerne etwas aus seinem Leben erzählen, doch gestern ging´s schon wieder nicht!
Dann sprachen wir darüber, daß Herr Stoppelenburg in den Proben immer will, daß alle <u>ganz</u> genau so spielen, wie er es sich denkt.
Gestern habe er gesagt: „Ich habe mich gestern Abend nochmals intensiv in die Partitur versenkt!"
Der Otis am Fagott geriet durch diese Worte in eine leichte Pikierung, doch lassen wir ihn selber zu Wort kommen: „Ich beschäftige mich schon seit zehn Jahren mit diesem Werk, und nicht erst seit gestern Abend!"
Der Dimka hat´s sogar schon auf eine CD geblasen. Doch das hat nichts zu sagen.

Fein archiviert in Buzens kostbaren Erinnerungen ist das gestrige Meisterkonzert zum tollsten und unglaublichsten Konzert mutiert, daß er jemals gehört hat.

Beim Üben dachte ich über Herrn Heike nach, der abgereist ist, weil er wahrscheinlich enttäuscht und traurig ist – warum wir im Abschlußkonzert wohl unbedingt etwas von Stoppelenburg spielen müssen? Für den sensiblen Herrn ein Fußtritt gegen seine Arbeit. Doch die sperrigen modernen Werke von Herrn Heike, dem immer nur das gefällt, was ihm

nicht gefällt, schienen allgemein für das Abschlußkonzert wenig geeignet.

Beim Mittagessen wurde die Rede auf den Ramon geschwenkt, der ebenfalls abgereist ist, weil er es wahrscheinlich nicht einsieht, warum unbedingt ein anderer Cellist im Abschlußkonzert spielen muß?

Um 18 Uhr waren wir mit dem Onkel Hartmut zu einem Caféhaus-Besuch verabredet. Der Onkel verspätete sich allerdings um 18 Minuten und erst dann sah man wie er sich bedächtig durch die Tür hereinwalzte.
Der Onkel sprach vom gestrigen Konzert, und darüber, daß alle immer so schnell spielen würden, weil sie Angst haben, sie würden den Spannungs-
bogen verlieren.

Herr Stoppelenburg dirigierte auch heute, und schwamm dabei in seinem Schweiße.

Montag, 31. Juli

Schwül und sonnig

Buz wrang die Zeitung interessiert nach postumen Neuigkeiten über die beiden Meisterklassenkonzerte aus, und war enttäuscht, weil sich lediglich ein mehr oder minder fader Schüleraufsatz darüber fand, welcher Kim-Yong-Lee welches Opus von Beethoven vielleicht „souverän" dargeboten habe. Na man kennt es ja.

Wir begegneten Frau Giquel mit ihrem Bruder Aki (Joachim), und dessen Ehehälfte Hanne. „Beinah wären wir gegenseitig in Vergessenheit geraten!" sagte ich nicht ohne Überschwang zur Hanne mit ihrem purpur geschminkten Mund, denn ich hatte in letzter Zeit tatsächlich nur noch selten an das Ehepaar gedacht.
Man erkundigte sich nach Rehlein, von der ja viele kaum noch glauben mögen, daß sie überhaupt noch lebt.
„Ihr Leuchtturm steht jetzt anderswo – um es mit den Worten von Udo Jürgens zu sagen!" sagte ich leichthin.

Buz erzählte, wie er den Herrn van Lengen leicht beleidigt habe, als er eine Rückschau auf den allerersten musikalischen Sommer gehalten hat:
Buz hatte gemeint, der Herr van Lengen lache vielleicht, und augenzwinkernd gesagt: „...und van Lengens hatten keine Zeit..." Herr van Lengen blickte aber zu diesen Worten leicht verdrossen drein, und im Geiste dachte ich mir diese Geschichte weiter aus: *wie Herr van Lengen nämlich überraschend sagt: „An dem Abend hatte ich tatsächlich keine Zeit. Das war ein Abend, den ich mein Lebtag nicht vergessen werde......an diesem Abend wurde ich nämlich wegen Mordes an einer Prostituierten festgenommen. Später im Prozess wurde ich*

dann allerdings aus Mangel an Beweisen freigesprochen. Doch ein Rüchlein blieb!"

Ich erfand einen lustigen Schüttelreim:
Wollt ihr im Sommer wieder nach Schwunst kimmen?
dort könnten wir nämlich auch Kunstschwimmen.
„Schwunst – das ist ein Ort in Tirol!" sagte ich scherzend wie die Tante Beate.

In Tones Gästebuch fand sich ein Früchtebroteintrag Rehleins.

Als der Svenni mal weinte, begab sich Buz in die oberen Gemächer und schaffte es durch seine magischen Kräfte augenblicklich, den Knirps zum Schweigen zu bringen.

August 2000

Dienstag, 1. August
Aurich

Schwül und sonnig. Doch am Abend regnete es

Bei uns herrschen noch immer Leningrader Wohnverhältnisse, und wenn man sich erhebt, so ist´s, als erhübe man sich in ein übervolles Bild hinein, wo eigentlich wirklich kein Bedarf besteht, noch etwas hineinzupinseln.
Die Möbelpacker tauschten den Flügel im Wohnzimmer auf rumpeligste Weise wieder aus, und vor der Türe lärmte der Rasenmäher.

Ming und ich saßen im Garten von Frau Münch.
Frau Münch beherbergt derzeit einen Feriengast:
Eine dünne Dame mit Knackpo, die durchgeschwitzt vom Joggen über den Rasen lief, und die neue Gästeschicht, die sich zu einem Teetrunk niedergelassen hatte (uns) nur mit einem unverbindlichen Nicken im Vorübergehen bedachte.
Wir waren gekommen, da sich Frau Münch erboten hatte, als Sekretärin für uns rührig zu werden.
Manchmal sah es aus, als wolle ein Gewitter auf uns herabprasseln, und dann wiederum lachte freundlich die Sonne über die schönen Worte, bzgl. Künft´gem die über der Teetafel ausgebreitet wurden.
Ich philosophierte darüber, daß man immer gern klare Anleitungen hätte. Einer Hausfrau sei unendlich damit gedient, wenn der Mann ihr klipp & klar

sagt, was er zu essen wünsche, sagte ich für eine moderne Frau etwas ungewöhnlich, und wartete mit einem Beispiel auf, das ich allerdings wieder vergessen habe.

Mittwoch, 2. August

Zunächst schwül und staubig.
Dann Duschregen und Sturm. Ganz düster.
Abends schön

Beim Frühstück sprachen wir über die Inseln und ihren hohen Schalheitsgrad: Überall auf der Welt ist es schöner als auf den ostfriesischen Inseln, doch die Leute reisen trotzdem hin, weil es unterschwellig aus ihnen empordenkt: „Ich muß mal raus hier!

Abschied von den liebgewonnenen Taiwanesen am Hafen.
Der Franz wurde von Herrn Schüt in dessen Limousine persönlich herbeigebracht, weil es den betagten Herrn Schüt in der Seele schmerzt, ihn, der ihm ans Herz gewachsen ist wie ein eigener Sohn, wieder herzugeben – zumal es bei Reisen in soo weit entfernte Länder immer zweifelhaft scheint, ob man sich wohl jemals wiedersieht? So umarmten sich die beiden Herren sehr tief und sehr lang, und auch mit mir beküsst sich der gefühlvolle Herr Schüt immer sehr gern. Dadurch, daß sein Kurzzeitgedächtnis nur

„guuut" aber nicht mehr fantastisch ist, kommt es zuweilen zu vier bis sechs Küssen.

Abends schaute ich einen Film, der mich sehr ansprach und bewegte, weil er mich entfernt an Ming erinnert hat: Ein deutscher Herr vom alten Schlage wanderte nach 46 Jahren in Australien wieder nach Deutschland zurück. Nur von *einem* seiner drei Söhne hat er sich verabschiedet, und die Urne seiner jüngst verstorbenen Frau nahm er mit.
Die Deutschen in Australien, mit denen er eine verdeutschte Abschiedsfeier feierte, fand ich so grusig, weil ja den Deutschen das Ausland leider überhaupt nicht steht.
Früh morgens auf dem HBF in Mannheim fühlte sich das Leben, selbst durch den Bildschirm hindurch, seltsam trostlos und fremd an, obwohl die Sonne glitzerte. Doch wenn niemand auf einen wartet?
Er war aus jenem Grunde zurückgekehrt, weil er in Australien nie richtig heimisch geworden war.
Er telefonierte mit den wenigen Bekannten die ihm geblieben waren – doch niemand zeigte erhöhten Appetit auf den 79-jährigen.
Da mußte ich an Ming, und seine eventuelle Rückwanderung von Amerika nach Ostfriesland im Jahre 2043 denken. Fast alle, die man kannte, dürften bis dahin unter der Erde liegen.

Draußen tobte plötzlich ein grünlich-malaysischer Duschregen. Ich war so begeistert und eilte hinauf an mein Fenster, weil ich mir das Spektakel nicht entgehen lassen wollte.

Durch den stürmischen Wind fegten regelrechte spitze Schrägwogen über die regenbeprasselte Graf-Enno Straße, die sich in kürzester Zeit in einen reißenden Bach verwandelt hatte.

Donnerstag, 3. August

Weißlich bewölkt, dann Duschregen.
Am Abend zarter, orangefarbener Sonnenschein

Zum Frühstück schauten Ming und ich schon wieder jenen Report über den 79-jährigen Walter Hurst, der nach 46 Jahren von Australien nach Mannheim zurückwanderte.
Er besuchte seinen Sohn Werner ein letztes Mal, und gab sich belehrend, unsentimental und unangenehm, so daß der Sohn vielleicht froh sein mag, wenn der Alte weg ist? Auf Nimmerwiedersehen.

Als ich oben bügelte, hörte ich, wie Buz unten die „Lindenstraße" anschaute. Ich frug Ming, der nebenan etwas Sinnvolles tat, ob es wohl sein könne, daß ich meine eher einfache Art von der väterlichen Seite geerbt haben könnte? Schließlich könne Buz in *der* Zeit, wo er die Lindenstraße schaut auch eine Beethoven-Symphonie hören, oder Gedichte von Goethe lesen?! Doch Buz tut´s einfach nicht.

Am Abend fiel mir ein Schüttelreim ein:
Tot fiel jemand um aus dem Chor, bumm
Dies geschah auf der Insel Borkum!

Freitag, 4. August

Schöner Sonnenschein.
Nur Mittags etwas weißwölkig

Rehlein hatte uns eine E-Mail vom Lindalein weitergeleitet bzw. mitgemailt, da Rehlein ja immer ganz viel Früchtebröternes hinzuschreibt.
Das kleine Mail klang lieb, fern und verloren und hinzu noch ein wenig anämisch.
Das Lindalein schrieb, daß sie mit ihrem Freund Jim wandern geht, und daß sie Obst und Gemüse und alles vermisst.

Samstag, 5. August

Auf diesige Weise sonnig. Morgens eher etwas herbe

Wir schauten uns einen Film über die alte Chansonette Helen Vita an, die mit ihrem Ballettstöpsl auf dem Haupt wie ein bleiches Hefegebilde ausschaut.
Wir erfuhren, daß ihre Mutter den Ehrgeiz gehabt habe, ihre Kinder ohne Liebe großzuziehen. Und notgereift an diesen unschönen Erfahrungen aus

frühester Kindheit schwebt immer etwas Verloren-Resigniertes über dem sog. „Berliner-Urvieh".
(„Haben Sie sich je geliebt gefühlt?" – „Nein.")
Von ihrem Vater hat die Sängerin den Hang zur Einsiedelei geerbt.
(„Papa, was wünschst du dir zum Geburtstag?" – „Meine Ruhe!" – „Nicht lieber eine Eieruhr?" (Die hatte man bereits erspart und besorgt.) – „Na, dann schenkt mir halt in Gottes Namen eine Eieruhr!")

Ming hat sich vorgenommen, die noch so frische Verliebtheit zur Luisa wohl zu dosieren – doch schon nach einem Tag bekam er Sehnsucht nach ihr.

Sonntag, 6. August

Hellgrau bewölkt

Ming stand relativ früh mit einem frohen Lied auf den Lippen auf – wo er doch zur Zeit verliebt ist. Nach einer längeren düsteren Phase ist Ming, so wie einst Phönix aus der Asche, wieder ins Sonnenlicht des Lebens zurückgetaucht, und spielte gleich ein paar Reißer auf dem Klavier: Werke von Gershwin und Polonaisen von Chopin.

Gestern setzte Ming eine kleine Anstandszäsur mitten in seine Liebe hinein, von der man sich frägt: „Tut das wirklich Not?"

Ming ließ nämlich einen ganzen Tag einfach so verstreichen...

Nun las mir Ming wieder den Artikel im GEO über die Auswahl in der Liebe vor, doch ich hatte mir von dem Artikel mehr erhofft, bzw. vielleicht habe ich ja auch nur so halb zugehört, weil ich gedanklich immer mit anderem beschäftigt bin.
Einmal bat ich Ming, mich zu analysieren, und Ming meinte, ich verfolge eine Lebensstrategie, die auf ein Minimum an Konflikten hinzielt.
„Interessant", murmelte ich.

Beim Bettenmachen mußte ich gerührt darüber nachsinnieren, daß mein Schwarm Udo Jürgens den Alltag besingt. (So wie ein Vogel.)

Wir probten.
Ming sprach mit gerunzelter Stirn und nahm beständig die Hände von der Tastatur. „Gell, ich bin so belehrend?" sagte er einmal süß, weil wir ja den ganzen Tag über immer wieder davon sprechen, wie man wohl sein muß, wenn man der Luisa gefallen will.
„Naaaain!" sagte ich, weil mir Ming´s Eifer nicht zuletzt ja auch gefällt, doch nur wenige Zeilen weiter sagte ich, bzw. es „barschte" so mehr oder minder aus mir heraus: "Rede nicht so viel!"
Ming wurde etwas laut und heftig, und wir stritten uns praktisch um nichts. Ming meinte, es würde ihn langweilen, immer nur durchzuspielen, und er habe

eigentlich nicht den Eindruck, daß ich mir besonders viel dabei gedacht hätte.

Ich aber wiederum komme mir bei Ming´s stirnrunzeligen, unbeugsamen Belehrungen immer so entmündigt vor. Gar nicht so, als wolle man sich musikalisch aufeinander einpendeln, sondern mehr so, als besuche man einen Kursus bei einem alten Mann mit untrüglichem Wissen. Wir stritten eine weitere Weile lang „um nichts", doch dann wurde es wieder nett, weil wir sehr schön spielten, und zum Mittagessen beküsste Ming meine eine Wange solcherart, als hüpften die Küßchen bällchenartig auf und ab, unzählige Mal! Es wirkte sehr nett, und auch ein bißchen so, als wolle er für die Luisa vorproben. Dann klingelte es an der Tür, und für Ming wurde das Unglaubliche wahr. Vor ihm stand nämlich die Luisa. Angeblich war die Luisa irgendwo zum Tee geladen, doch meiner Meinung nach war das nur ein Vorwand, denn die Luisa fühlt sich ihrem keuschen Naturell fast diametral entgegenlaufend magisch oder magnetisch zu Ming hingezogen. Ich glaubte gar ein leises Zittern in ihrer Stimme zu vernehmen, als wir so dasaßen, Tee tranken und plauderten.

Wir sprachen über Witze, und wie es sei, sie zu erzählen, und die Luisa erzählte, wie sie einmal einen wirklich saublöden Witz, der überhaupt nicht witzig ist, vortragen mußte, und es vor Lachen gar nicht konnte. (Treffen sich zwei Tomaten. Sagt die eine: "Hallo Tomate!" doch dann fährt ein Lastwagen vorbei, und die andre sagt: "Hallo Ketschapp!")

Ein Witz wie von Ingo Backe.

Ming räumte Buzens Schreibtisch auf, und einmal besuchte uns Buzens Violinschüler Andreas Heinemeyer, der zwei CD´s von unserem Eröffnungskonzert mitbrachte, die sein Vater eigenhändig aufgenommen hatte! Ming strahlte eine fast strenge, geradezu vehemente Gastfreundschaft aus, indem er den Knaben regelrecht zu einem Zumteeblieb* nötigte.
*selten anzutreffendes Wort
Ich selber brühte Tee auf, und nach einiger Zeit nahm ich mich beim Zügel, weil ich mir dachte, daß meine alberne Art den Jüngling vielleicht verlegen stimmen könnte, – denn für ihn bin ich doch eine Erwachsene – während er selber mir mehr oder minder fast wie ein Gleichaltriger vorkommt.
„Wenn ich genau so reden würde, wie ich denke, so würde es sich anhören, wie in einem alten Film!" sagte ich.
In Wirklichkeit sprechen die Leute selten bis nie so geistvoll und den Kern der Sache treffend miteinander wie in Filmen – doch in Ming´s Gegenwart rede ich genauso wie ich denke. Und dadurch, daß ja der Denker so quasi pausenlos denkt, so rede ich wiederum pausenlos und sehr assoziativ.

Nun legten wir zum Teetrinken feierlich die erste CD ein. Überraschend empfand ich bei dem Bläserwerk von Reinecke so unglaublich viel, und

dabei waren Stimmen laut geworden (z.B. vom Franz), daß das Stück zu langweilig sei.
Zu den Klängen der Musik beplauderten wir den Andreas auf lockere Weise.
Wir frugen ihn beispielsweise, wie wohl die anderen in seiner Klasse ausschauen?
Jetzt, wo doch alle grad im Pickelalter stecken?
„Es geht," sagte der Andreas.

Mittags rief ich ganz spontan in Ofenbach an, weil ich derzeit aus Rehleins Noten spiele (eine Sonate von Bach), und Rehlein das Werk unter der pädagogischen Fuchtel Buzens einst so ungeheuer liebevoll und genau erarbeitet hat, wie die vielen Eintragungen verrieten.
Das süße Rehlein erzählte, daß es damals noch so jung gewesen sei, und immer das Gefühl gehabt hatte, Bach habe diese Sonate nur für sie komponiert.

Wegen unserem geplanten Konzert rief ich in Frankreich an. Den ganzen Tag über hatte ich das französische Sprüchlein geprobt, das ich nun aufsagen wollte.
Die Marie-Hélène selber kam an den Apparat und erkannte mich sofort.
„Und jetzt habe ich den ganzen Tag diesen Satz geübt!" sagte ich fröhlich, und sagte ihn schnell auf, um ihn nicht umsonst geübt zu haben.
Mein Programm durfte ich sogar mündlich überliefern, und die Marie-Hélène freute sich, daß

sie´s nun schon so zeitig haben, da man´s sonst nach französischer Art vielleicht eine Stunde vor dem Konzert bekommt.

Ming radelte am Abend bei Wind & Wetter kurz vor Einbruch der Dunkelheit zum Kanal, und ich mußte daheim das Telefonfräulein für ihn spielen.
Die Luisa rief auch bald an, hatte aber leider keine Zeit, sich zum Kanal zu begeben.
Damit endete mein Ehrenamt, das Telefon war wieder frei, und ich konnte bei Heikes anrufen.
Und so rief ich das Ehepaar Heike an.
„Hallo? Was ist denn?" sagte Herr Heike auf seine stoffelige Art, weil´s vielleicht der erste Anruf in vielen Jahren war, und weil vielleicht der arme Herr, den niemand länger anschaut als zwei Sekunden niemals angerufen wird? Und nun hatte er ganz gegen seinen Willen so stoffeliges Zeug in den Hörer hineingesprochen!
Die Brigitte, der es auf ungute Weise stagnierend schlecht geht, hatte sich bereits ins Bett retiriert, und so sprach ich mit Herrn Heike selber.
Ich erfuhr, daß Herr Heike einmal so krank war, und einen Darmdurchbruch hatte. Ansonsten sprachen wir nur über Projekte, und Herr Heike nahm seinen ganzen Mut zusammen, um zu fragen, ob ich gewillt sei, mit meinem Vater ein Duo von ihm zu spielen?
„Ja", sagte ich mehr so leichthin, „wenn´s nicht zu schwierig ist?"
Dann kehrte Ming von seinem einsamen Ausflug am Kanal zurück.

Ming ruft neuerdings immer so nett: „Kikalein!"

Ming wollte, daß ich ihm den *genauen Wortlaut* des Telefonats mit der Luisa schildere, und bekam ein wenig Angst, daß ich vielleicht nicht feinfühlig genug gewesen sei, indem ich vielleicht gesagt habe: "Du sollst zum Kanal gehen!" was ja einem barschen Befehl gleichgekommen wär.
Noch weniger feinfühlig wäre es aber gewesen, wenn ich gesagt hätte: "Du weißt aber, daß er verheiratet ist und zwei Kinder hat??"
Da mußte sogar mein gutmütiger Ming schmunzeln.
Ich seh´s noch vor mir, als wär dies eben erst gewesen:
Ming auf der Chaiselongue, im Nacken die welkgewordenen Sonnenblumen die runzelig und gebeugt aus der Kanne herausragen, so daß man nicht weiß, ob sie alt oder schon tot sind.
Wir plauderten noch viel über die Liebe bzw. Ming´s vereinzelte Amouren, die seinen Lebensweg gekreuzt haben bzw. vielleicht noch kreuzen werden?

Montag, 7. August

Sonnig

Am Morgen spielte Ming unsere Bach Sonate in E-Dur so unglaublich erfüllend, und pfiff die Violinstimme in Ermangelung eines Violinisten eigenlippig hinzu.

Als ich mit Herrn Bloser telefonierte und dazu aus dem Fenster blickte, sah ich wie Ming mit dem Herrn mit dem Maulkorbbart sprach. Sehnsuchtsvoll dachte ich darüber nach, daß auch ich so gerne mal das Wort an jenen Herrn richten würde, bloß habe ich keine Ahnung welches Wort? So frug ich Ming ungewöhnlich interessiert aus.
Ming hatte den Herrn auf sein Pferdewägelchen angesprochen, und der Herr hatte humorig gesagt, er sei der Pferdeknecht seines Fräulein Tochters.

Ming hatte einen köstlichen Kuchen für die Luisa gebacken, der nun im Backofen seinen feinen Duft vorausschickte.
Ming hat´s aber nicht erwarten können, und fuhr schon voraus, während ich eine halbe Stunde später mit dem fertigen Kuchen nachkommen sollte.

Eine halbe Stunde später:
Ich fuhr in ein Viertel von Aurich, das mir bis dahin gänzlich unbekannt war.
Eine Straße in Extum heißt „Teestraße".
Am letzten Eck – das Schild Extumer Loog schon im Visier – verfuhr ich mich unbemerkt dann doch noch leicht. Etwas, das sich jedoch erst später herausstellen sollte.
Wie selbstverständlich fuhr ich ins Grundstück vom Haus Nummero 13 hinein.

Ein Herr im Garten, den ich für Luisas Vater hielt, weil er ungefähr aussah wie alle Väter in dem Alter, schaute mich neugierig an.

„Ich bin hier zum Tee geladen!" rief ich mit Wärme.

„Meine Frau kommt gleich!" sagte der Herr, der annahm, ich sei ein Teegast seiner Frau. Er rief: "Stellst Du woul ejm Tee auf?" so daß die Frau natürlich annehmen mußte, ich sei ein Teegast ihres Mannes.

Ich wunderte mich nur leicht, weil Ming gesagt hatte, daß Luisas Vater nicht so gut deutsch spricht, und doch folgte ich den Leuten über meine leichte Verwunderung hinweg ins Wohnzimmer.

Nach einer weiteren Weile wunderte ich mich weiter. Diesmal allerdings darüber, wo die jungen Leute blieben, und mit der Zeit kristallisierte sich der kleine Irrtum heraus, - daß die Straße nämlich die Falsche war.

Lachend gestand man sich dies ein!

Na, machte nichts, doch theoretisch hätte ich jetzt stundenlang bei den anderen Leuten Tee trinken können, und im Hause Krause-Contini hätte man sich vielleicht über meinen Verbleib gewundert?

Die Krause-Continis wohnen so schön. In ihrer Wohnstube und der Aussicht aus den Fenstern hat man gar nicht mehr das Gefühl, in Aurich zu sitzen, sondern wähnt sich während des Dortsaßes eher in der Toscana, oder einem vergleichbar sehnsuchts-umschlungenen Ort?

Die Teestunde fand im Wintergarten statt, und die Luisa hatte eine unglaubliche Marzipantorte gebacken.

Ich erzählte lauter sonderbare Geschichten, wie beispielsweise jene frei erfundene vom Onkel Rainer, der seit vielen Jahren geschieden sei. Wenn seine alten Eltern zu Besuch kamen, so mußte er die Sharyn mieten, und wenn er sie vor den Verwandten „Schatz" nennen, oder gar küssen dürfen soll, so kostet´s extra.

Dienstag, 8. August

Zuerst trübe und nieselig.
Am Abend aber leuchtend und wunderschön

Geige üben bedeutet für mich nicht zuletzt auch „Bildschirmschonerschaun", sprich – den Nachbarn durchs Fenster bei ihrem Treiben zuzusehen.
Ich beobachtete beispielsweise die dunkelhaarige Stephanie und stellte sie mir bildhaft, nackt auf dem Laken sitzend, mit emporgezogenen Knien beim „Cigarettchen danach" vor.

Am Nachmittag kam heut schon wieder die Luisa zu Besuch, und mit der fortschreitenden Intensität der Romanze ist´s nun auch nicht einmal mehr nötig, eine Zäsur in Form eines Tages, an dem man sich nicht meldet, einzulegen.

Die Luisa wird nach den Sommerferien zum Studium nach Passau ziehen, und Ming hat schon recht mit der These, daß ein so anmutiges Mädchen wahrscheinlich nicht lange allein bleibt. So dachte Ming sogar schon dran, daß man eine solche Frau ganz schnell heiraten müßte, da sie einem sonst ein anderer vor der Nase wegschnappt.
Wir plauderten mit der 20-jährigen Luisa, die noch gar keine konkrete Berufswahl hat. Stewardess??

Mittwoch, 9. August

zartgrau – gelichtet und leicht sonnig

Ich philosophierte zunächst Ming und dann auch noch Frau Meyer mit derselben selbstersonnenen Anekdote an:
Als Ming geboren wurde, hat sich jene Fee, die die Gabe zur Ordnung verteilen wollte, fast dreist vorgedrängelt, weil sie nämlich damals, als Buz geboren wurde gar nicht zum Zuge gekommen war!

Wir schauten uns einen Spielfilm über Tschaikowski an, und lachten oftmals freudig auf – besonders, als man einmal sehen konnte, wie Anton Rubinstein während der Aufführung gönnerhaft mit dem Kopf gewackelt hat.
In einer Szene schaute eine Ehefrau in einer Droschke ihren Mann verärgert an, so daß man

sehen konnte, daß Ehefrauen eigentlich schon seit Jahrhunderten immer unzufrieden sind?

Besuch von Birgit Ammer, einer Uraltschülerin Buzens:
Ming erzählte von den Großeltern, und wie sich der Opa bereits am Morgen der Diamanteeenen zänkisch danebenbenahm.
Dann spielten wir der Birgit Bach´s E-Dur Sonate – vielleicht sollte ich lieber schreiben „Rehleins Sonate"? - vor. Ganz fantastisch war´s von meiner Seite nicht, da ich zu oft darüber nachdenken mußte, was Ming wohl besprochen hatte. Hinterher sagte die Birgit: "Schön!" und „Es ist ja nicht schon morgen..." Mitten während des Vortrags hatte es geklingelt, so daß man wieder n´bißl damit rechnen mußte, daß es vielleicht schon wieder die Luisa ist? Doch zu meiner Überraschung war es Luisas Bruder Karl-Hilbert, der sich für seinen James-Bond Film Ming´s Jackett ausborgen wollte. Die Sonate hörte sich der schüchterne Jüngling dann allerdings aus Höflichkeit noch bis zum Ende an. Ich selber retirierte mich hernach fast ein wenig beklommen, so daß man annehmen könnte, daß mir der Vortrag eben ganz und gar nicht behagt habe, und ich mich hinter wilder Überei verschanzen wolle?

In **Brisant** kommt derzeit eine Serie mit dem Titel: "Gesucht wird..." heute über einen Mordfall in Hinterkaifeck im Jahre 1922. Eine sechsköpfige Familie wurde ausgelöscht.

Wir saßen beim Tee da, schauten uns dererlei an, und ich gab Ming zu bedenken, daß man die Gefahren, die von einem kleinen Bruder ausgehen, nicht unterschätzen dürfe. Nachher sagt der Karl-Hilbert scheinbar beiläufig: "Der Iwan? Der hatte grade seine Freundin da.."
Dann hat die Luisa keinen Appetit und möchte zum Abendbrot am liebsten auf ihrem Zimmer bleiben.
„Süß, wie sie traurig ist!" sagt ihre Mutti.

Donnerstag, 10. August

Grau. Hi und da ein kurzes Aufregnen

Unten hörte man den süßen Ming mit dem Tone telefonieren, und Ming klang so glücklich. Später war Ming dann leider etwas traurig, denn wenn er mit der Linda telefoniert, dann hat das Ganze immer so einen beklommenen Beiklang, und geht so weit, daß Ming gar nichts einfällt, was man sagen könnte.

Wenig später beim Frühstück:
„Es gibt drei Themen, über die ich für mein Leben gern referiere," sagte ich, "die Liebe, Zipperlein, und den Tod."
Ming erzählte, daß die kleine Hilke-Maria (Luisas Schwester) ihn so liebt. Sie setzt sich immer ganz nah neben Ming und hofft, oder nimmt an, daß Ming´s häufige Besuche ihr gelten. So, wie ja

vielleicht auch Luisas Mutter, die sich mit ihren knapp 49 Jahren auch noch nicht zum alten Eisen zählt, und somit ebenfalls hofft, die Besuche gelten vorallem ihr?

Nur die sittsame Luisa selber hat solcherlei Gedanken eigentlich nicht.

Ming war auch schon klug:

Als er hörte, daß der Karl-Hilbert ein Bodygardtypus sei, der sehr auf seine Schwester aufpasst, freundete er sich einfach mit ihm an, so daß der Karl-Hilbert wiederum denkt, die Besuche gelten vielleicht ihm?

Neulich sagte die Hilke-Maria gar: "Ich geh jetzt ins Bett, und der König kommt mit!"

Kann sein, daß das Orakel voraussieht, daß Ming in zehn Jahren die Hilke-Maria heiratet. Anlehnend an den Onkel Otto geben sich die beiden um 18 Uhr 46 das Ja-Wort, wenn der Leser versteht?

(Sie 18, Er 46).

Bei der Feier lacht die bis dahin 30-jährige Luisa leicht verschämt und sagt zu Ming:

"Na, lieber Schwager! Erinnerst du dich noch an damals? Manchmal hatte ich direkt das Gefühl, Deine häufigen Besuche hätten mir gegolten!"

Doch die junge 18-jährige Braut lacht: "Ich war schon damals soo was an verknallt!" Alle Freunde Mings haben bis dahin ganz welke, alteingesessene Ehefrauen, und schauen ungläubig auf Ming mit seiner 18-jährigen!

Dann wiederum machte das Thema einen leichten Hakenschlag, und ich erzählte Ming, wie er der Luisa beim nächsten Besuch erzählen muß, daß er

vorhabe, demnächst endlich eine Familie zu gründen:
„...ein Häuschen im Grünen. Ich seh´ schon alles vor mir. Und dann Schaukeln für die Kinder im Garten. Ich möchte zwei Kinder: Doris und Boris."

Zum Mittagessen auf reiner Müslibasis las Ming aus dem Musiklexikon über Schubert vor.
Der vor knapp 200 Jahren Gelebthabende schien mir näher und realer denn je, und man bekam den Eindruck, es mit einem Triebkomponisten zu tun zu haben.
Als Ming sich dann zum Tone verabschiedete, saß ich, wie fast stets, grad beim Tee. Mein Diarium aufgeschlagen, meinen Blick auf ein Foto geheftet, das den Opa müd im Bett zeigte, als er sich für das Foto extra noch ein wenig aufgerichtet hatte.
Ming erzählte, wie der Opa sich so gern fotografieren lässt, daß er sich vielleicht später im Sarg für das Foto auch noch ein wenig am Riemen reißen würde? Er, der immer so sportlich war, und als junger Mensch zusammen mit seinem Bruder Otto von Felsklippen zehn Meter in die Tiefe hinab ins Meer sprang!

Die Luisa, so Ming, sei heut nicht da.
Sie macht einen langen, einsamen Spaziergang um Klarheit über ihre Gefühle zu gewinnen.
Und dann nimmt sie ein Bad im See und legt ihre Kleider ans Ufer... setzte ich Mings Geschichte fort, weil ich bei

Erzählungen dieser Art nicht zu bremsen bin. Selbst als Ming mal ins Häusl entschwunden war, konnte ich mich nicht bremsen, ihn durch die Türe hindurch weiterzubeplaudern. Diesmal erzählte ich jedoch etwas anderes: Ich sprach davon, wie ärgerlich es sei, wenn man im Toilettenkondominium in Leer sitzt, und eine Wahnsinnsverstopfung hat. Nach 15 Minuten geht die Tür von alleine wieder auf, und draußen steht womöglich eine Gruppe japanischer Touristen?!
Dann fuhr Ming zum Tone, und ich litt wieder an meinem Syndrom, daß mir der Abschied nicht herzlich genug erschienen war, *obwohl* er herzlich war. (Seltsam!)

Abends kehrte Ming zurück und brachte mir eine vom Tone mit einem Kuß behauchte Rose mit.

Wir schauten die fesselnde Serie: „Wenn die Natur zuschlägt". Heute mit dem Thema „Hurrikane".
Ähnelnd dem Opa freu ich mich immer auf solche Filme, und dann muß ich mich immer so ärgern, daß dauern „Hörrikäijn" gesagt wird. (Schnalzend ausgesprochen, wie in Olivenöl gewälzt.)
Das gischtende Meer versetzte mich in einen Naturrausch.
Wenn man tot ist, so dachte ich mir aus, so kann man das alles miterleben, ohne daß es einem etwas ausmacht?! Wahrscheinlich muß man einmal Mensch gewesen sein, um das alles zu begreifen?

Ein amerikanischer Eiferer hatte zwei Überlebenskisten gepackt, und referierte ohne Punkt und Komma über das Thema „Überlebensstrategie".
Ein Geistlicher redete gar mit Vibrato, d.h., er bat den LORD, die Katastrophe zu verhindern, doch ähnelnd dem Ozean kümmert sich der LORD nicht um die Wünsche der anderen, sondern wütet so wie´s *ihm* passt, und um Gebete schert er sich einen Teufel.
Über die „Reljoon" (Opa) hab ich heute schon nachgedacht, und das einzige, was ich dafür empfinde, ist das Bedürfnis mich darüber lustig zu machen.

Nach Mitternacht telefonierten wir noch mit der Tante Bea aus Übersee, doch ich muß leider gestehen, daß ich den Draht zu meiner eigenen Tante nicht so recht fand.
Gleich von der ersten Sekunde an fühlte ich kein gesteigertes Mitteilungsbedürfnis.
Auf ihre zwitschrige, zuweilen leicht verarschend wirkende Art, die sich die eher etwas oberflächliche Tante im Laufe der Jahre angewöhnt hat, faselte sie allerlei davon, daß sie jetzt immer vom ottO* und mir träumt, und was wir für tolle Sachen miteinander treiben würden. Worte, die so wenig zu mir passen, und auf die mir nicht viel anderes einfiel, als hilflos „höhö" zu machen.
*Otto Waalkes, der Spaßmacher, der in unserem Musikalischen Sommer aufgetreten ist

Aber am Traurigsten fand ich, daß die Bea auf die Frage, ob sie den Opa mal vermisse, geantwortet hat: „üüüüberhaupt NIE!" so als sei das ganz toll, urig und witzig.

An ihren eigenen Kindern findet sie es auch ganz toll, daß sie nicht immer da sind. Es gefiel mir nicht, und hinterließ ein ganz schales Gefühl in jenem Sinne, daß man sich hinterher auf diesem Planeten ganz einsam dünkt.

Freitag, 11. August

Weißwölkig

Ming wünschte, geweckt zu werden, da er heut einen Tag mit Tone und Birgit Ammer auf Spiekeroog zu verbringen gedachte. Ich als Weckfräulein küsste Mings aus dem Bett ragenden muskulösen, zartgebräunten Oberarm auf jene Weise, wie ein Vöglein seinen Schnabel wetzt.

Etwas ehefrauenhaft oder auch schraderlich* frug ich Ming aus, wie es gestern am See wohl gewesen sei?

*an eine Dame mit Namen „Frau Schrader" erinnernd, die beständig bällchenartig die Augen herausschraubte und „erzähl mal!" ausrief, und dies bei Themen denen keinerlei Mitteilungsbedürfnis innewohnte.

Ming erzählte von Tones Onkel Konka, der ohne Unterlass rede – doch als Ming einmal sagte: "Oh! Ich habe vergessen, das Licht in meinem Auto zu

löschen!" da sagte der Onkel: "Das haben wir gern! Soo viel schwatzen, und dann erst ans Auto denken!" Quasi meinte der Onkel, so wie es den Erwachsenen kurioserweise häufiger geht – seine eigenen Verfehlungen seien von einem Anderen begangen worden. (Das Spiegelsyndrom).
Nach einer Weile kam Birgit Ammer, und so saßen wir uns – wie schon neulich – beim Tee gegenüber, und ich frug die etwas alternativ Wirkende, Gedörrt und Gebräunte nach ihrer Urlaubsgestaltung aus. Ich bzw. wir – denn der frischgeduschte Ming knarzte zu diesen Worten die Treppen herab – erfuhren, daß die Birgit ihre uralte 98-jährige Großtante in Papenburg besucht habe.
„Das alte Haus" sei noch voll in Schuß gewesen: Die Tante hört und sieht noch gut, hat ein primiches Gedächtnis, und zieht sich immer so hübsch an!
Die Themen modulierten weiter, und ich erzählte vom gestrigen Hurrikan-Film. Ich weiß gar nicht, ob Ming nicht vielleicht leicht, und gegen seinen Willen vom Klassenzimmersyndrom bewehrt wurde, weil ich das Wort „Hurrikan" auf deutsch aussprach?
Andererseits: Spräche man´s englisch aus, so wäre Ming noch peinlicher berührt. Na, auf jeden Fall durchrieselts einen in beiden Fällen leicht.
Ich machte der Birgit vor, wie die Damen in Hessen so reden, und wurde ganz enthemmt dabei, weil ich mir vorstellte, ich sei eine Andere. Nach Art einer entrüsteten Hessin erzählte ich die Geschichte vom Ernst-August, der bei der Expo in Hannover an den türkischen Pavillon gepullert habe.

Mittags nahm ich meinen Frisörtermin im Carolinenhof wahr.

Ich freute mich sehr, daß die strenge Polin, die zwar gut frisiert, die ich aber nicht so mag, weil sie so lehrerinnenhaft ist, nicht da war. Stattdessen wurde ich als Frau, auf deren Haupt dringend etwas geändert werden müßte, einem jungen, quirligen Ding (zirka 17 Jahre alt) zur Schur überantwortet. Das junge Fräulein plauderte und plapperte ganz viel über das Wetter, so wie sie es im ersten Lehrjahr der Frisörschulung gelernt hat. Später schnitt mir dann doch eine Reifere das Haar, die das Lehrgirl einmal bat, Musik anzustellen, weil´s in der Frisierstube so beklemmend „nach nichts" klänge.

Ich fühlte diese Worte auf beschämende Weise auch auf mich gemünzt, weil ich bloß schweigend in den Illustrierten las. So lachte ich recht freundlich und erzählte jene Episode, wie´s neulich im Fitnessklub unwirklich wie bei der Sonnenfinsternis wirkte, als die Musik ausfiel, und einmal lachte ich leicht erheitert, weil schräg auf meinem Kopf eine Klammer prangte.

Manchmal lustwandelte ich im Garten, weil die Zwetschgen reif sind, und dachte mir aufregende Kriminalfälle aus, wie ich der Birgit später freimütig erzählte: z.B., daß Frau Prawitz ermordet worden sei, und die Kriminalpolizei vor einem Rätsel stünde.

Samstag, 12. August

Meist zauberischer Sonnenschein, manchmal grau

Ming auf der B-Seite (im wahren Leben) übte heute etwas anders als sonst.
Steckt der Mensch auf der B-Seite, so wirkt's so, als sei der wahre, strenge, regenverhangene, ernste Mieter wieder da, schüttle seinen noch tropfenden Regenschirm aus, und vertriebe den so frischen Sommergast, der die Stellung gehalten hatte, mit herben Worten. Nun klang Ming's Geübe an der Bach-Sonate nicht mehr so frisch, verliebt und fröhlich wie noch vor zwei Tagen, sondern analytisch, unzufrieden und bedächtig.
Ich wollte selber gleich losüben, doch meine Geige lag auf dem Flügel, und als Ming mich sah, sprach er gleich davon, daß wir jetzt frühstücken müssen. Ming verdächtigt mich immer, ganz ritualisiert zu üben und nie Leute zu treffen, und ich wiederum denke, daß das Leben Taktstriche braucht, und daß die meisten Leute einem nur Zeit stehlen.
Drum traf's mich auch fast wie ein Schlag, als es geheißen hat, daß wir am Abend um 19 Uhr bei einer Grillfeier geladen seien, weil mir die Raclette-Fete von vor fast vier Jahren immer noch im Gebein stak.
Doch das kann man Ming ja nicht sagen, ohne Wasser auf seine Mühlen zu gießen.

„Ich hab auch gleich freudig zugesagt!" sagte Ming auch schon provozierend, und blickte mich streng an. Ob ich´s wohl wage, schon wieder Gegenworte zu finden?
Eine Situation, wo eine Ehefrau wohl auf ihre Migräne ausweichen würde.
Trotz B-Seite unterhielten wir uns zum Frühstück inspirierend. Ming erzählte, daß der Herwig leider sehr verkrampft sei. Welche Mühe es ihm bereitet hatte, seiner Schwester ein Kärtchen aus dem Urlaub zu schicken! Schon die Anrede bereitete ihm Pein: "Liebe Schwester!? Liebes Schwesterherz!? Hallo Schwesterherz!?"
Dann schwenkten wir zum Franz hinüber, und erzählten einander, wie er sich Mühe gibt, der ideale Ehemann zu sein, denn der weit vorausdenkende Franz weiß: Eine Scheidung kostet Geld und zerrüttet auch die Gesundheit. Drum hat er in seinem Kopf auch schon einen Plan aufgestellt:
Er muß mindestens 50% der Hausarbeit übernehmen, und seine Frau einmal pro Woche zum Essen ausführen, damit die Liebe nicht erkaltet. Wenn aber die Thesen aus dem GEO stimmen, und die Frauen wirklich soo leicht entflammbar sind, dann wird sich die Silvia doch wohl allen Bemühungen zum Trotze bald neu verlieben?
Dann wiederum frug ich uns, wie das Leben wohl weitergegangen wäre, wenn Ming damals – so wie ein ganz normaler Mann – die Insa Baumfalk geheiratet hätt´ und mit ihr ins Emsland gezogen wäre?

Am Wochenende würde Ming anrufen und sagen:
"…nein, Mutter! An diesem Sonntag geht's auf gar keinen Fall! Insa und ich brauchen auch mal Zeit für uns!"
„Und ich hab extra einen Gugelhupf gebacken!" Es klang schnaubend wie von Frau Neckermann, wenn sie eine empörende Geschichte erzählt.
Schwesterlich keck würde ich Ming nach seiner ehelichen Harmonie befragen.
„Gut im Großen und Ganzen," würde Ming sachlich sagen, „aber bei uns ist auch nicht immer alles eitel Sonnenschein. So ist das nun mal!"
Zwei Kinder hätten sie auch: Johannes und Isabella.
Inzwischen war auch die Karte, die mir der treue Ming netterweise aus Spiekeroog geschrieben hatte, angekommen.

Ming erzählte, wie gestern auf der Insel ein blassblonder, leicht regentrüber Herr, der ihn an den gemeinsamen Klavierlehrer, den Hagelhans erinnert hat, mit einem koreanischen Betthäschen im Schlepptau zum Tone gesagt habe: „Bist du nicht der Carl-Anton??"
Die liebeshungrige Koreanerin war aber soo spitz drauf, den Typen ganz allein für sich zu haben, und an nur einem Tage begegnete man sich auf der Insel sage und schreibe viermal!
Beim vierten Male sagte der taktvolle Tone: "Wir grüßen im Vorübergehen!"

Im Reformhaus wartete ich darauf, daß Herr Grotheer eine andere Dame zuende bediente.

*„Wenn Sie jetzt wieder sagen: "Auch mal wieder im Lande?"
dann bekomme ich einen Schreikrampf!" überlegte ich, daß ich
sagen könnte, „sie sehen doch, daß ich hier bin!"*
Herr Grotheer frug allerdings auf gänzlich neue Weise: "Sie machen Urlaub?"
Auf eine fahrige Art geriet ich ins Philosophieren, indem ich nämlich sagte, daß ich immer Urlaub mache.
„Das muß man sagen können!" jovialisierte Herr Grotheer, doch ich wiederum war dieser Meinung nicht. Nein, das mit dem ewigen Urlauben hinterlasse ein schales Gefühl. Viel besser sei es, sich sinnvoll zu betätigen. Z.B. damit, gesundheitsfördernde Reformprodukte zu verkaufen.

Mittags hat Ming so köstlich gekocht. Rohrnudeln mit buntem Gemüse und Rotbarsch mit kleinen Knoblauchscheibletten oben drauf. Im Radio spielte ein russisches Quartett scheußlich und emotionsarm das Ravel-Quartett.

Abends auf der Grillfeier. Ich begrüßte die Christiane und schelmte gleich los, daß ich in zehn Jahren wahrscheinlich sagen werde: "Hallo, altes Haus!"
„Das kannst du jetzt schon sagen!" meinte die Christiane nett.

Sonntag, 13. August

Wunderschön sommerlich

Heute herrschte genau jenes Wetter, von dem Ming bislang die ganze Zeit vergebens geträumt hatte: Schön wie auf einem Gemälde von Monet, und so hielt Ming es nicht sehr lange am Frühstückstisch aus. Es zog den Sonnenanbeter in ihm auf den Balkon.

Später im Laufe des Tages. Probe mit Ming:
Durch´s Fenster sah man, wie uns ein hübsches blondes Mädchen mit hochgesteckter Frisur, schön wie die Loreley, das Sonntagsblatt brachte.
„Ein hübsches Fräulein!" sagte ich mitten in der Arbeit warm.
Die Sonne flutete schön wie in Amerika ins Zimmer, und mir zumindest kam das Leben leicht und luftig vor.
Ming indes klagte über ein zugeschwollenes Ohr, und ich machte ihn nett drauf aufmerksam, daß er lernen müsse, sich zu zügeln und zu kontrollieren. In dem Sinne, daß er nicht eines Tages, wenn er mal mit der Luisa verheiratet ist, ständig den Leidenden hervorkehrt, ohne es zu merken.
Auf dem Balkon gab Ming dann doch seiner Verwunderung darüber Ausdruck, daß das Baby von Insa und George Eltern bekommen wird, die zusammen 100 Jahre alt sind! Ming meinte, daß der

George so einen gebrechlichen Eindruck auf ihn gemacht habe, und vielleicht maximal noch zehn Jahre lebt!
Nachtrag 2020:
Stimmt nicht. Er lebte noch bis Dezember 2019 und wurde schließlich im 85. Jahr heimgeholt

Auf dem Balkon las ich Ming vor, was heut vor 1 ½ Jahren geschah – gerad so, als gäbe es keine andere Lektüre auf der Welt. Ming hörte so indifferent zu, daß es mich leicht verlegen stimmte, daß er nie lacht. Etwas, was zu sagen ich mich gar erkühnte.
Ming meinte sinnig, daß er nur dann lachen würde, wenn es aus ihm herauslacht! Dann kam der Passus:
"..wie Ehefrauen das eben zu betreiben pflegen…"
"Höhö!"sagte Ming,"höhöhöhö".

Montag, 14. August

Zunächst grau.
Zur Mittagsstund Gewitter und Duschregen.
Hernach weiß bewölkt und schwül

Einmal merkte ich, daß ich nicht ganz alleine war, und tatsächlich: Ein possierliches kleines Mäuschen lief herum. Natürlich stellte ich wieder jene komische Falle (Schinken im Joghurtglas) auf, und hoffte, daß ich die Maus lebend einfange, und damit an Mings Bett treten könne. Vergebens! Einmal saß das Mäuschen ganz lange regungslos unter dem Flügel und erinnerte an einen Menschen, bei dem man nicht schlau wird, was er wohl im Schilde führt – oder ein Kind, das einfach nichts sagt, obwohl man genau weiß, daß es zuhört.

So ganz allmählich tröpfelte auch Ming ans Tageslicht, und dadurch, daß wir morgen schon zu unserer unübersehbar langen Reise nach Frankreich aufbrechen, fertigten wir Listen an, auf denen man hernach lesen konnte, was zu tun sei.

Für Ming war´s wieder einer jener leichten Glückstage, die sich bei den Verliebten unter uns immer wieder dazwischenschieben, da am Abend die Luisa kommen wollte, so daß man nicht gescheit disponieren konnte, ob oder wann wir vielleicht zum Vorspielen nach Driever führen?

Wir schickten uns an, die Listenpunkte abzuhaken.

Wenn man erst damit anfängt, dann merkt man, daß es gar nicht soo viel ist, philosophierte ich durchs Treppenhaus, um mir selber Dampf zu machen. Doch in Wirklichkeit überfordern mich diese anstrengenden Erledigungslisten total.

Mein OCD-Leiden spürte ich auch: Es fing damit an, daß ich den Brief an die Veronika einwarf. Kaum lag er im Kasten, da mußte ich auch schon sehr hinterfragen, ob ich wohl wirklich „Kaulbachstr." oder nur „Nürnberg" draufgeschrieben hab?

Na, alle Erledigungen im Detail aufzuzählen würde hier wohl den Rahmen sprengen. So schreibe ich´s punktuell: Mit der größten Selbstverständlichkeit kopierte ich meine sechs ewigen Kritiken in der

„Ostfriesischen Landschaft" – ferner agierte ich auf der Bank, beim Optiker und im Reformhaus. Überall fühlte ich mich innerlich getrieben, und dann machte ich etwas ganz Dummes:
Ich hatte gemeint, das Fitnesstudio sei bis um halb eins geöffnet, und hetzte mich hin, um diesen sauren Teil meines Alltags hinter mich zu bringen. Doch es läuft nur bis um 12, und auf dem Heimweg geriet ich in einen ungeheuerlichen Duschregen und wurde gänzlich naß. Dabei hatte ich mich zuvor so an meiner netten Frisur gefreut, die nun von meinem wassergeplätteten Haupt quer über mein Gesicht herabhing, und den Anblick, den ich bot, besudelte.

Ich übte die Suite von de Falla, schaute aus dem Fenster, und frug mich, was die Stefanie, die jeden Tag um Punkt eins mit einer Zigarette im Mund daheim vorfährt, wohl für einer beruflichen Tätigkeit nachgeht? Sprechstundenhilfe oder Lehrerin?
Dann malte ich mir aus, wie wir zum Baumarkt fahren, und eine schöne rote Farbe kaufen. Dann klingeln wir bei Ottens und fragen, ob wir ihr Haus rot anstreichen dürfen? *Wir* müssen es ja immer anschauen! argumentieren wir. Als Gegenzug dazu dürfen sie, wenn sie wollen, unser Haus mit einer Farbe *ihrer* Wahl anstreichen.

Am Abend wollten wir ein kleines Hauskonzert abhalten. Ich dachte an die alte Frau Kamp, eine liebe Freundin, und lud sie ein.

Omi Kamp schwang sich auch gleich auf ihr Fahrrad, doch es dauerte ganz lange, bis sie bei uns ankam.

Die ersten Gäste, die kamen, wären nur vielleicht gekommen: Anthina und Klaus, und die, um die sich das Hauskonzert doch letztendlich ranken sollte, kam leider erst nach der Pause: Die Luisa. Nun spielten wir aber erstmal los.

Der 1. Satz von der Bach Sonate geriet „so leidlich", und beim Spielen dachte ich die ganze Zeit, daß ich inniger und poetischer spielen sollte.

In der Pause:

Die nach Konversation ausgehungerte einsame Frau Kamp erzählte der Anthina, wie unmöglich ihr Schwiegersohn sei, und geriet dabei in die schnaubende, humorfreie Empörungsglut älterer Damen.

Nach dem Konzert saßen wir dann ganz lange da.

Der Klaus riet Frau Kamp, ihre eine Hand, mit der sie kaum noch Klavier spielen kann, operieren zu lassen.

Bevor Frau Kamp durch die Nacht wieder hinwegradelte, versprach Ming, daß er einmal vorbeikommt, um ihr Klavierspiel anzuhören. Doch ob der Frau Kamp dies wohl recht war?

Nachtrag 2012: Bis heute wartet die alte Dame vergeblich auf Ming!

Ich wollte wissen, ob die Anthina wohl eine Adelige sei? Theoretisch ja: „Frau von Klausremy".

Nachdem die Gäste sich verabschiedet hatten, verschwanden Ming & Luisa in Ming´s Zimmer, und man hörte überhaupt nichts mehr. Ob´s wohl so zuging, wie damals mit Herrn Reimer und mir? (Liebesgesäusl)← (dies hier nur, damit niemand auf die Idee kommt, fehlzudenken.)
Gegen 0 Uhr klingelte das Telefon:
Luisas besorgte Mutti.
Und so begab sich die sittsame Luisa auf den Heimweg, und der aufmerksame Ming begleitete sie.

Dienstag, 15. August
Aurich - Kehl

Zuerst wolkig und trübe,
doch dann wurde es wunderschön

Zunächst war ich nach der Telefonbelästigung in der Nacht gar nicht mehr so gut eingeschlafen, und dann erwachte ich plötzlich ohne bemerkt zu haben, daß ich doch eingeschlafen war.

Am heutigen Tag mußten wir die unüberschaubar lange Reise nach Frankreich auf uns nehmen, und so füllte man einen viertelstündigen Sack nach dem anderen mit Organisatorischem.

Ich wunderte mich, warum meine Packstrecke länger geworden ist?
Früher brauchte ich zehn Minuten und nun fast eine Stunde!
Einmal sagte ich zu Ming: "Übrigens ist draußen der Bildschirmschoner zu sehen!" Ich sagte es auf eine Weise, als handele es sich um den Leonidenregen oder sonst ein Naturereignis.
Der Pferdeknecht mit dem Maulkorbbart stand neben seiner Tochter Stefanie, um einen prüfenden Blick unter die Kühlerhaube ihres kleinen schwarzen Autos zu werfen, und wieder gelang´s mir nicht, mit der Gelegenheit umzugehen. Wie alle Tage tauschten wir auch heut nur ein „Moin!" aus, und dabei hätte ich doch sagen können: "Oh!?!?!?! Ist was kaputt?" Doch ich hätte diese Frage gestellt, und etwas völlig anderes damit gemeint!
Was ich allerdings damit gemeint hätte, wüsste ich jetzt selber nicht.
Beim Frühstück mit dem schweigsamen Ming dachte ich etwas solcherart:
"Oh Gott! Kommt jetzt die typisch verliebtheitsspezifische Langeweile??"
Ich sagte aber nichts, sondern versuchte, selber etwas schweigsam zu sein.
Zuvor in der Küche hatte ich noch praktisch ohne Punkt und Komma assoziativ geredet, und nun wollte ich Ming zeigen, daß ich durchaus auch schweigen kann.
Doch ich muß sagen: Die Schweigsamkeit von meiner Seite her fühlt sich seltsam an.

Später war ich dann aber froh, nichts Spöttelndes von mir gegeben zu haben, weil Ming plötzlich sehr warm und nett wurde.
„Kikalein! Ich freue mich so auf die Fahrt mit dir!" sagte Ming warm, und einmal sagte er gar: "Ich wollte mich bei dir dafür bedanken, daß du gestern so taktvoll warst."
Ming hatte immer leicht damit gerechnet, daß plötzlich mit einem lauten Knall die Tür aufgeht, und ich wie eine Zehnjährige das Zimmer stürmen würde.

Dann war ich in einer Mission unterwegs: Ich sollte eine Kühlbox kaufen, und blieb so lange aushäusig, weil es im Combi-Markt keine gab.
Beim vergeblichen Suchen dort, fühlte ich mich solcherart, als sei ich eigentlich gar nicht mehr in Aurich, und würd es mir nur *vorstellen*, in Aurich zu sein! Alles war so unwirklich wie im Traum: Vor der Eingangstür lag ein Hund, der seinen Kopf bis zum Anschlag verdreht hatte, um dem Treiben im Supermarktsinneren zuzuschauen, und in den Warenreihen drehte sich ein kleines Kind ganz schnell im Kreise. Es wurde schneller und schneller, bis es schließlich seine Kontur verlor, und wie ein echter Kreisel ausschaute.

Mit großer Verspätung fuhren Ming und ich ab.
Unterwegs las ich aus der Zeitung vor.
Ich las von der ergreifenden Entlassung von Arno Funke, einem prominenten Kaufhauspresser, und

malte uns aus, wie das wohl sei, entlassen zu werden?
Über Entlassungen aus dem Knast weiß man praktisch nichts.
Ming meint, man würde mit einem Köfferchen aus dem Gefängnistore treten, und vielleicht von einem Taxi aufgepickt, falls man auf vorausblickende Weise eines bestellt haben sollte.
Vielleicht wird man aber auch von einem Verwandten abgeholt.

Unsere erste Station machten wir beim Tone.
In einem Familienalbum würde es sich vielleicht folgendermaßen ausnehmen, überlegte ich:
Auf dem Album steht: Frankreichreise 2000.
Das klappt man auf, und auf Seite eins steht:
Erste Station beim Tone
und darunter kleben ein paar Fotos, die uns mit törichtem Lächeln in kleinen Grüppchen neben dem Auto zeigen.
Vom vielen Bodybilden zeichnet sich bereits Tones muskulöser Oberkörper unter dem hautengen roten T-Hemd ab.
In der Küche begrüßten wir die Haushälterin Helga, und bald darauf gab´s Pflaumenkuchen im Garten, wo man direkt neben dem Rosenstrauch den Tisch so liebevoll gedeckt hatte, daß eine Atmosphäre wie aus einem alten Heimatroman entstand. Jedes der kostbaren Gedecke hatte eine andere Farbe, und überall waren Tones Initialen eingraviert.
Eine Wespe störte unsere Idylle, und ich sprach darüber, daß man das Wohlergehen als solches

manchmal kaum fassen könne: Wenn man beispielsweise von zärtlichem Zefirwinde bewebt in der Hängematte liegt, und eine herzliche und mütterliche Frauenstimme ruft: "Zum Kaffee, ihr Lieben!! Es gibt warmen Apfelstrudel!"
Drum schickt der HERR beständig Insekten und Ungeziefer, um diese Idylle zu stören, denn wir befinden uns hier auf Erden schließlich nicht im Paradies.
Nach einer Weile gesellte sich ein mokkafarbener Herr aus Sri Lanka zu uns, und nach einer weiteren Weile fuhren wir weiter.
Im Auto erzählte ich Ming dichterisch aufbereitet, wie Luisa´s Mutti gestern verärgert zur Luisa gesagt habe: "Laß dir bloß kein Kind andrehen!"
Dann verfiel ich ähnelnd jemandem, der von der Liebe gepackt wird und sich nicht mehr dagegen wehren kann immer mehr, und schließlich unentrinnbar in einen Schlummer...
Ich schlummerte die ganze Zeit, und der warme und fürsorgliche Ming schraubte mir den Sitz in die Horizontale, so daß mir noch schlummriger zumute wurde, und ich mich fühlte wie einst die Dame Gerswind in Rom.*

*Ming hatte sich so sehr auf die gemeinsame Reise nach Rom gefreut, doch die Gerswind schlummerte die ganze Zeit.

Manchmal blinzelte ich ins verregnete, irdische Licht hinaus und stellte fest, daß wir schon in die Bonner und Kölner-Gegend einscherten.

An einem Rastplatz lernten wir einen so netten Klo-Taliban kennen. Als Ming wild an meiner Frisur herumbürstete, lachte er uns von seinem Klapptisch her so nett und verbindend an.
„Für so einen Fall bräuchte man eine Visitenkarte", sagte ich warm als wir schließlich weiterfuhren.
Wir aßen die Knoblauchtaler mit einem Loch in der Mitte, die ich gekauft hatte, doch sie schmeckten langweilig. Einmal hatte Ming eine Kurve übersehen, und das Auto geriet direkt ein wenig ins Schlittern.
Und nachdem wir an einem Rastplatz mit einem Parkplatzsee in der Mitte und schönen Picknicktischen am Rande festgestellt hatten, daß die Eier alt waren, und der Wind mir hinzu dauernd die Seiten in meinem Tagebuch verblies, so daß ich nicht gescheit dichten konnte, fuhr ich.
Einmal wich ich einem Stau aus, und wir fuhren in ein kleines Dorf zur Autobahnkirche.
Wer hätte jetzt gedacht, daß es dort so bezaubernd war?
Ganz warm, inmitten Weinstraßenflair dichtete ich zunächst an einem kleinen Picknicktisch, und dann machten Ming und ich gar einen Gang in den Weinberg hinauf, und auf dem Heimweg ging es an einer Stelle so steil bergab wie auf einer Schiflugsschanze.
Ming erzählte, daß die Eltern von der Luisa im November vielleicht nach Brasilien zurückwandern?

Hernach gab ich noch ein Konzert in der schönen Autobahnkirche vor einem einzelnen Zuhörer: Ming selber. Dienstagsgemäß spielte ich Bachs h-moll Partita, die Sonne flutete herein, und Ming saß mit seinem kleinen Rucksäckchen wie in einem Dialichtkegel neben der Türe.

Hernach putzten wir in der Sonne auf dem kleinen Picknicktisch noch die Violinsaiten ab.

Ich malte mir aus, wie wir die Geige einfach so auf dem Tischlein aussetzen und weiterfahren. Am nächsten Tag stünde dann in der Zeitung: „Geige ausgesetzt."

Einen malerisch anzusehenden buckligen alten Mann mit Stock und Körbchen lernten wir auch noch kennen, und dann fuhren wir bei schönstem Sonnenschein inmitten interessantester Wolkengebilden, in denen der blanke Himmel sich in Form mehrerer großer Seen präsentierte, an Ulmenhainen entlang. Wir spielten das lustige Autobahnspiel, mit dem man laut ADAC-Führer bockige Jugendliche im Auto bei Laune halten kann: Man bildet Sätze aus den Kennzeichenbuchstaben der Mitfahrer auf der Straße.

Schließlich landeten wir hier in Kehl, dem Ort, wo der Frauenmörder sein Unwesen trieb oder auch treibt, und ich fühlte ein leises Unbehagen.

In hundert Jahren heißt´s womöglich in der Kriminalchronik: „Der Frauenmörder von Kehl wurde nie gefasst"?

Ming und ich fanden ein Doppelzimmer im Hotel „zum Lamm", und der schlanke, ältere Hoteldiener erinnerte so an einen wirklich zuvorkommenden Butler.

„Ich würde unsere Bekanntschaft mit diesem Herrn gerne intensivieren," sagte ich warm, als Ming und ich zum Auto liefen. „Soll ich sagen: "Ich würd Sie gern näher kennenlernen!'" ? Worte, die an die „Anna" aus der „Lindenstraße" erinnern, die einfach zu Herrn Beimer, einem braven Familienvater gesagt hat: „Ich würd´ Sie gern wiedersehen!" (Didldödldidldödl←da ja die Lindenstraße immer an der spannensten Stelle aufzuhören pflegt.

Als es dunkel war liefen Ming und ich durch die Fußgängerzone zum Eiscafé. Wir tranken eine Nußmixmilch und aßen einen Heidelbeer-Joghurt-Becher. Verbindend unterhielten wir uns über Insa & George, und den zu erwartenden Nachwuchs.
Später, im Hotelzimmer schauten wir im Televisor noch eine Reportage über Bekanntschaftsanzeigen. "Herz an Herz": Eine 33-jährige Dame, die einen Mann mit einem Herz für Kinder suchte, hielt ihr kleines Töchterlein auf dem Schoß, und das kleine Töchterlein busselte dauernd auf sie ein.
(Es erinnerte leicht an mich mit Rehlein.)

Mittwoch, 16. August
Kehl - Reillanne

Wunderschön und ganz warm

Ich freue mich sehr, daß es erst vier Uhr und noch dunkel war. Das viel zu weiche Bett war mir inzwischen liebgeworden, und die Süße des (ewigen) Schlummers erschien mir reizvoller als alles Andere auf dieser Welt.

Am Morgen war es so anstrengend, unsere Früherhebung zu realisieren.

Etwas unheimlich an diesem Hotelzimmer in Kehl ist, daß ich – da die Türe ja im Allgemeinen unverschlossen bleibt – immer automatisch annehme, es sei Ming, der sich außer mir im Zimmer aufhält, aber es hätte doch genauso gut der Würger sein können, der mich vielleicht durch ein Fernglas von der gegenüberliegenden Straßenseite beobachtet hatte, als ich zur Nacht die Hüllen fallen ließ?

Na egal. Ming und ich jedenfalls nahmen das Fädchen der Reise wieder auf, und fuhren bis nach Freiburg. Unterwegs war´s zunächst so, daß ich mir mit meinem eigenen Bruder Ming nicht viel zu sagen gewußt hab.

Ming war ein wenig grämlich gestimmt, weil sein Ohr schon wieder zugeschwollen war. Wir sprachen darüber, daß dem wohl konfliktulöse Wurzeln zugrunde liegen: Der Kämmerling-Konflikt.

„Rehlein & Buz haben mich mit dem Klavierspiel wirklich gequält!" redete Ming sich in Glut.

Einmal sagte ich über Herrn Kämmerling: „Der Kämmerling weiß ja gar nicht, daß das Beste erst noch kommt: Der Tod!" Und stellvertretend für Herrn Kämmerling empfand ich es als Balsam für die Seele, wenn er endlich seiner grauen Helmfrisur und der fettigen rosa Schweinderlhaut enthoben wird. Wir sprachen noch darüber, daß auch der Kämmerling mal ein süßer Wonneproppen war – doch das ist alles sehr lange her.

Einmal mußte Ming sich über den Fahrer eines Lastwagens erbosen, der einfach dreist vor Ming einscherte. Ming hupte ganz lang auf, und dann waren wir in Freiburg.

Im Parkhaus mußten wir ein bißchen Angst haben, daß bei unserem Auto vielleicht die Fruchtblase geplatzt ist, denn auf dem Boden befand sich Flüssigkeit.

In Freiburg war´s warm und schön.

Wir besuchten den Marktplatz und kauften einer netten Marktfrau zwei Äpfel ab.

Ming fand die dürren Kanäle, die sich durch die Stadt ziehen, bemerkenswert.

Beinah hätten wir ein rustikales Frühstück auf dem Markt eingenommen, doch ich bin so froh, daß wir stattdessen in das wunderschöne „Café – Journal" – ebenfalls im Freien – einkehrten, und die schönsten Dinge frühstückten: Cornflakes, Laugenstangen und eine riesige Schale Milchkaffee.

Wir saßen, eingedeckt mit Musiker- und anderen Journalen herum.
Ich las den klassischen Fragebogen mit Alfred Brendel, und mußte vernehmen, daß er Vivaldi für überschätzt hält.
Später waren wir bei Hertie, um uns eine Frankreichkarte zu besorgen, und beinah hätte ich die Memorien von Hillu Schröder gekauft. Einer Dame, die leider schon etwas in Vergessenheit geraten ist, so daß es nett gewesen wäre, ihr wenigstens ihr Buch abzukaufen.

Im Parkhaus sprachen wir darüber, was man der Familie Tournebiese wohl mitbringen könne?
Ich erzähle Ming immer in den schillernsten Farben, wie unordentlich die Familie ist und empfahl spaßeshalber ein Buch, das es in einer französischen Übersetzung leider nur *vielleicht* gibt:
"Die deutsche Hausfrau"
Wie zum Hohn auf diese schönen Worte, hatte ich die „Sesam-Öffne-Dich-Karte" für Frankreich, die Ming so ordentlich auf den Sitz gelegt hatte, verlegt. Sie hatte sich in Luft aufgelöst, doch dann fand sie sich doch, und die lange Reise konnte ihren Fortgang nehmen. Manchmal unterhielten wir uns packend. Z.B. darüber, ob's wohl in jeder Stadt eine Luisa gibt? „Den Gunnar z.B. gibt's sogar in alt. Nämlich in Form von Herrn Heike", schmunzelte ich.
In Frankreich war's so unglaublich warm, und zur Abendstunde, nachdem auch ich eine Weile gefahren war, näherten wir uns unserem Zielort.

Zwei Tage lang nicht geübt:
Heute merkt´s schon das Publikum. Doch wenn wir jetzt wieder üben, merken´s morgen nur noch unsere Freunde, und übermorgen am Konzerttag nur noch wir selber.

Ich hatte gemeint, wir führen direkt zu den Tournebieses - und umso überraschter war ich, daß wir genau an jener Stelle an Land gespuckt wurden, wo wir vor einem Jahr mit der Veronika gelebt haben! Zunächst wußten wir nicht so recht, was zu tun sei, da es nur noch Kartentelefone gibt, doch dann erlaubte uns ein netter, weißhaariger Caféhausbesitzer bei ihm zu telefonieren.
Wir befanden uns nun in jenem Ort, in welchem alle Herren „Jean-Jacques" heißen.
Aus der Kirche quoll uns sodann derjenige Jean-Jacques entgegen, der wie Albert Einstein aussieht. Leider können wir uns überhaupt nicht unterhalten, da mein Französisch, wenn überhaupt möglich, noch schlechter geworden ist.
Ming sprach allerdings sehr gut, da der kluge Ming schon vorausgelernt hatte.
Später fiel Ming ein lustiger Schüttling ein:

Morgens erheben sich Franz´s Küh`
normalerweise ganz früh!"

Dreimal sah ich heute einen Herrn, der genauso aussah, wie unser jüngst verstorbener Großonkel

„Onkel Otto", und hier immer umeinender läuft. Hager, beglatzt und von respektgebietendem Geist.

Nach einer Weile fuhr die Familie Tournebiese vor, und in der spanisch anmutenden Gasse vor unserer Wohnstätte gab´s ein herzliches Wiedersehen.

Den Abend verbrachten wir mit der Familie in jenem Ort, in welchem wir letztes Jahr ein Orgelkonzert besucht haben.

Vor der goldbeleuchteten Kirche in der Dunkelheit setzten wir uns in ein Freiluftlokal.

Wir alle aßen Pfannkuchen mit Mozarella-Füllung und auf dem Meinigen lag ein nackter Schinkenlappen oben drauf.

Herr Tournebiese, ein quadratischer Herr, der auch eine quadratische Brille trägt, hält am Wochenende und in den Ferien immer keine Diät.

Sonst schon.

Einmal sagte die Marie-Hélène, die immer so humorvoll auf Deutsch spricht:

"Wir feiern jeden Tag unseren Ungeburtstag!"

Draußen jonglierte ein Jongleur mit brennenden Keulen, und eine fiel ihm hinab.

Die Stadt schmückt sich sogar im Sommer mit Weihnachtsbeleuchtungen.

Donnerstag, 17. August

Vormittags ein drohendes Gewitter. Sonst sonnig

Gestern war ich so lahm und müd gewesen, daß ich das Gefühl gehabt hatte, nie wieder ein normales Leben aufnehmen zu können, und in gewisser Weise ging's heut weiter damit, denn ständig liebäugelte ich mit dem Gevatter Tod. Wenn er sich doch endlich meiner erbarmen könnte! Das ging so weit, daß ich mir – als Ming und ich die Anhöhe zur Kirche erklommen hatten, wo das morgige Konzert stattfindet – auszurechnen versuchte, wie man's wohl mit der Beerdigung handhaben würde, wenn ich jetzt hier und heut stürbe?
Da eine Überführung teuer ist, und daheim kein Familiengrab auf mich wartet, wäre es vielleicht das Beste, wenn ich in Frankreich meine letzte Ruhe fände? Diese und ähnliche Gedanken rannen mir durch den Kopf, als wir uns zunächst auf jener Bank niederließen, auf welcher Buz, Veronika und ich im letzten Jahr eine Mondfinsternis betrachtet hatten.
Von dort schaut man in die mit römischen Häusern leicht zersiedelte Landschaft hinab. Der „Einstein" verspätete sich sehr – nämlich um eine halbe Stunde – und so packte ich die Geige im Freien aus, und zum zweiten Satz der Bach-Sonate sang Ming die Klavierstimme. Ming fand diese Art des gemeinsamen Musizierens sehr interessant, doch mit der Zeit wurde er doch ungeduldig und fühlte sich nach

Art der deutschen Touristen in Indien leicht verarscht. Als dann aber der Einstein kam, war alles vergessen, und wir bertraten die Kirche (leicht an das Kapuzinerkloster in Haslach erinnernd – bloß, daß innen noch keine Stühle standen).

Ming spielte auf einem braunen Flügel mit vergilbten Tasten mit dem Rücken zum Publikum, und so begannen wir unsere Arbeit.

Leider hatte Ming heut nicht die allerbeste Ausstrahlung auf mich. Ganz entspannt, aber doch noch nicht ganz zu meiner Zufriedenheit begann ich die Bach-Sonate, und vielleicht grade *weil* ich so entspannt war, passierten „Kleinigkeiten". An einer Stelle wollte Ming, daß ich den Triller ganz normal spiele. „Ja," sagte ich artig, weil ich mich in Mings Aura immer leicht deplaziert fühle, wenn er den Professoralen hervorkehrt.

„Hast du´s wirklich verstanden oder sagst du´s nur so?" frug Ming stirnrunzlerisch mit leicht herausgeschraubten Augen.

„Sei nicht so gönnerhaft!" zischte ich verärgert, und zu diesen Worten, die direkt an eine höhere Tochter erinnerten, sah ich, wie der Einstein den Saal verließ, und es „knabberte" in mir, warum er miterleben muß, daß es bei dem Geschwisterehepaar* so disharmonisch zugeht.

*Mit diesen befremdlichen Worten wurden wir einst von einem Geistlichen in Zinnowitz vorgestellt.

An der gelben Wand sah man meinen Schatten musizieren.

In Ming arbeitete es naturgemäß auch.
Einmal schaute er mich an und sagte : "Süß." Weil er fand, daß ich so unsicher wirke, auch wenn ich fantastisch spiele.
Ein paarmal krachte es über uns geradezu ungeheuerlich (ein drohendes Gewitter), und dann vermeinte Ming gar, daß es auf seine Hände regnen würde, da die Kirche leider nicht ganz dicht ist.
Mein Blick fiel auf das Abendmahl von Leonardo da Vinci, das an der Wand hängt, und ich fand, daß ein Herr der darauf am Tische saß, genau zu mir herübersah.
Bald war unsere Vormittagsschicht beendet.

Ming wurde in unserer Gasse von Herrn Tournebiese aufgegabelt.
Ich frug Herrn Tournebiese, der ebenfalls Jean-Jacques heißt, ob er wohl englisch spricht, um nicht immer so absent zu wirken, denn beim anderen Jean-Jacques steh ich auf reiner „Höhö"-Basis immer nur so rum, und versteh´ kein Wort, auch wenn ich mir stets große Mühe gebe, daß das Französische in meinem Kopf Wurzeln schlagen möge.
Ich versuchte stimmungserhellend zu wirken und sagte über das rudimentäre Englisch das ich anzubieten habe: "A lottle more than a littlebit, and a little less than a lottlebit!"

Wir verabschiedeten uns, weil Ming in der Kirche üben wollte.

„Gib mir noch einen dicken Kuß!" sagte ich, doch Ming hatte leicht das Klassenzimmersyndrom drauf, und warf mir im Wegstreben nur einen flüchtigen Handkuß zu.
So bleibt man kurzfristig mit undefinierbar schalen Schuldgefühlen zurück.

Ich selber begab mich zum Einkaufen. Im Shop traf ich den Einstein, und auf der Post Ming selber!
Ming wartete schon eine Ewigkeit darauf, mit der Luisa telefonieren zu können, doch ein junger Mann mit haarigen Waden auf Badelatschen schien am Schalter Wurzeln geschlagen zu haben.
Ming kaufte sich eine Telefonkarte. Dann fuhr er weg.
Daheim kochte ich Kaffee, und übte ansonsten die ganze Zeit auf der Violine, und in den Pausen trank ich Kaffee, und las in dem Buch von Annemone Sandkorn, welches mir sehr gut gefiel. (Ein Problembuch über eine komplizierte Ehe. Wenn das nichts ist?)
Gegen 17:31 wurde ich ärgerlich auf Ming, weil er immer noch nicht da war.
Dann kam er aber doch, und brachte die Marie-Hélène mit.
Wir liefen den Hang zur Kirche hinauf, und unterwegs sahen wir eine Verrückte mit dem Fahrrad, die zornig redete, obwohl niemand da war und ihr zuhörte.

Ich spielte gänzlich enthemmt, und flog an keiner Stelle raus.

Hernach saßen wir uns auf den Bänken im Freien gegenüber.

Als ich davon sprach, daß wir die Eltern anrufen müßten, sprach Ming geringschätzig davon, daß das eine Obsession würde, die man sich dringend abgewöhnen müsse.

Später standen wir dann allerdings doch in der einen Telefonzelle, und die Telefonkarte war so kompliziert zu bedienen.

Schließlich erreichten wir Insa & George, und die Insa klang so unglaublich warm.

Ganz spontan besuchten wir die beiden im 24 km entfernten Saignon, und unterwegs im Auto kehrte Ming´s bezaubernde A-Seite gottlob zurück.

„Man spürt deine Mißbilligung immer so stark," sagte ich im Klange etwas dorlihaft* mäkelnd, und der gefühlvolle Ming war ganz bestürzt.

*Dorli, Cellistin aus Wien, die sich in den Proben sehr mäkelig gibt.

Wir waren angekommen, und parkten hinter Georgens klapprigem Auto mit dem einprägsamen Kennzeichen „GÖ-DL", und das Haus vom George gefiel mir so unglaublich gut.

Man hat´s schon gesehen, daß die Insa schwanger ist, und der George wirkte leicht bedächtig und wortkarg, da die neue Situation ja beileibe nicht lustig ist.

Wir aßen oben auf der Naturterrasse unter einem gigantischen Felsblock , den man bekraxeln könnte. Es gab Salat und Spagetti, und wir erfuhren, daß die Insa ganz entscheidungsschwach sei, und die Ferien eigentlich für eine Entscheidung nutzen wollte. Nämlich jene, wo sie sich wohl niederlassen wolle? Göttingen oder Berlin?
Dann führte uns die Insa durchs Haus, das der George im Jahre 1972 für nur 12 000 Mark gekauft hat. Wir fanden es so schön! (Ich wiederhole mich.) Schön wie im Märchen oder im Traum.
An einer Stelle hätte man von einer offenen Zimmerplattform an der Decke durch die Luft auf einen Balken springen können, wenn man denn kühn genug gewesen wär!

Freitag, 18. August

Sonnig

Am Morgen hörte man Ming pfeifen, und dann verabschiedete er sich einfach so, um zu üben, und ich blieb nach Art einer Ehefrau allein zurück. Zuerst trank ich ganz viel Kaffee, aß Kekse und Biobutterbröter und las mich an dem Buch von Annemone Sandkorn regelrecht fest, obwohl, oder grad *weil's* zum größten Teil doch ein bitterzynischer Rückblick dessen ist, daß man quer am Leben vorbeigelebt habe, weil doch meist alles

Scheiße war, wie man nun in derben Worten lesen mußte!
Eine Sache gab mir zu denken: Daß der Tod vielleicht doch nur das absolute „nichts" sei? (Grausam, kalt und nackt?)
Zunächst befand ich mich die ganze Zeit leicht auf dem Sprung, Ming in die Kirche auf dem Hügel zu folgen, doch dann blieb ich doch daheim - mich dabei fühlend, wie eine Ehefrau, die am Vormittag mit ihren Gedanken und Gedankenverflechtungen allein zuhaus ist, und die sich vielleicht schon vorstellt, wie sie ihren Mann nachher mit einer völlig neuen Persönlichkeit überraschen will.
Als Ming dann kam, übte ich soeben am zweiten Satz von Bach´s E-Dur Sonate, und spürte es gleich mit dem sechsten Sinne, daß Ming immer noch in jener eher undefinierbaren Stimmung stak.
Aus Verlegenheitsresten stand ich beim Spielen etwas o-beinig da, und Ming amüsierte sich auf leicht gönnerhafte Weise darüber.

Ming stak wieder auf der A-Seite, aber der Knoblauch, den ich gekauft hatte, war innen schon zu Staub zerfallen. Als wir ihn schälten, wirkte es so, als würde man eine Kammer betreten, in welcher alles am Zerfallen ist, weil seit über 100 Jahren niemand mehr einen Fuß über die Schwelle gesetzt hat. Und so wurde ich ausgesandt, den Knoblauch wieder zurückzubringen. Ming riet, daß ich mit einem traurigen Gesicht wie Beate Lerch dort hingehen und sagen solle: "il est mauvais!" (Das tat ich dann, und

bekam von dem sehr netten Fräulein eine neue Knolle.)
Ming und ich aßen unser Reisgericht auf der sonnigen Terrasse an einem Plastiktisch auf einem Steinfußboden wie in Taiwan, und fühlten uns wie Auswanderer, weil´s so warm und gemütlich war, und alles andere bis hin zum Konzert am Abend so fern und bedeutungslos schien. Ohne Punkt und Komma quasselte ich auf den interessierten Ming ein:
Ich erzählte die Familiensaga von Buzens Kusine Hildegard, die einst nach Australien auswanderte.
Ihre Eltern besuchten sie dort – doch man verstand sich nicht. Dann kamen sie auch noch ein weiteres Mal zu Besuch, man verkrachte sich, und dann war der Ofen aus.
Zweimal kehrte die Hildegard nach Deutschland zurück, um mit ihrer alten Mutter über das Erbe zu reden. Die Mutter schenkte ihr und ihrer Schwester ihr Sparbuch, doch als die Schwestern gemeinsam und feierlich das Ersparte abheben und schwesterlich aufteilen wollten, befand sich nur noch eine vereinzelte Mark auf dem Sparbuch.
Manchmal fühlte ich meinen Zeigezeh rechts - jenen mit dem durchgebrochenen Fußnagel.
Dann wiederum sprach ich über die fünf schwäbischen Bläser, die bis vorgestern hier gewohnt haben und auf Sparbasis ein richtiges kleines Speiseeck eingerichtet hatten, damit man nicht ausgehen müsse.

"Ich bekomme noch 9 Fro und 20 Su von dir!" soll der eine zum anderen gesagt haben, weil meine Geschichten sich immer so verselbstständigen, als hätten sie Beine bekommen.

Nach der nächsten Schufteinheit verlor ich mich mit Ming gar in einer Kaffeestunde. Ming hatte ein Buch aus dem Jahre 1969 dabei: „Begabung und Erfolg", das sich leider ein wenig mühsam las – etwas doktorarbeitshaft.
Dann schrieb Ming eine Postkarte an die Luisa. Auf chinesisch schrieb er zum Schluß „ur ai ni" (Ich liebe dich!")
Zwei Fragen hätt´ ich für heut in einem Jahr:
wie ist´s mit der Luisa weitergegangen? und
wie sieht mein Zeh aus?
Zur Mittagsstund´ versuchte ich zu schlafen, doch das Kindergeschrei vor dem Fenster war derart unerträglich, daß ich mich gefühlt habe wie die Omi Mobbl im Jahre 1967, als es nebenan im Schwimmbad einen derartigen Lärm zu beklagen gab, daß man hätte toll werden mögen! Und so erhob ich mich nach kürzester Zeit, und der weitere Verlauf des Abends gehörte so mehr oder minder dem Warten aufs Konzert:
Wenn ich beispielsweise auf der Terrasse saß und in meinem hautfarbenen Buch von Annemone Sandkorn schmökerte, so saß ich in gewisser Weise auf einer gespannten Sprungfeder.
Ich las die unglaubliche Geschichte von einem Ehemann, der todkrank war. Ständig wurde man an

sein Sterbebett gerufen, und dann lebte er doch immer weiter.

Um 18 Uhr schraubten Ming und ich uns den Hügel hinan, um noch ein wenig zu proben.

Auf dem Wege sprachen wir über Dieter W., einen eierköpfigen Leerlaufbetagten in Trossingen, und ich erzählte Ming, daß er leider so viele schlechte Eigenschaften habe, daß die wenigen guten, die er vielleicht hat, davon auch noch verdorben wären.

In einem fast persisch anmutenden Gässchen kamen wir an einem Schäferhund vorbei, und ich grüßte ihn freundlich, als wenn´s ein Mensch wär.

Dann erzählte ich Ming, daß Katzen es gar nicht leiden können, wenn man grußfrei an ihnen vorbeiläuft, und im Grunde sei dies ja auch eine Mißachtung der Kreatur.

In der Kirche spielten wir die einzelnen Bach-Sätze mehrfach durch, und zum Schluß auch noch das Schubert-Rondo. Doch ich spürte, wie meine Kräfte nachließen, und auf der vorletzten Seite spielte ich aus Versehen die Parallelstelle!

Dann lief ich durch die Sonne wieder heim.

Um 21 Uhr fand unser Konzert statt.

Beglückt bemerkte ich, daß Herr und Frau Bolz erschienen waren.

Auch Insa & George hatten sich herbeibemüht, und in Frankreich pflegt man vor den Konzerten locker auf dem Rasen zu stehen und miteinander zu plaudern.

Vor den einzelnen Werken pflegt Marie-Hélènes Vater ellenlange Reden zu halten. Er erzählt dem Publikum wie die Werke, die gleich erklingen werden, wohl klingen werden.

In der Pause umarmte uns Herr Bolz geradezu stürmisch, und sagte: "Mensch, spielt ihr schön!" Folgendes stand auf dem Programm: Bachs Sonate in E-Dur (Rehleins Sonate) Beethovens c-moll Sonate, die Havanaise von Saint-Saëns, und ein Rondo von Schubert. Vor der Kirche hatte man zwei Zelte errichtet: Ein Künstlerzelt und ein Ausschankszelt. Dort gab es Orangensaft mit Rum. Mit meinen Plaudereien hielt ich mich besonders an Frau Bolz, weil sie so mütterlich und warm ist.

Samstag, 19. August

Schön sonnig

Schon in meine Träume verwob sich das dunkelgraue Tuch der postkonzertalen Depression:
Die Hochschulkorrepetitorin Frau Navratova sprach mich darauf an, ob ich gewillt sei, sie an meinem Preis, an einer Butterfahrt teilzunehmen, bei der es noch mehr Preise zu gewinnen gäbe, partizipieren zu lassen? „Aber natürlich!" (so ich in geradezu buz´schem Überschwange.)
Einmal saß mir die Luisa auf einem Stuhl gegenüber, und versuchte einen kleinen Eiterbollen unter meinem Auge mit dem Nagelknipser hinwegzuknappsen.

Zwei Ehepaare, die ich gestern in der Konzertpause kennengelernt hatte, hatten gefragt, ob sie in unserem Keller eine Orgie feiern dürften, und gottergeben hatte ich es erlaubt.
Nun aber trat mir ins Bewusstsein, daß um 17 Uhr Frau Navratowa mit den Butterfahrtsbilljets kommen wollte, und es wäre doch komisch, wenn ich die Türe öffnete, und unten im Keller tobe grade eine Orgie wie im alten Rom!?

Am Morgen lag ich träge auf dem Bett. Ich fühlte mich nicht mehr wirklich müd, und zum Sich-Erheben fehlte mir der innere Antrieb. Ein unangenehmer Zwischenzustand, der sich dann aber löste, als ich endlich auf den Füßen stand.
Ming und ich frühstückten etwas träge auf dem Balkon. Ming war sehr nett, aber etwas einsilbig.
Ich zählte die einzelnen Haare, die als zierender Haarbusch auf unseren diversen Zehen sprießen. Verblüffend war, daß auf Ming´s Zeigezehen jeweils 13 Haare sprießen.

Die Rede kam auf die Marlies und ihren grausamen Vater, mit seinem pastorenhaften Sonnenstrahlenbärtchen, welches das ohnehin dürftige Kinn noch mehr abdeckt.
Das Netteste, was er der Marlies jemals gesagt hat war: "Auch ein blindes Huhn findet einmal ein Korn!" und im Violinunterricht tobte und schimpfte er zuweilen.
Dann sprach ich noch über die Veronika, und wie sie letztes Jahr hinten im Auto saß, und angstvoll in

Erwartung einer verbalen Ohrfeige die Straßenkarten für uns studierte...

Mittags wurden wir vom „GÖ-DL" abgeholt. Von Insa & George, wie der Leser schon richtig erahnen wird.
Ich empfinde die Wellenlänge von George und Ming immer als ein wenig anstrengend, da Ming so eine Sogwirkung auf die Insa ausübt, und der George vielleicht eifersüchtig wird?
Im Auto spürte man die unter Eheleuten nicht unüblichen Richtungsdebattierungsspannungen.
In einem Einkaufsparadies kaufte ich mir für nur 20 Francs einen roten Badeanzug, und die Insa kaufte Kinderschokolade, die – vom Zerschmelzen in der Sonne bedroht – im Auto rasch verfüttert werden mußte. Bloß, daß der George sie nicht mag, - so, wie George und Insa bei so vielen Themen konträrer Meinung sind.
Dann sprachen wir - ausgangsmodulierend von dem Milchgesicht auf der Milchschokolade über Schauspieler, und ich erzählte, wie der „Prof. Brinkmann" aus der Schwarzwaldklinik für das Burgtheater gestorben ist.
„Wenn er sich mal als „Faust" versucht, dann lachen sich die Leute doch ins Fäustchen", scherzte ich.
Trotz des trägen Urlaubsbehagens, und der Vorfreude auf das schöne Picknick, das ich schon direkt bildlich vor mir sehen konnte, war mir doch leicht koddrig, weil man über schottrige Serpentinenstraßen fuhr.

Nach langer Fahrt gelangten wir an einen türkisfarbenen See.
Insa und Ming laufen immer rasch voraus, während man auf den George immer sehr lange warten muß, da er altersbedingt etwas umständlich geworden ist, und beim mitleidsvollen Warten auf ihn fiel mir ein Schüttling ein:

Wir wollten doch mit der Lesung vom " GUTEN WORT"
starten,
doch dann mußten wir, wie stets, auf den George warten

Der George hat es nicht so gern, wenn man so prüde ist, und zog sich seine Hosen einfach so aus. (Untypisch für einen Amerikaner.)
Leider ist er bereits ein erschreckend altes Männlein, und seine in schwarzen JESUS-Latschen steckenden Füße, mit ihren gekrümmten, verdörrten Zehen muten gar an, als seien sie schon reif für den Sarg!
Mit einem schaudernden Bibbern schaffte auch ich den Sprung ins kühle Naß, und dann schwammen wir herum. Auch eine rote Gummimatte hatten Insa und George dabei.

Schließlich hielten wir ein erfüllendes Picknick am Ufer ab.
Ich erbot mich wieder, Insas Entscheidungsknoten (Berlin? Göttingen?) zu lösen, doch ich brauche drei Tage dafür, sagte ich.
Es gab schönes Baguettebrot mit Käse, wundervolle Tomaten und Oliven vom Markt in Apt, und wir

wärmten die Keks-Geschichte auf, die sich die Insa einmal ausgedacht und niedergeschrieben hat:
Sie handelte von jenem einen Keks, nach welchem nie gegriffen wurde. Immer wieder wurde die Keksdose aufgefüllt, nur dieser eine blieb liegen. Eine rührende Geschichte, in welcher einem simplen Keks Leben eingehaucht wurde.

Später setzten wir uns an eine andere Stelle, von wo aus man von der Höhe herab auf das türkisfarbene Wasser draufschauen konnte.
Einmal saß ich mit dem George allein so da, und fühlte schmerzlich, daß ich ihm nichts zu sagen wußte, und so schaute ich mir die fleißigen Ameisen an, die auf der Rinde eines alten Baumes herumkraxelten.

Später gab es eine kleine Mixmilch-Pause am Kiosk, und auf entspannte Weise sprach man über Insas Schwangerschaft.
In drei Wochen bekommt die Insa das Ergebnis, ob das Baby vielleicht mongoloid ist, und in diesem Falle müßte es leider abgetrieben werden.
So sollte man sich zur Stund' vielleicht noch nicht soo wahnwitzig darauf freuen. Doch wir hatten jetzt zumindest ein Thema, über das man munter und freudig plaudern konnte. Ming & George glauben, daß es eine Tochter wird, doch vielleicht ist im nächsten Jahr auch gar niemand da, und es sind nur so Gedankenspielereien?
Die Insa möchte ein *bißchen* autoritär sein.

Im Auto erzählte ich Ming, daß die Tochter von Paul Dan schön sei wie die Magnum-Dame auf den Plakaten, die überall herumhängen, und worauf eine Frau zu sehen ist, die genußvoll in ein Magnum beißt und zu schön ist, um wahr zu sein.
Doch überraschenderweise finden so schöne Frauen wenig Anklang bei den Männern!
Es liegt daran, daß sich kein Mann vorstellen kann, daß sie ausgerechnet ihn erhört, so wie sich auch kaum jemand für das Amt des Papstes bewirbt, weil sich niemand vorstellen kann, daß die Wahl ausgerechnet auf *ihn* fallen soll?!
Die Insa hat manchmal Zweifel, ob sie eine gute Mutter werden kann. Sie findet Säuglinge nicht süß, und manchmal wird sie auch von Elendswogen darüber erfasst, daß man bald ein lärmendes Bündel am Bein habe.
Ich riet, das Baby sofort in eiskaltes Wasser zu tunken, wenn´s schreit. Dann macht es das vielleicht ein, zweimal und nie wieder! Es soll den ganzen Tag jubilieren und strahlen, sagte ich fast streng.
Dann schlenderten wir noch durch Manosque, und schließlich fuhren wir heim.

Abends saß ich mit Ming in dem gemütlichen Lokal auf dem Marktplatz im Freien, wo wir sehr gut von einer jungen Dame bedient wurden. Ich erzählte Ming, daß es sich um das selbe Fräulein handele, das Vormittags im Supermarkt bedient, und animierte Ming, ihr zum Schluß ganz viel Trinkgeld zu geben.

Ich erzählte Ming plastisch, wie das Fräulein schon ganz lange auf eine schöne Bluse auf dem Markt von Apt spart, die ihr wirklich gut zu Gesicht stehen würde.

Doch wenn es das Geld endlich beisammen hat, und freudig auf den Markt eilt, sieht es womöglich grade noch, wie ihre schöne Bluse von einer dicken, fetten Amerikanerin aufgekauft wird?

Ein Hund mit langen, weißen Haaren lag herum, und kleine Kinder vergnügten sich johlend.

Später rangen wir von einer Telefonzelle aus Rehlein & Buz an.

Ich war sooo froh, daß sie noch lebten, denn nach dem gelungenen Konzert hatte sich nun fast schmerzhaft die Sorge in mein Hirn eingenistet, was wohl aus Rehlein und Buz geworden ist? Und jetzt klangen sie so nett und frisch! Auf Ming warte in Ofenbach ein dicker Brief von der Luisa, berichtete Buz freudeschürend.

Leider verplauderte ich das Geheimnis um Insas Schwangerschaft, und Ming war darüber leicht verärgert.

Wir warteten bis die Verärgerung wieder abgeklungen war, und liefen hernach auf den Berg hinauf um eine Mondfinsterniss zu beobachten, wie genau heut vor einem Jahr mit Buz & Veronika, bloß daß doch heut überhaupt keine Mondfinsternis geherrscht hat.

„Man sollte immer genau das tun, was man schon vor einem Jahr getan hat", sagte ich.

Dadurch, daß heut keine Wolkenstaubwedel unterwegs waren, die den Mond verfinstern konnten, mussten wir den Mond durch Kopfschiebereien hinter einem Busch verschwinden lassen.

Ming frägt sich natürlich, was wohl in dem dicken Brief von der Luisa, der in Ofenbach auf ihn wartet, zu lesen stehen wird? Ein banger Gedanke, der Ming auf Schritt und Tritt begleitet.

Doch man kann es sich ja denken:

Falls Ming nur ein Abenteuer suche, so solle er es ihr bitte klar und deutlich sagen, denn dafür wäre sie sich zu schade.

Wenn er aber aus vollem Herzen „Ja!" zu ihr sagen wolle, dann solle er sie doch bitte heiraten.

Ich glaube kaum, daß die Luisa von Mings derzeitigen Thesen, daß man sich ständig neu verlieben würde, entzückt wäre?

Ming ließ sich von mir die Schultern massieren, und wir bestaunten drei junge Kung-Fu Kämpfer auf dem Rasen.

Auf dem Heimweg steigerte sich Ming in einen fast gönnerhaften Rausch darüber hinein, *wie* leicht er es bei den vereinzelten Frauen hätte haben können. Z.B. auch bei der Marie-Hélène und ihrer Mutti.

Ming: "Ich glaube kaum, daß Herr Tournebiese mit seinem Wanst und seiner Hornbrille besonders aufregend ist."

Dann erzählte Ming, wie deprimierend sich das Lindalein in Amerika verändert habe.

Sonntag, 20. August

Fantastisch!
Das schönste Wetter, das man sich überhaupt
nur vorstellen kann: Warm und schön

Ich wurde zum Frühstückskauf ausgesandt. Draußen tobte der Markt, und wenn man jetzt – so wie die Linda – einen gescheiten Beruf ausüben würde, so hätte es den Vorteil, daß man in den Ferien nicht so aufs Geld schauen müsste.
Wir aber müssen es, und doch kaufte ich einem sehr netten Herrn zwei Kilo Äpfel ab.
Ich stellte mir vor, *wie die Luisa in einem Interview auf die Frage, ob sie einen Seitensprung jemals verzeihen könnte, mit einem klaren „Niemals!" antwortet.*

In der Küche rechnete ich Ming vor, daß die Veränderungen vom Lindalein auf ganz normalen Berufsstress zurückzuführen seien. Etwas, was Ming und ich ja nicht kennen, weil wir ja praktisch immer Ferien haben!
Sogar unseren Konzerttag würde ich im Nachhinein als Ferientag bezeichnen.
Dann saßen wir auf dem Balkon.
Ming, wie's für Verliebte ja leicht typisch zu sein scheint, etwas träge und einsilbig.
Mittags hob ich endlich, symbolisch gesehen meinen Arsch, indem ich endlich etwas Sinnvolles tat (Geschirrspülen).

Gegen Mittag fuhren wir dann, wie mir schien, leicht ziellos ab, denn der schöne Ferientag wollte ja als solcher gestaltet werden.
Zuerst hielten wir an einem schönen Schloßgatter, und ich beplabberte Ming mit allerlei:
Wie dem Ernst-August zu Ohren steigt, daß es in Deutschland doch einen ganz fantastischen Pianisten gäbe - „stockschwul zwar", ← dies pflegt man geradezu automatisch hintanzuzufügen, wenn man einen nichtjüdischen Pianisten glaubwürdig preisen möchte – doch Ming lachte gutmütig.
„Den will ich hören..." sagt der Ernst-August.

Später machten wir dann Ferien in einem Ort namens Mane mit ganz vielen weißfelsigen, burgartigen Gebäuden zum Bekraxeln.
„Sind das jetzt schöne Ferien für dich?" frug ich Ming, ohne auf eine Antwort zu warten.
„Danach wird dann aber mal wieder eine Arbeitsphase eingelegt, hm?" parodierte ich das junge Rehlein aus Mings Rückblicksberichten.

Als nächstes besuchten wir einen türkisfarbenen See, dessen Wasserspiegel ansonsten sehr viel höher liegen muß, denn an einem Baum hing so viel Seetang, daß er ausschaute wie ein Mamut.
Ming schälte sich aus den Kleidern, so daß man seinen niedlichen, bleichen Brötchenpo schimmern sah, bevor er in seine türkisfarbene Badehose stieg.
Er stand sehr lange am Ufer, doch ins Wasser stieg

er nicht, weil ein paar schmuddelweiße Schaumkrönchen auf der Oberfläche tänzelten.
So setzten wir uns eben auf ein Handtuch.
Wir sprachen über die mittlerweile berauschende Einspielungssammlung von Anne-Sophie Mutter.
Alles, was sie jemals geübt hat, gibt es auf CD zu hören. Bald, so fabulierte ich drauf los, kommt eine CD mit dem Titel „Anne-Sophie Mutter übt" auf den Markt, und ich sang Rehleins Art, zwei nebeneinanderliegende Töne zu üben. Bloß natürlich Anne-Sophie Mutterhaft intensiv gefärbt, und Ming lachte so nett!
Dann wiederum malte ich uns aus, ich wäre jetzt der Herwig, der so versonnen auf die Wasseroberfläche schauend, neben Ming säße. *Plötzlich gibt der Herwig Ming einen Kuß auf sein Schulterblatt. Doch dann wendet er den Kopf wieder ab, und tut so, als sei nie etwas geschehen, und auch fortan und in der Zukunft benimmt er sich stets so wie immer, und läßt mit keiner Geste mehr an den Kuß denken. Doch die kleine Episode scheint ihrer Ungewöhnlichkeit wegen in Ming's Erinnerung hineingebrannt und lässt sich nicht mehr vertreiben.*

Bevor wir dann die Bolzens aufsuchten, machten wir noch einen kleinen Hangaufwärtsspaziergang durch ein kleines Pinienwäldchen. D.h. ob es wirklich ein Pinienwäldchen war, weiß ich natürlich nicht, doch es wirkte zumindest so.

Nach dem kleinen Spaziergang durch ein winziges Eckchen Frankreichs wurden wir freundlich von den Bolzens willkommen geheißen. Tante Elke und Onkel Walter saßen noch immer auf der prachtvollen Terrasse, so als hätten sie sich seit dem letzten Jahr nicht mehr hinfortbewegt.

Einmal spazierte auf dem Boden eine Mischung aus Käfer und Wanze herum, und als Ming das Tier wegschnippte, fiel es auf den Rücken und ruderte hilflos mit den Beinen in der Luft herum. Da tat uns das kleine Insekt so ungaublich leid. Ming befreite es aus seiner mißlichen Lage, und scherzte darüber, wie man sich wohl wundern würde, wenn es nun durch das Wasser liefe, und die feuchten Spuren hernach das Wörtchen „Danke" bilden?

Bald darauf fuhren wir mit Frau Bolz, die sich mit Ohrringen verschönt hatte, zum traditionellen Orgelkonzert um ½ 6.

Und so wie andere Menschen Grabreden halten, so hält Herr Tournebiese Konzertreden, und redet immer so viel, während das Publikum doch auf einen sog. „Musikalischen Leckerbissen" eingestimmt ist. Heute musizierte er mit einem Sänger, und die Werke von Vivaldi, Bach, Couperin und Purcell fand ich z.T. so bewegend, auch wenn ich dazu in dem so hochkomplizierten Ehegestrüpp von Annemone Sandkorn herumlas.

Einmal spielte Herr Tournebiese das beliebte Violinkonzert von Vivaldi auf der Orgel, und Frau

Bolz meinte hinterher, er habe genau an jenen Stellen geeilt, wo auch die Schüler immer eilen.
Da lachten wir hochamüsiert.
Es handelte sich um ein sog. „Durchgangskonzert": Man kann jederzeit hereinkommen, und darf wieder gehen, wenn man genug von dem Lärm hat, und bei dieser Gelegenheit sieht man immer so viele Leute, die man schon kennt, bloß in einem anderen Alter.
So z.B. den süßen Buz als Dreijährigen!
Als die letzten Töne verklungen waren, hielten wir uns noch ganz lange in der Kirche auf, und liefen andachtsvoll in dem halligen, kühlen Raum herum.
An einer Stelle am Altar steht: "Ouvre la porte!" und Ming öffnete sein Hosentürl, weil er keine andere Pforte hat.

Ich ließ mich durchs Feriengeschehen treiben, und drängte Ming bewusst nicht, obwohl ich zugeben muß, daß es mich buzesgleich die ganze Zeit weiterdrängte:
Jetzt z.B. drängte es mich zur nächsten Station meines Lebens: Dem Lasangne-Essen bei den Bolzens. Als wir dann aber endlich aufbrachen, ging´s mir plötzlich ganz schlecht: Links und rechts unangenehmes Seitenstechen, verbunden mit leichter Übelkeit. Doch es legte sich wieder, und wir verbrachten einen netten Abend durchsetzt mit Scherzeleien: z.B.:
"Sie haben eine wirklich wunderschöne Geige!"
„Ach, die ist uralt!"

Einmal bestaunten wir einen Siebenschläfer an der Wand.

Zum Schluß sahen wir, wie der Mond – heut an die Form eines angebissenen Rundkekses erinnernd, leuchtend hinter einer Bergkette aufging.

Montag, 21. August

In Avignon eher etwas stickig.
Weißbewölkt und herbe

Am Morgen eröffnete ich die Tageskonversation damit, daß ich davon sprach, wie rührend ich es fände, daß es in Ming, Bea und Rehlein immer weiterarbeitet, denn in mir wiederum arbeitete es ja auch weiter, weil Ming gestern gesagt hat, daß ich bei Bolzens so gönnerhaft über Herrn Rademacher geredet habe. (Etwas, das ich nicht bedacht hatte.) Einmal hatte mir Rehlein, so wußte ich zu berichten, ganz viele Klagelieder am Telefon über Buz vorgesungen, so daß es mir schon wirklich förmlich zu arg geworden war.

Zur Mittagsstund rief Rehlein dann nochmals an und sagte eilig und doch tirrelierend wie ein Vögelchen: "Ich werde nie wieder eine empörende Geschichte erzählen ♪♪!" Und dann pfiff Rehlein noch zwei Töne hinter diesem Satz und legte rasch auf, so wie sie es sich vorgenommen hatte.

Die Tournebieses brachten die Marie-Hélène zu einem Urlaubstag am Meer vorbei, doch wieder schien's so, als sei es anders gekommen, als man gedacht hatte: Das Wetter war etwas grünlich, knurrig und windig geworden, und es hieß, es lägen Gewitter in den Lüften.

Einmal barschte die Marie-Hélène entrüstet gegen ihre Mutti auf, und im Auto später erfuhren wir dann, daß die Mutter wie Uhu klebe. Ich selber fuhr, und auf den gewundenen Straßen glaubte ich, hinter mir führe ein aggressiver Franzos´?

„Den kenne ich," sagte die Marie-Hélène, "das ist mein Vater!"

Es erinnerte mich leicht an einen Hit vom Udo.

Ming meinte, daß die Frau Tournebiese uns noch einen zutiefst besorgten Blick aus dem Auto nachgeworfen habe, und wenig später fuhren wir durch eine Allee des Todes: Auf den schönen Baumstämmen waren immer entweder rote, oder weiße Fragezeichen aufgepinselt: Rot stand für Tod, und weiß für Unfall.

Ich mußte über den Theatertitel „Der Widerspenstigen Zähmung" lachen, und dann dachte ich darüber nach, was man alles Schönes verpasst, wenn man nicht jeden Tag ins Theater geht.

Einmal stützte ich mein Kinn auf den Vordersitz, und auf einmal gab's einen Schlag von unten (durch die Straße), und ich bekam einen Riesenschreck, ob meine Zähne jetzt vielleicht wackeln? (Na, Glück gehabt!)

Dann dachte ich voll Dankbarkeit darüber nach, daß man praktisch jeden Tag neue Freunde hat (Insa, George und jetzt die Marie-Hélène), und wie man sich die bloß alle warmhalten soll?
Bald darauf kamen wir in Avignon an, und sprachen vom neuen Parkleitsystem in den Städten.
Bloß sollen Frauen ja nicht in Parkhäuser gehen, so daß die Städte jetzt extra Frauenparkhäuser schaffen! Was aber, wenn der Würger sich als Frau verkleidet?
Wir liefen in die Innenstadt hinein.
Ich sperrte die Augen auf, und versuchte die innere Leere durch Scherzeleien zu überbrücken, bis bessere Zeiten kommen, wenn man beispielsweise irgendwo einkehrt.
Ming mußte unbedingt süßholzraspeln und betrat eine dreiteilige Telefonzelle aus Glas. Wer hätte gedacht, daß ein so unendlich langes, mehr als halbstündiges Telefonat draus würde? Ming – am Anfang noch etwas steif („hier ist der Iwan...") wirkte in der gläsernen Zelle zunehmend glücklich- und gelöster.
Einmal bestieg ich nach längerem, diskreten Abseitsgestehe die Nachbarzelle, und imitierte ein furioses Telefonat auf Pantomimenbasis. Später, als Ming dann endlich fertig war, hatte mich die lange Warterei mürrisch gestimmt, und während der leichten Verärgerung dachte ich stellvertretend für die Marie-Hélène:
"Das kann ja heiter werden! Die eifersüchtige Schwester!"

Aber eigentlich dachte ich´s mehr stellvertretend für Ming, der dies stellvertretend für die Marie-Hélène dachte, und es fiel mir schwer, gleich wieder nett zu sein, obwohl ich es versuchte. So lag auf meiner Seele ein leichter Schatten über diesem ohnehin diesig-schwitzigen Avignon-Besuch, zumal ich auch vom Wiedergutmachungstrieb erfüllt war.

Vor der bleichen Burg bewunderten wir einen Gitarristen mit einem kleinen, eher angedeuteten, denn ausgewachsenen Ziegenbärtchen, und auf der Treppe eine Pantomime: Eine Dame hatte sich in einen undurchsichtigen Gummistrumpf gezwängt und machte interessante Posen zu verruchten Chansons. Ich mußte so herzlich lachen, und steckte ganz viele Leute damit an. Später lief die junge Dame mit dem Hut auf die Bevölkerung zu, doch die Leute stieben angstvoll, wie Schafe in einer Herde auseinander, und erst dann besannen sich einige um, und ich durfte ihr auch ein 10 F-Stück im Namen von uns allen bringen! Dann schauten wir durch ein Felsgitter von oben auf die Brücke von Avignon, die auf der Mitte des Flußes einfach aufhört.

Mir fiel ein Schüttelreim ein:

bevor wir hier dauernd ohne Sinn hetzen,
sollten wir uns doch mal gemütlich hinsetzen

Und so setzten wir uns auf einer Bank, aßen Kekse und schauten uns die Leute an, bzw. überlegten, ob sie wohl glücklich sind?

Auf die Brücke selber bin dann bloß ich draufgelaufen, weil's so teuer war. (7 Francs) Peinlich war, daß mein Händi (ein hochmodernes Besichtigungshändi, wo einem durch den Duschkopf hindurch historisches Wissen ins Ohr hineindosiert wird) die ganze Zeit wild piepte, und sich nicht beruhigen ließ, so daß ich's am liebsten über Bord ins Wasser geschleudert hätte.

Mitten in Avignon, mit dem piepsenden Händi am Ohre, und mich trotz der Piepselei zu bilden suchend, mußte ich an meinen nachträglichen Exstiefonkel, „Kläuschen" in Bonn denken. Auch wenn er „nur" der dritte Mann von meiner Extante Antje ist, die in jungen Jahren kurz mit Rehleins Bruder Rainer verehelicht war, und mit ihm die Zwillinge Heiner & Friedel zeugete – so gehört das Kläuschen doch zu meinen absoluten Lieblingsönkeln. Ich mußte daran denken, wie er sich in all diesen und anderen Themen gebildet hat, und versenkte mich in die Vorstellung, wie es sich wohl anfühlt, ein anderer Mensch mit ganz anderen Interessen, Vorlieben und Abneigungen zu sein?

Einmal standen wir vor einem bunten, historischen Karussel auf dem Jahrmarkt.
Wenn man ein Karussel drei bis viermal beim Rotieren beobachtet, so kennt man die Insassen schon ein wenig: Ein fröhliches, kleines Mädchen mit Zahnlücke etwa, eine eher stille Variante von einer Dame die man kennt....na, dann fuhren wir weiter.

Seelisch ging´s mir nicht gut.
Ich scheine die Fähigkeit, mich zu verlieben, eingebüßt zu haben, und kam mir vor, als habe ich den Faden der Verliebtheit einfach verloren.
Ausgelahmt vom fehlenden Liebesglück schlummerte ich auch hi und da, bis wir wieder an irgendeinem staubigen Parkplatz einfuhren.
Irgendetwas Römisches, so hieß es.
Auch das noch, dachte ich.
Dann gefiel mir aber das gelbe Viadukt so sehr.
Wir spazierten auf spilligen Pfädchen, und Ming rief immer wieder aus, daß es so aussähe wie in Kalifornien. An einer Stelle, von wo aus man in ein flauschiges Grün, und Baumkronen - von oben an Brokkolibüsche erinnernd - hinabschauen konnte, und wo sich der Lahme gern für immer hineinfallenlassen würde, setzten wir uns nieder und aßen die runden Kekse, die ich gekauft hatte.
„An diesen Keksen hätte der Opa jetzt aber auch seine Freude!" sagte ich zärtlich, weil kein Tag vergeht, an welchem ich nicht an Opa und Omi-Mobbl denke.
Dann sahen wir noch einen Fluss, der mich so an Afrika erinnerte. Es kann aber auch sein, daß es daran lag, daß ein paar Mohren darin badeten.
Ming watete durch das Wasser, während ich mir eine Antwort zurechtlegte, was man wohl antworten solle, wenn man nach seinen Plänen befragt würde?
„Weiterüben, älter werden und eines Tages sterben."
Dann besuchten wir eine andere Stelle:

Von außen sah man bereits verheißungsvoll eine in Felsen verwobene Burg: Es handelte sich um eine weiße Stadt, die nur aus einem einzigen Gebäude zu bestehen schien, und es sah so reichhaltig aus wie im Traume: Lauter Geschäfte mit Köstlichkeiten anoder gar ineinander gebaut! Z.B. eine Kekserie wie im Märchen. Dort kauften wir uns die feinsten Köstlichkeiten, und kraxelten über Stellen hinweg, die ausschauten, wie auf einer fremden Planetenoberfläche. An einer Stelle stand ein Holzgebilde, wo einst die Sünder ihren Kopf durchstecken mußten um bespuckt und bepöbelt zu werden. Heute wird es nur noch zum Gaudium benutzt.
(Auf oberflächliche Weise von einem jungen Mädchen, das sich fotografieren ließ.)
Dann wurde das Wetter so atemberaubend:
Der Himmel schwärzlich bewölkt, und nur an einer Seite, als Zeichen JESU orange angeglüht – hinzu zog ein Mistral auf.
Später besuchten wir noch einen Friedhof mit Sarkophaggräbern.
In eines konnte man gar hineinschauen und sehen, wie die Särge gestapelt werden.
Dann fuhren wir heim, und die Fahrt dauerte so schrecklich lang.
Es wartete noch ein Essen bei den Tournebieses auf uns, - doch glücklicherweise handeltes es sich nur um ein kleines Beisammensitzen bei einem kühlen Getränk im Musikzimmer, und dann wies uns Herr Tournebiese noch auf seine aufmerksame Weise den Weg mit seinem Auto.

Dienstag, 22. August

Atemberaubend schön. Curaçaoblauer Himmel.

Am Morgen erhob ich mich zu einem Frühstück mit Ming. D.h. zu Beginn wurde ich losgesandt um ein paar Croissants zu holen. Ähnelnd Buzen, eine Aufgabe, die mir sehr liegt. Ich lernte einen kleinen passenden Spruch auf französisch den ich in der Bäckerei klar und deutlich von mir gab.

Eine neue Telefonkarte hatte ich nicht besorgt, weil in der Post so eine lange Schlange zu sehen war, und der Herr hinter dem Schalter einen jeden Kunden so zu bedienen pflegt, als sei´s die letzte große Aufgabe in seinem Leben.
Ming las mir aus dem großen 60ger Jahre Buch von einem Herrn vor, der so unglaublich gut rechnen konnte: Man stellte ihm eine unfassbar komplizierte Aufgabe, er schwieg vier Sekunden lang, und dann stiegen die richtigen Ziffern im Sekundentakt aus ihm empor!
Ming kam´s so vor, als schriebe der Neuhaus* über Richter.

*Heinrich Neuhaus: Historischer Klavierprofessor. (1888 – 1964). Und ein Pianist namens „Richter" (1915 – 1997) war sein Heiliger.

Schließlich fuhren wir los.
Ein Urlaubstag wollte gestaltet werden, und aus einer Telefonzelle riefen wir den George an.

Die Insa hatte sich schon so wahnsinnig auf uns gefreut. Sie hatte sich so sehr gewünscht, noch einen Urlaubstag mit uns am Meer zu verbringen, wie man sich vielleicht in Jahren nichts gewünscht hat. Doch vom George wiederum weiß man ja nicht, ob er Ming soo mag?

In unserem neuen Wohnort war bereits das Plakat für das nächste Konzert aufgeklebt: Ein estländisches Klavierduo, und wie es hier die Tradition will, stand ein estländischer Satz, den niemand versteht, auf dem Plakat.

Das soll die Neugierde wecken, erläuterte ich Ming warm.

Dann fuhren wir frohgemut zu.

Einmal sah man einen Jüngling, der auf einen Pappdeckel die Bitte um etwas Geld draufgeschrieben hatte, und damit zwischen den Autos umherlief. Ich philosophierte, bzw. beinah könnte man schon sagen, ich politisierte über die Ungerechtigkeit in Europa:

Es gibt reiche Leute, die BMW fahren, und Arme, die sich ein solches Schild zurecht basteln müssen.

Obwohl manche davon auch Journalisten sind, die sodann eine Reportage über diese Ungerechtigkeit schreiben.

So erzählte ich Ming, wie's in Nordkorea sei: Wöchentlich bekommt man eine Wochenration Reis, ärztliche Versorgung ist kostenlos, alle müssen um fünf Uhr aufstehen, - der Weckwagen mit Melodien und Vaterlandsparolen fährt durch die Straßen, - und um neun Uhr abends gehen die Lichter aus, und mit

den Alten müssen sich die Nordkoreaner auch nicht herumplagen, weil die nämlich von der Altenaufsammlung abgeholt werden. Man bekommt einen Zettel, auf welchem zu lesen steht: Morgen früh ist Altenaufsammlung. Bitte stellen sie ihre Vorfahren im entsprechendem Alter an den Straßenrand...Einmal fuhren wir an einer Post vor. Ein verzweifelt wirkender Mohr trat soeben aus dem Hauptportal, und ich erzählte Ming gleich, daß dieser Mohr gefeuert wurde, weil er <u>immer</u> zu spät kam, um seinen Dienst am Schalter anzutreten. Und heute Morgen sagte der Chef unerbittlich zu ihm: "Jetzt ist auch noch dein Mohrenbonus aufgebraucht! Schnür dein Bündel!" und sprach demonstrativ schon mit dem Nächsten.
Eine Dame hielt ein Postpicknick auf dem Postmäuerchen ab.
Den Plan befolgend, den der George uns durchgegeben hat fuhren wir weiter, und ich erzählte Ming von den japanischen Singeltamagochis: Tamagochis, die laut lospipsen, sobald ein Mensch mit einem passenden Gegentamagochi im Umkreis steht.
Anhand eines Beispiels schilderte ich Ming, wie Shigeru, 29, sich eine Frau sucht, und sein Tamagochi programmiert:

SHIGERU, 29 JAHRE,
FLEISSIG, HÖFLICH, GUTAUSSEHEND.
GESUCHTE FRAU:
HÖFLICH, HÜBSCH, GEHORSAM

In den modernen Tamagochis kann man das Wörtchen „gehorsam" allerdings nicht mehr anklicken.

Dann sprachen wir darüber, daß wir beide zusammen neulich bei Bolzens dreimal gönnerhaft gewesen seien.

Natürlich könnte man an sich feilen, und sich zusammenreißen, doch man kann seiner Erbmasse nicht entgehen, und wir sind so, weil eben unsere Eltern so sind.

Es ist so, als löse man eine Kukidentpille im Wasser auf. Eine Pille die aus vier Farbschichten für die Jahreszeiten des Lebens besteht.

Zunächst ist fast jeder neugeborene Mensch im Frühling seines Daseins eine höchst gelungene Mischung seiner Eltern.

Im Sommer des Lebens eine ernstzunehmende, angenehme Mischung.

Im Herbst eine bedenkliche und im Winter eine unerträgliche Mischung.

Wir fuhren durch Marseille.

Einmal hörte man Ming bedrohlich mehrfach: "No, no, no!" rufen. Er wies einen aufdringlichen Fensterputzer zurecht.

Ich überlegte, daß es in solch heißblütigen Städten doch auch Frisöre geben könnte, die ihre Dienste zwischen den Autos feilbieten könnten? Kaum hält ein Auto mal bei Rot, da eilt der Frisör herbei, und beginnt wild an der Frisur des Autofahrers herumzuscheren.

Wir fuhren weiter und kamen an so schöne Strandgegenden wie im Traum: Weiße Strandfelsen und ein unglaublich türkis-dunkelblau glitzerndes Meer.
Schließlich ließen wir uns an einem zierlichen Strandbecken nieder. Man schwamm herum, und leider spürte man doch einen Unterschied zum Traum: Als Mensch muß man beim Schwimmen den Kopf immer so unangenehm hochhalten. Dann ist das Wasser eine Spur zu kalt, die lärmenden Kinder eine Spur zu laut – lauter Probleme, die beim Verstorbenen wegfallen.
Dann fuhren wir heim.
Wieder hatten wir keine Postkarten geschrieben, weil wir´s immer nur vor uns herschieben. Stattdessen fiel mir allerdings ein Schüttelreim ein:

Nie wurden sie geschrieben, die schönen Postkarten.
Stattdessen brauchte man nach der verdorbenen Kost Parten.
(Hahaha).

Die Heimfahrt war ein bißchen mühsam. Als Ming mal kurz vor einer Abzweigung auf die rechte Spur rübermachen wollte, fuhr einer gar maßregelnd wie der Opa!
Mir fiel noch ein weiterer Schüttling ein:

Der Hunger hatte mich dermaßen ausgehölt!
Da fuhr ich wie der Blitz nachhaus, geölt!"

Durch Aix sind wir leider nur durchgefahren, weil wir um 19 Uhr unsere Einladung beim Wiesen-Jacques wahrnehmen mußten. Er heißt „Wiesen-Jacques", um sich von einem anderen Jean-Jacques abzuheben, aber auch weil sein Haus auf einer Wiese steht.

Für die Jausenstund daheim auf dem Balkon hatten wir nur eine Stunde Zeit, und in diese eine Stunde mußte noch so allerlei hineingepfercht werden, wie beispielsweise ein Haarwusch und ein Supermarktsbesuch.
Auf dem Marktplatz hatte der Zirkus seine Zelte aufgeschlagen, und man hörte durchdringende stimmungserhellende Musik.

In der Küche malte ich mir aus, wie der Opa sich zusammenreißt, um wieder jugendlich zu werden:
Nach dem Mittagsschläfchen sagt er plötzlich resolut zu Rehlein:
„Melde mich beim Fitnessklub an! Halt! Nein! Wenn ich wirklich ein Neuer werden will, dann muß ich es selber machen..."
Ming und ich liefen die an Taiwan erinnernde gewundene Straße hinab, und der Wiesen-Jacques wohnt, wie ich zuvor schon erwähnt, und wie der Name schon sagt, auf einer schönen großen Wiese.
In einem Winkel dieser großen Wiese lebt ein Pferd mit ganz kurzen Beinen, das an einen besonders hässlichen Menschen erinnert.

Es schaut einen ganz böse an, und in dem kleinen Häuslein inmitten eines verwunschenen Gärtchens in dem es wohnt, steht sogar ein Herd herum, auf daß es sich etwas kochen möge.

Die Bolzens sind auch gekommen, und Herr Bolz stand neben dem Tischchen mit den Likören, das man extra aufgestellt hatte, erzählte von seinem packenden Lebensbeginn in fernen Ländern, und – leicht ansentimentalisiert von den hochgeistigen Getränken, und getragen von unserem Interesse – davon, wie er seine Frau in einem Lift in Damaskus kennengelernt hat.

Auch die Marie-Hélène war wieder gesund.

Wir erfuhren, daß sie es ganz schlimm mit dem Kreislauf habe.

Dann feierten wir so schön unter zwei Stoffpavillons, und die Marie-Therese (Marie-Hélènes Mutti) machte sich nützlich, wo sie nur konnte.

Ständig sah man sie dabei, wie sie sich gerade nützlich machte, und besser kann es die heilige Therese, die in der Kirche an der Wand hängt, und immer nichts als die Wahrheit gesucht hat, auch nicht gemacht haben.

Die Atmosphäre erinnerte an Georgien, und ich saß eingekeilt zwischen Frau Bolz und Marie-Hélène so da.

Es gab Gnocci und Pesto, Salat, Fleischstücke vom Grill, und einen schönen Nachtisch (Eis mit Birne).

Dann erfuhr ich, daß die Frau Weisser, unsere hochgeschätzte Musikhochschulsekretärin, die auch von Buzen so gemocht wird, gestorben sei, und fand es unfassbar! (Knapp 58 Jahre alt)

Der Abend wurde mir gegen Schluß ein wenig lang.

Mittwoch, 23. August

Traumhaft schön.
Nur am Abend zogen graue Wolken auf

Am Morgen reisten Ming & ich zu George und Insa nach Saignon.
Im Auto war Ming so nett zu mir.
Er frug gar rhetorisch, warum ich immer so interessant bin?
Die meisten Leute, die er im Auto so mitnimmt, so Ming, seien nicht halb so interessant.
Ming erzählte mir Herwigs Familiensaga:
Der Herwig hatte in Wien, ohne es zu wissen, in der gleichen Straße gelebt, wie ein Terrorist, der dann wenig später erschossen wurde, und Herwigs Mutti, eine Variante von Zara Nelsova (einer berühmten Cellistin mit riesenhafter Betonfrisur) hatte ihrem Mann, einem Cembalisten mit Namen „Herbert" vier Kinder geschenkt.
Von den drei Buben ist einer tödlich verunglückt, ein anderer, namens Christian spielt Geige, und die einzige Tochter verließ ihren Mann, und brannte mit einem Australier nach Australien durch!

Zu diesen entrüstungstreibenden Worten waren wir bei George und Insa angelangt.

Eine halbleere, noch nicht gänzlich erkaltete Kaffeetasse auf dem Tisch inmitten eines Felsplateaus (so wie im Traum) gab noch letztes Zeugnis von einem gemütlichen Frühstück, das nun zu Gunsten der Reise hatte eingeschrumpft werden müssen, um der lästigen Pack- und Bedenkerei Platz zu machen.

In einer anderen Felsnische stand eine alte Singer-Nähmaschine.

Ming lernte emsig französisch, und bald darauf stiegen wir in den „GÖ-DL" um, und fuhren ab.

Im Auto fühlte ich mich so wohl, und schlummerte, und einmal löste sich meine Seele dabei derart aus dem Körper, daß ich die Straße vor meinem geistigen Auge dreidimensional vor mir sah, *obwohl* ich die Augen geschlossen hielt.

Hi- und da hielten wir an.

Einmal z.B. zu einem Obstkauf.

Als der George im Supermarkt für uns Käse kaufte, sagte die Insa auf ihre rührend entwaffnende Art: "Vorhin in der Post hat George mich ganz doll angeschrieen!"

„So, daß alle erschrocken aufschauten?" frug ich neugierig, und mußte noch eine Weile darüber nachsinnieren, wie der George jetzt wohl an seiner Unfreundlichkeit herumknabbern muß, so wie ja statistisch gesehen zirka sechsmal pro Tag?

Der Altersunterschied zwischen Insa und George beträgt sage und schreibe 29 ½ Jahre! Er, bald 65 – sie 35!
Sagt man dann wiederum Nettigkeiten, so sind die Scharten damit auch nicht so schnell ausgewetzt.

Wir fuhren durch Cassis und suchten das Meer. Hin und wieder fuhren wir dabei höchst steile Straßen hinan, und nach einer Weile kamen wir an eine Stelle mit Gras und weißen Felsen, wo es ausschaute wie in Irland. Dort wanderten wir eine Weile lang bergaufwärts, um zu schauen, wo man vielleicht das Meer glitzern sieht?
Ming hatte von den Tournebieses einen zauberhaft anzusehenden silbernen Parasol entlehnt und mitgebracht.
Wir breiteten ein großes Tuch aus, und hielten ein kleines Picknick ab: Mit Tuc´s und Melonengondeln.
Ich beschelmte den George damit, daß man die löchrigen Salzkekse, die der Opa so gerne nascht, auch als Brillen fürs Augentraining benützen könne, weil ich immer das Gefühl habe, man müsse ihm was Nettes sagen, doch der George ist meist in sich gekehrt, und spricht nur mäßig auf Humor an, finde ich.
Als wir dann wieder beim Auto waren, vermisste der George seine Pfeife – wo er doch langsam tüdelig wird, und hinzu noch so ein großes Loch in der Tasche hatte. Ich half dem George beim Suchen, doch bei mir war´s mehr so, daß ich ein wenig im Gras am Wegesrand stocherte, wie einst der Spielhansl, – und vor mir konnte ich sehen, wie der

George mit seinem malerischen, breitkrempigen und hochaufgetürmten Hut suchend den Berg hinauflief.
Doch nun befielen mich Zweifel, ob´s wohl in Georgens Sinne sei, daß ich da so mitsuche?
Denn nun waren Ming und Insa allein im Auto, und es könnten Leidenschaften freigesetzt werden?
Dann fand er die Pfeife aber doch, und man sah, wie er sie oben in lauwarmer Freude in die Höhe reckte.
Wir fuhren weiter, und parkten millimeterdicht vor einem Volvo. Einmal hieb der George die Beifahrertür auf, ohne zu schauen, und erschreckte einen Herrn in einem vorbeifahrenden Auto, das eine Vollbremsung machen mußte, damit sehr.
„Pardon, Monsieur!" sagte der George so nett, so daß man ihm nicht mehr böse sein konnte.
Dann vermissten wir den Beutel mit dem Käse, auf den sich doch besonders die Insa schon so vorgefreut hatte, und assoziierten unwillkürlich, wie der George sich freudig nach der Pfeife bog, und dabei die Käsetasche stehen ließ. Doch die fand sie dann doch im Auto.
Nun mußten wir noch ganz viel an weißen, z.T. polierten Steinen herumkraxeln. Zuerst fanden wir ein sehr schön anzusehendes Meeresbecken, das allerdings unpraktisch für den Benutzer war, denn man gelangt nur über Felsgebilde ins Wasser. D.h. ein paar ganz Tollkühne sprangen von zirka zehn Meter hohen Felsen in die Brandung hinein, wie einst Otto und Opa!
Das Meer glitzerte so atemberaubend.

Später fanden wir dann doch noch eine Strandbucht, und auch ich schwamm.

Man schwamm in erfrischendem Wasser, und das Glück schien perfekt, doch beim hinterherigen Käsebrotgeschmiere versammelten sich so viele Wespen, ähnelnd schrecklichen Menschen, die immer sofort zugegen sind, wenn es irgendwo etwas zu holen gibt.

Wir lagen bzw. saßen so da.

Ich saß mit meinem Taschenbuch hinter der Insa, die sich barbusig sonnte und mit Ming französisch lernte.

Einmal sagte ich plötzlich zur Insa: "Darf ich mich neben dich setzen? Dann könnten wir ein wenig plaudern, nachdem ich die ganze Zeit über so quälend einsilbig war!" Wir plauderten dann gar nichts Besonderes, doch der Satz wirkte gleich so verbindend, fand ich.

Dann lernten wir noch einen seltsamen Hund (einen Boxer) kennen, der ein so freudloses Gesicht hatte, wie ein Karpfen.

Vergebens bemühten wir uns drum, ihn froh zu stimmen, und Ming zeigte ihm sein kleines Rucksäckchen, das auch immer so böse schaut.

Der George war plötzlich so erpicht darauf, der Insa ein Eis zu kaufen, so daß wir in Cassis ausstiegen. Gemeinsam liefen wir durch das Gewühl der Stadt, und auf dem Rückweg tropften und regneten die Eise in der Sonne....

Den Abend verbrachten wir in einem kleinen Gartenlokal an der Straße, wo man köstlich essen konnte.
U.a. Rumpsteakspieße mit Röstkartoffeln. Der George erzählte von einem 95-jährigen Indianer im Zug, der so ein tolles Gedächtnis hatte. Als ihn jemand frug:
"Was haben sie am 3. August 1935 gefrühstückt?", da antwortete er: "Eier"

Auf der Heimfahrt bei Dunkelheit nach Saignon vermissten wir unseren Autoschlüssel. Immer mehr verdichtete sich das innere Bild, daß der Schlüssel in der Autotüre steckengeblieben war.
An einer Stelle wollte die Insa aussteigen, um den schönen Sternenhimmel und das Zickadengebrumm zu genießen, und dies nahm ich als Aufschub vor der niederschmetternden Gewissheit, daß das Auto wohl geraubt sei.
Daheim sahen wir unser Auto dann doch schimmern. Jemand hatte ein Kärtchen unter den Scheibenwischer geklemmt, worauf zu lesen stand, wo wir unseren Schlüssel finden können: Hinter einer grünen Türe. Doch alles war bereits dunkel, so daß wir nicht sehen konnten, welche Türe grün ist! Na, schließlich fand Ming die Türe doch, und bedankte sich mit warmen Worten bei dem freundichen Herrn, der sich dahinter verbarg, und den man sonst womöglich niemals kennengelernt hätte.

Danach verabschiedeten wir uns von George & Insa, die wir liebgewonnen haben, so daß man sie nur höchst ungern zurücklässt...
Dann besuchten wir noch den Wiesen-Jacques, der mit ein paar jungen Leuten unter dem Baldachin in seinem Garten saß.

Donnerstag, 24. August
Reillanne - Padua

sonnig

Beim Frühstück auf dem Balkon malte ich uns aus, wie Ute M. nun als junge, überglückliche Ehefrau so ist.
„Guten Morgen, du lieber Schatz!" sagt sie jeden Morgen und küsst den Martin wild ab, weil er jetzt ihr gehört. Der Martin wird aber immer schweigsamer und einsilbiger und sagt nur noch: "Mhm!"
„Einen Penny für deine Ge-dan-ken!" ruft Ute M. fröhlich.

Der ganze Vormittag ging in einer quälenden Weise damit drauf, daß wir von unserer liebgewordenen Ferienwohnung ins Auto umziehen mußten.
Eine unerfreuliche Krümelarbeit.
Wieder besuchten wir den Wiesen-Jacques. Zehn CD´s kaufte er uns liebenswürdigerweise ab, und

Ming bekam einen Launenaufschwung, weil er uns 9000 Franken für unsere musikalischen Bemühungen bezahlt hat.

Man ist aus der Brotlosigkeit auferstanden.

Hilflos hinter dem eisernen Vorhang der Sprachbarriere nach Herzlichkeitsbezeugungen rudernd, zückte ich den Fotoapparat, und als besonderen Kick ließ sich unser neuer und doch schon so angewärmter Freund für Rehlein in Einsteinpose mit heraushängender Zunge ablichten.

Kurz bevor wir abfuhren, rettete ich noch einem auf den Rücken gefallenen Käfer, der ein Geweih wie ein Steinbock trug, das Leben.

Er fühlte sich so lebendig und pulsierend an, und ich bemühte mich, meine ganze Liebe draufzulenken.

Dann fuhren wir nochmals zum Wiesen-Jacques, um uns noch besser zu verabschieden.

Ein letztes Mal verabschiedeten wir uns telefonisch von Herrn Bolz, der am Telefon wie ein Vetter wirkte, der Sehnsucht nach uns gehabt hätte.

Herr Bolz hat derzeit sturmfreie Bude, doch die Erfahrung lehrt, daß einem ja schon nach einem Tag schal wird...

Wir begaben uns weiter fort zu unserer zweiten Verabschiedungsschicht: Den Tournebieses.

Unbefangen beplapperte ich Ming mit allem möglichen, was mir in den Sinn trat, wie beispielsweise, daß es eine reine Farce sei, daß wir nach all den Jahren mit Herrn Bloser immer noch „per Sie" seien.

Es sei so, als würde man einen Gast nicht darum bitten, den Mantel endlich abzulegen.
Leider hatten wir je ein bißchen vergessen, wo die Tournebieses wohnen.
Beim Rumsuchen in der Stadt fühlten wir uns somit wie auf Rubiks Zauberwürfel, auf welchem in der wahnwitzigen Hoffnung, daß gleich alles richtig sein möge, umeinandergedreht wird, und so rief Ming von einer Telefonzelle aus an.
Ich blieb im Auto sitzen, und malte mir nicht ohne Grausen mögliche Szenarien aus, was alles passieren könnte: *Hinter mir hupt entrüstet ein Bus, und ich muß weiterfahren. Ich werde von ungeduldigen französischen Autofahrern geschubst, behupt und geschoben, bis ich die Orientierung verloren habe. Anrufen kann ich nicht, weil Ming das Notizbüchlein mitgenommen hat, und ich außerdem keinen Telefonkartenshop finde, und dann fahr ich auf dem Zebrastreifen auch noch einen Mohren tot!*
In Wirklichkeit lief´s jedoch glimpflich ab:
Wir befanden uns Dank Mings wunderbarer Orientierungskraft bereits so nah am Hause der Tournebieses, daß die angerufene Marie-Hélène sogar herbeilaufen konnte! Eine nette und bündige Verabschiedung, verbunden mit Landkartenstudien wurde draus.

Die Weiterfahrt mit Ming am Steuer gestaltete sich wie folgt: Ich las vor, und schwatzte allerlei:
Beispielsweise erzählte ich von Veronikas 1. Klasse Krankenversicherung, weil die Veronika so eine

Platzangst bekommt, wenn sie mit jemanden ein Zimmer teilen muß.
Bloß ißt die Veronika ja nur Müsli und Biokost, und wird somit nie krank.
Sozusagen ein Zirkulus Diavoli im umgekehrten Sinne, wenn man so will.
Die Landschaft draußen gefiel mir nicht mehr so sehr. Plötzlich sah alles so schweizerisch und postkartenhaft aus.
Damit will ich aber nicht sagen, daß mir die Schweizer Berge nicht sehr imponieren.
Wir fuhren durch eine weite Strecke in Italien, die leider häßlich ist.
Wie im mittleren Westen, meinte der süße Ming, so daß er nirgends anhalten mochte.
Als es dunkel wurde, suchten wir sehr lange an einem Hotel herum. Jetzt haben wir ein schönes Zimmer mit einem quadratischen Doppelbett in Padua ergattert. Gute Nacht.

Freitag, 25. August
Padua - Ofenbach

Auf leicht „staubige" Weise sonnig

Zu dezentem Ventilatorengebrumm nächtigte ich sehr angenehm neben Ming in einem großen Kastenbett.

Ming strahlte eine leichte Mürrischkeit aus, doch alles was er sagte und tat war höflich!
Der Herbergsvati hatte sein Auto schon aus dem Stall hinausschoffiert, um uns freie Bahn zu schaffen. Ich hätte mich so gern viel herzlicher und netter bedankt, doch stattdessen spiegelte ich mich selber in den Augen des Herrn nur als schale Beziehungskistenhälfte, der man als simpler Mensch wurst ist bis zum Geht-nicht-mehr.

Wir setzten unsere Reise fort, und robbten uns wieder aufs Autobahngeschehen drauf.
Im Vergleich zu Frankreich schien Italien fremd und unfreundlich, und einmal, - etwas später — wurde Ming von einer Automatenstimme aus irgendeinem Geldwechselautomaten, von denen in Italien praktisch an jeder Ecke einer herumsteht, regelrecht angebarscht.
Ständig muß man durch Mautentrichtungsstellen fahren, wo einem tausende von Liren abgezwackt werden, und die Beamten sind so unpersönlich zu einem!
Ich las wieder aus den alten Tagebüchern vor. Einmal mußte ich schmunzeln, denn irgendwie schaffe ich es immer, daß an jedem Tag meines Lebens alle Verwandten bis hin zum Onkel Otto (1913-1997) und der Esslinger-Oma (1882-1960) Erwähnung finden.

Endlich passierten wir die Grenze nach Kärnten. Einem Landstrich, der mir persönlich leider auch nicht soo zusagt (zu postkartenhaft).
Doch wir freuten uns auf ein schönes Frühstück im „Rosenberger". Ich aß Joghurt und ein schweres Brötchen mit Honig und Nutella, und Ming ein Müsli. Etwas später kehrten wir allerdings schon wieder in einem anderen Rosenberger ein:
Wir sprachen darüber, daß Ming sich manchmal schon vor dem Rothfußschen Getriebe graust.
„Ich finde die Königs nicht minder schlimm!" sagte ich, weil's mich allemal ein bißchen bekümmert, wenn Ming so redet.
Wir teilten uns ein quadratisches Stück Topfen-Marille-Torte, und hernach füllte ich den Fragebogen aus, der für die Gäste herumlag.
Gewissenhaft füllte ich alles aus, doch aus Versehen beurteilte ich alle anderen Speisen auch mit „sehr gut", so daß der Auswerter denken wird, daß ich ein Vielfraß sei! Zum Schluß bat man um Anregungen, und ich regte an, daß man auch einen Fragebogen für die Bediensteten über die Kundschaft auslegen könnte: z.B.: „Haben unsere Kunden Sie mit ihrer Freundlichkeit verblüfft?"
Dann fuhren wir weiter.
Diesmal fuhr ich (ganz gut.) Manchmal wollte Ming es etwas schneller haben – so, wie man mich als Geigerin auch immer gern lauter hätte – und einmal barschte es diesbezüglich sogar aus mir heraus, ohne daß ich mich barsch fühlte!

Ming las mir aus einem Buch über die Kindheit vom Hitler vor, doch lieber war´s mir allemal, wenn Ming mich einfach so unterhielt. Z.B. über die Eiligkeit der Musiker in Gurk.
Ming reiste extra aus Interesse nach Gurk, doch dort schlug ihm nur Eiligkeit entgegen
(„Könntest du auf die Daaje aufpassen?"
„Könntest du mir 200 Schilling leihen?"
„Ganz lieb!") Derartiges flog Ming in großer Eile, sanften Watschen gleich, um die Ohren.
Am Nachmittag waren wir wieder daheim in Ofenbach.
Etwas ungeschickt ließ ich die Limousine rückwärts in den Wald gleiten.
Kurioserweise stürmte niemand herbei um uns zu begrüßen, und auch Ming war sogleich, wie vom schwarzen Loch verschluckt verschwunden, so daß ich mich ganz einsam in unser Anwesen stahl.
„Rehlein!" rief ich, "Mobbi!" denn auch mehr als ein Jahr nach ihrem Tode wird die süße Mobbi immer noch gelegentlich von mir gerufen, so daß ich mir für einen kurzen Moment einbilden kann, sie sei noch da.
Rehlein stand in der Küche und kochte etwas Köstliches, und erstmals sah ich das Wohnzimmer in seiner neuen Pracht: Mit Kachelofen und sahneweißen Wänden.
Auch den Opa, von dem´s heißt, daß er leider praktisch *nur* noch schlafe, besuchten wir. Etwas katafalkelig lag er da, und eine kleine Oase in seinem Gesicht schien mir ganz weiß.

„Opa, ich bin in deinem Traum!" scherzte Ming.
Ziemlich gleich zu Beginn des Besuchs dachte ich in einer gewissen Schaffenstorschlußpanik: "Man müßte etwas Sinnvolles tun!" und so übte ich im Garten unter dem hohen Nußbaum, in dessen bergendem Schatten eine umtriebige Hand (Rehlein selber?) eine Hängematte installiert hat.
Die Zeit ging aber bei meiner Arbeit quälend langsam voran, und höhlte mich nur aus.

Nach einer Weile kehrten unsere Sommergäste Dölein und Jennilein zurück, die gemeinsam Schwimmen in der Leitha gewesen waren.
*Ein Fluß in Ofenbach
Man war nun vollzählig, und setzte sich zu Rehleins köstlichem Mittagsessen (Reis mit Zucchini und Speck) auf der Terrasse nieder.

Um ihre Rührung zu verbergen sagte Rehlein: „Darf ich vorstellen: Onkel Dölein!" Man küsste sich zu Begrüßungszwecken, und das Jennilein küsste mich nach all den Jahren sogar mit Fermate!
„Am besten speckt der Schmeck!" sagte ich, um die Stimmung aufzulockern.
Später setzte ich meine Arbeit auf der Violine unter dem Baum im Garten fort, und Onkel Dölein knisterte mit Walnußhälftenkastanjetten dazu.

Zur Jausenstund´ erhob sich schließlich auch der Opa.

Das Jennilein, das seit gestern da ist, hatte ihn noch gar nicht begrüßt!
Zu unserer freudigen Überraschung hatte das Jennilein von der ersten Sekunde an eine fantastische Wellenlänge zum Opa.
Der Opa war so bezaubernd, und sagte zum ungläubigen Staunen von Onkel Dölein voll Poesie und Pathos im Ausdruck sein chinesisches Gedicht auf.
Meinen Schüttling mit den Postkarten fand der süße Opa hervorragend, und ich liebte ihn unglaublich.

Onkel Dölein schien mir etwas älter geworden, und war altersbedingt somit vielleicht nicht mehr ganz so zugänglich, wie´s einem in der Erinnerung erschienen sein mag.
Vielleicht ist´s bedingt durch das lange Nichtgesehenhaben aber auch einfach nur so, daß man sich wieder anwärmen muß?

Onkel Dölein erzählte, wie er in Aurich damals mal mit der Schwester Gertrud ausgegangen sei, und am nächsten Tag waren alle Kollegen sauer auf ihn.
Ich überlegte, wie das damals wohl so war, als die Fräuleins alle noch so zugeknöpft waren? Doch Krankenschwestern suchten im Allgemeinen einen Mann, und waren somit gezwungen, eine Balance zwischen Zugeknöpftheit und Angriff herzustellen. Wie das wohl damals ausgesehen hat, als Onkel Dölein mit der Gertrud so dasaß, und nach etwas Geistreichem, was man anbringen könnte, rang?

Dann hätte er sich bald darauf dafür ohrfeigen können, daß seiner Kehle nichts anderes entschlüpfte, als der platte Satz: "Gertrud, wissen Sie, daß sie eine sehr schöne Frau sind?"

Als wir dann zu einem Abendspaziergang zur Kapelle aufbrachen, sagte das Jennilein: "Ist der Opa immer so lächerlich?" (Ein unfreiwilliger Spaß.)
(Gemeint war wohl: „Lacht er immer so viel?")
Wie man sich wohl denken kann, zerklüftete sich unsere Fünfergruppe bald, und ich lief als Dritte im Bunde mit Reh- und Dölein.
Unten im Dorf bekam ich einen Lachkrampf, als Onkel Dölein erzählte, daß der Heiner ihm ein kleines Wörterbuch geschickt hat, wo man nachlesen kann, was sein Söhnchen, der kleine Marius, schon alles sagen kann.
(Schallnachahmende Lippenlaute, und was sie bedeuten.)

Dann klang der Abend bei uns so allmählich aus.
Bedingt durch die weißen Wände kommt mir das Licht im Wohnzimmer, wo der Opa, ähnelnd dem Hl. Petrus auf der Eckbank saß, so hell vor.
Als ich Bach´s E-Dur Sonate übte, stand Rehlein im Dunklen auf der Terrasse und machte eine Geste des Entzückens.
Später musizierte Onkel Dölein an Mobbls Flügel so bezaubernd einen Räg.

Wir telefonierten mit Buz in Aurich, und stellten ihn laut, und extra für Ming frug ich ihn aus, wie die Luisa wohl in der Violinstunde gespielt habe?
„Sing es mir genau vor!" bat ich.
Die Luisa hatte Paganinis 16. Caprice gespielt, und Buz sang es leicht demütigend vor.
„Na, es ist aber auch eines der schwierigsten Werke der Weltliteratur!" sagte dann wiederum ich.
Dann aßen wir noch Pfirsichschnitten, und ich mußte noch so furchtbar viel ins Tagebuch schreiben!

Ich nächtige mit Jenni und Rehlein zu dritt auf Schülerlandheimsbasis im großen Kinderzimmer im Souterrain.

Samstag, 26. August

Schön wie in Australien

Heute träumte mir, *daß auf dem Tisch in meinem Zimmer ein maschinengetippter Brief lag, den Herr Reimer an Buzen gerichtet hat: "Lieber Wolfram", stand da zu lesen, weil Herr R. – wohl im Rahmen eines Massenbrüderschaftstrinkens unter Kollegen nun tatsächlich mit Buzen per Du war.*
Ansonsten war der Brief jedoch betont unpersönlich, und in leicht verachtungsvollem, verbitterten Tonfall gehalten. Einige Passagen schienen mir völlig unverständlich, und erst, als ich sie etwas genauer interpretierte, merkte ich, daß man sie mit ein bißchen guten Willen doch verstehen kann: ".. schätze ich

es nicht so sehr, wenn man mir ein x für ein u formachen will.." schrieb er, und hatte sich dabei leicht vertippt, wie das Wörtchen „formachen" zeigte.
(Eigentlich seltsam, daß ich als Erwachsene etwas Derartiges niederschreibe, doch im Traum erschien mir mein Traum so reizvoll.)

Im Morgengrauen schlich Ming sich an Jennis Bett, also gerad umgekehrt, wie´s die Dorli mal vor Jahr und Tag mit Ming gehalten hat.
Man hat nur so wenig gemeinsame Zeit auf Erden, und die möchte man doch nutzen!
Nur ich hatte Assimilierungsprobleme mit der großen Familie, und hinzu kamen verstopfte Ohren und leichte prä – oder auch postkonzertale Depressionen.
Das Frühstück verlief eher ungemütlich, weil es keine warmen Getränke gab, und es allgemein schon so zum Schneiden in den Lüften lag, daß man sich beeilen solle, weil wir heut in die Berge wollten.
Etwas, was mich ganz rappelig stimmte, weil ich das Gefühl habe, daß wir seit Tagen einen Ferientag hinter den anderen heften, so daß ich Ming gegenüber meinen Unmut sogar ganz unverhohlen zur Schau stellte.
Ming blickt immer ganz fassungslos, wenn ich so rede, doch ich kann mich nicht bremsen.
So sagte Ming nach einer Weile: "Die Kika bleibt sowieso zuhause!"
Dazubleiben wäre allerdings auch irgendwie <u>ganz</u> komisch gewesen, und so fuhr ich mit.

Doch vor der Abreise ereilte Rehlein bzgl. des schlummernden Familienoberhaupts das Daltonsyndrom: Sogar die Eventualität, daß er von einer Wespe gestochen würde, zog das allzeit umsichtige Rehlein in Betracht, und stellte ihm Kalziumtabletten hin. Dann wiederum bekam man Opas Erbmasse in Rehlein zu spüren, indem man einfach nicht loskam, da Rehlein auf die Idee gekommen war, noch Trauben zu pflücken.

Schließlich fuhren wir aber doch ab, und es arbeitete leicht in mir, daß ich Ming gegenüber meinen Unmut über die ewigen Bergausflüge so übertrieben zur Schau gestellt hatte.

„Ming!" sagt ich mehrfach mit zärtlichem Nachdruck, "wenn ich jetzt daheimgeblieben wäre, so hätte dies doch einen schalen Nachgeschmack hinterlassen!"

Doch Ming ging nicht groß auf diese im Grunde albernen Worte ein.

Rehlein erzählte, wie die Tante Beate früher eklig war. Doch dann ging eine wundersame Wandlung in ihr vor, und heute ist sie allgemein wohlgelitten.

Mit ihrem Sohn Riffi verfuhr der Lauf der Zeit ähnlich.

Heute ist´s der süßeste Schatz, den man sich nur wünschen kann, - doch früher warf er einmal mit Messern nach seiner Mutter.

Schließlich wanderten wir vom Fuße der hohen Wand aus in die Höh´.

Unterwegs schimmerte ein Wandersmann mit zwei Schistöckerln durch das Berglaub, und Rehlein frug

ihn sehr charmant aus, ob´s vielleicht bequemere Wege gäb, denn von Seilen und einer Kraxelei an überhängenden Felswänden war bereits die Rede! Wir erfuhren, daß der Herr bereits 77 Jahre alt ist, und die Jenni konnte es nicht glauben! Sie hatte ihn auf Anfang 40 geschätzt, und bedauerte nun, keine Kamera mit sich zu führen. Zum Abschied rief sie dem netten Herrn ein „Pfüat di!" nach.
Ich fand das Bergaufgekraxel so anstrengend und lästig, daß ich ganz übellaunig davon geworden bin! Manchmal flammten zwischen Dö-, Rehlein und mir kurz andere Themen auf, so daß ich die Anstrengung kurzfristig nicht so spürte.
Einmal dachte ich mir etwas für „Das Buch des Lebens" aus, was unserem eher so dahinplätschernden Leben vielleicht einen Kick hätte verpassen können:
"…In diesem Sommer lernte Döleins Gattin Debbie jemanden kennen: Ron."
Dann sprach ich es aus: Daß ich leider beim Bergauflaufen immer so eine schlechte Laune bekomme! Es scheint mir so, als würde die Schale, in welcher die Launenflüssigkeit in meinem Hirn enthalten ist, leicht gekippt, und vielleicht geht´s der Debbie mit ihrem allmorgenlichen Grant (Grantigkeit) ja auch so, weil sie die ganze Nacht schräglag?

Später tümmelten wir uns dann vor dem sog. „Eicherthaus" hoch oben in den Bergen.

Wir saßen auf jener berühmten Schaukel, auf der man in die Aussicht hineinschwingt, und sprachen über Flugzeug(unglück)e.
Später saßen wir dann an einem Tisch im Freien, und es fing an, etwas netter zu werden. Ich saß Rehlein gegenüber, und Rehlein sagte Dinge, die denen, die sie ein anderes Mal von sich gegeben hatte, geradezu diametral entgegenliefen:
Daß sie einmal Urlaub mit mir zu machen gedenkt!
Wir bestellten Käsebrot, und Dölein eine Wurst, die der Kalorienbewusste in mehrere Teile zergliederte, und uns fielen wieder lustige Dinge ein, mit denen man eine wirklich wärmende Unterhaltung entfachen konnte.
Ich warf die Idee auf, daß Onkel Dölein seinen Unmut über die Welt doch auch in Schlager fassen könnte?
Der Heimmarsch war viel schöner, weil ich mich mit dem süßen Rehlein wieder so angewärmt hatte. Meine Plauderfreudigkeit und meine Emotionen waren zurückgekehrt, und an einer Stelle, wo ein ebenerdiger Weg unter bläuestem Himmel an Häuserzeilen entlang verlief, sagte ich gar:
"Rehlein, du mußt das Sorgerecht für mich zurückerkämpfen!"
Dann fuhren wir heim, und daheim hat´s bald ein schönes Essen auf der Terrasse gegeben. Es gab bleiche Zwirbelnudeln mit einer pikanten Bohnensoße. Die Gespräche, die wir derzeit mit dem Onkel führen, handeln meist von der Familie der Gegenpartei. (Onkel Eberhard z.B.)

Man weiß nicht, ob dies Onkel Dölein überhaupt interessiert, doch manchmal schmunzelt er gutmütig auf, während Rehlein und ich wild den Erzählschwung an uns zu reißen trachten.

Dann übte ich vor der Haustür etwas detailbesessen an Bach´s E-Dur Partita – einem Werk, das man immer übt, und mit welchem man vielleicht nie zufrieden ist?

Nach einer Weile wurde ich von Schnaken gepiesackt und setzte meine Studien im Musikzimmer fort.

Später musizierten Ming und ich die beiden letzten Sätze von Bach´s E-Dur Sonate, und Rehlein lag dazu auf dem Boden, und applaudierte hernach ganz schnell und vom Rhythmus her etwas unpassend auf.

Ming hat sich nicht gleich vom Klavier lösen mögen und begann die Goldbergvariationen zu spielen, obwohl doch unser Eis zu schmelzen drohte!

Der Opa war mittlerweile wach, und man hörte durch die Tür, wie er von seinem Sohn Dölein auf leichter Plattitüdenebene unterhalten wurde, weil ein so alter Mann vielleicht keinen rechten Mitteilungsschwung beim anderen mehr auszulösen vermag?

Einmal gähnte Rehlein ganz laut zu Mings Klavierspiel, und wir mußten lachen, weil Rehlein sonst nie gähnt - außer wenn Musik läuft.

Der Opa retirierte sich schon bald ins Bett. D.h. er saß noch eine Weile mit gesenktem Haupt auf seinem Bett und mümmelte seinen Tee, und ich setzte mich mitleidsvoll neben ihn.

Der Opa war auch warm und müd und nannte mich
„Kikalein".

Dann übte ich, da´s noch gar nicht so spät war, in
Mobbls Zimmer.
Ich geigte Mobbl auf der Staffelei an.
(Ein Ölgemälde Rehleins).

Ming telefonierte mit der Luisa, und auch ich sprach
mit ihr, und mochte sie gern. Ich spaßte etwas nach
Opa-art (wahrscheinlich unbewusst, um meine
Rührung zu verbergen) wie spät es wohl in
Ostfriesland sei, und ob ihr Papi wohl bald
betrunken heimpoltert?

Opas Alter macht mich traurig. Ich wünschte, es
wäre früher.

Sonntag, 27. August

Wunderbar sonnig

Heut träumte mir folgenderlei:
Ich sollte Klavier lernen, und stellte mich so saublöd an! Bei einer simplen Bach-Invention brachte ich alptraumartig links und rechts nicht zusammen. Buz war ganz entsetzt. Wir lebten in einer engen, etwas DDR-artigen Wohnung mit Grünpflanzen auf dem Klavier, und wenn man aus dem Fenster sah, dann schaute man auf eine Hochhaussiedlung.

Mehrere Schüler Buzens wohnten in den Hochhäusern. Ein 13-Jähriger hieß Adolph, wenn auch, wie hier zu sehen, mit ph geschrieben.

Ich fing eine Wespe in jenem Sinne, daß ich einen durchsichtigen Teller draufstellte, so daß man das Schicksal der auf diese Weise Komprimierten weiterverfolgen konnte. Etwas verformt lag sie so da, und so kam die Rede auf Herrn Vitzthum, und daß man sie ihm für seinen Schuhkarton schenken könnte.

"Das ist die Cornelia!" könnte man sagen. Rehlein erzählte uns, wie sie unlängst bei Vitzthums zum Wein geladen war, doch Frau Vitzthum habe sich leider so häßlich gegen ihren Mann benommen. Die ganze Zeit redete bloß sie, und als er auch einmal etwas von sich geben sollte, sagte sie wütend: "Laß mich auch mal ausreden! Sonst kriege ich einen Hass!"

Wir liefen zur Kapelle.
Einmal rannte ich hinter Ming und Jennilein her, um Ming zu küssen, da Rehlein gerade erzählt hatte, wie ein Affe mal eine Semmel nach dem kleinen Ming warf, und Ming geweint hatte! Da liebte ich Ming unglaublich.
Oben an der Kapelle saßen wir alle auf der Mauer und stellten die Füße auf jene Bank, die man für erschöpfte Wandersleute an diese Mauer gelehnt hatte. Als sich allerdings ein Auto näherte, setzten wir uns augenblicklich sittsam hin, da Rehlein Angst

hatte, es könne vielleicht der Sohn von Herrn Scherz sein, (einem Altersgenossen von Opa und Mobbl) - der wieder sagt:" Moucht man dös bäi äich in Däitschlound?" (Neulich sagte er einfach streng zu Onkel Dölein: "Der Name?!???"

Im Auto befand sich aber „bloß" ein junges Liebespärchen, das eigentlich zum Knutschen gekommen war, und nun saßen wir da. Rehlein frug gleich keck, ob sie in froher Erwartung einer einsamen Stelle hierher gekommen seien?

Da oben links gäbe es auch ein Bankerl, sagte der junge Mann vage, doch eigentlich machten wir die jungen Leute nur verlegen, und so gingen wir nett wieder weg, und überließen der Macht der Liebe kampflos das Feld.

Montag, 28. August

Grau und feucht

Als um 7 Uhr 30 der Wecker schrillte hatte ich, wie schon so oft, ungewöhnlich gut geschlafen. Das Beste in meinem Leben ist der Schlaf, und das Allerbeste wird der Tod sein.

So erhoben wir uns dann.

Wir saßen bei trübem grauen Wetter auf der Terrasse, und ich sprach u.a. darüber, daß das Ilslein, Opas verstorbene Kusine, heut 87 würde.

„Sie könnte noch leben!" sagte ich klar und deutlich, „wenn die Irene sie besser gepflegt hätte!"
Nicht auszudenken wär's natürlich gewesen, wenn die Irene grad in jenem Moment auf die Terrasse getreten wäre. Etwas, das beinah passiert wär, denn nur wenig später kam ihre Tochter Johanna um uns um Äpfel zu bitten. Heute sah's so aus, als solle ein anstrengender und freudloser Tag seinen Anfang nehmen. Ich übte zwar, doch meine Arbeit kam mir sinnlos vor. Wie schon tausende Male zuvor repetierte ich meine Bach-Sonaten, und dabei kann ich die doch eh schon. Hinzu kam das lähmend-graue Gefühl, daß ich Rehlein gar nicht gescheit ausgekostet hab, und außerdem war der Opa so moribund.
Einmal trat das dünne, verglimmende Lebenslicht aus der Tür, und so zahnlos sah der süße Opa doppelt traurig und enttäuscht aus, daß das Jennilein schon wieder weg war.
Alles, was man dem Opa so erzählen wollte, verstand er nicht oder miß.
Später saß der Opa moribund und orang-utanartig am Tisch.
Ich beplauderte ihn so gut es ging, doch es strengte uns beide nur an, so als sei, wie beim Auto – die Zündung unserer Kommunikation kaputtgegangen.
Erst nach einer Weile fiel mir wieder etwas leicht Belustigendes ein: Ich stellte uns vor, daß das Bestattungsunternehmen eine Werbebroschüre geschickt habe: Wenn man zwölf Särge auf einmal kauft, bekommt man sie für den Preis von zehn.

Außerdem gäb´s eine Novität auf dem Sargmarket: Den Kuschelsarg. Drum wollen wir heut nachmittag alle nach Pitten zum Probeliegen fahren.
Manchmal kam mir das Leben am Vormittag so quälend aussichtslos vor.
Ich wäre so gerne wieder jung. Man könnte doch eigentlich den symbolischen Lottogewinn „Menschsein-auf Erden" mit Frohsinn feiern, doch man schafft es einfach nicht.
Ich fühlte mich so nutzlos und stimmungsarm, weil ich mein „Wohin – woher – wozu?" (Udo Jürgens) hier einfach noch nicht gefunden hab.
Dann sprachen wir über Erotik, und leicht von oben herab in meiner Stimmungsarmut sagte ich: „Die Gerswind war ja auch früher keine Erotikbombe!" (Es ging ums Fremdgehen.) Unfassbar wär´s nun gewesen, wenn plötzlich die Familie Olthoff auf der Terrasse erschienen wäre. Die ganze Zeit wär ich unsicher, ob die Gerswind meine Worte wohl gehört hat, und würde sie aufgeregt beobachten. Und diese Ungewissheit würde unser Weiterleben auf dieser Welt bis zu unserem Lebensende versalzen.

Wir erzählten Onkel Dölein von Georges Füßen mit den gewellten Zehen, die ausschauen als hätte die Leichenstarre bereits eingesetzt, und ich erzählte von seiner Sammlung an ästhetischen Nacktfotos, die er mir bei meinem Besuch in Göttingen letztes Jahr gezeigt hat.
Rehlein schnitt Äpfelchen für einen Apfelkuchen zurecht, und der Opa sagte einmal aus dem

Klofenster so nett über mich:" Jetzt bin i aber froh, daß unser fleißig´s Apfelesserle wieder da ist!"
Rehlein, die ihren Papi über alle Maßen liebt, so wie ich den Meinen, sagte etwas Warmes und Zustimmendes zu diesen freundlichen Worten – der Opa jedoch verstand es miß, und wiederholte den liebevollen Satz nochmals.

Wir setzten uns zu einer Knabberstunde zusammen, saßen gemütlich beieinander und plauderten.
Onkel Dölein erzählte, wie in Aurich mal eine Frau operiert wurde. Der Chirurg nähte nicht alle Äderchen zusammen, so daß der Blutdruck bedrohlich sank – dann gaben ihr die Ostfriesen ein blutdruckhebendes Mittel und dachten, damit wäre die Schoose wohl für´s erste geritzt? Doch die Frau starb. Den Assistenzärzten wurde eingebläut, zu sagen, die Frau habe einen schlichten Hirnschlag bekommen.

Nach einer Weile liefen wir mit Onkel Dölein zur Kapelle.
Dölein erzählte, daß er die Blutsverwandten am allermeisten liebt.
Die Kinder kämen für ihn auf jeden Fall noch vor der Debbi, und wir auch. Dies freute mich sehr.
Auf dem Heimweg erzählten wir, daß wir jetzt zum Psychiater gingen. Die AOK zahlt solcherlei mit dem größten Eifer, da man ja weiß, daß die schweren Leiden alle seelischen Ursprungs sind.
Onkel Dölein lachte ungläubig darüber.

Die Laterne vorm Hause brannte nur noch ganz schwach in einer matten rosa Tönung. So wie das Lebenslicht vom Opa, könnte man meinen.
Dann gab´s ein schönes Abendessen: Eine Caprese-Platte.
Wir sprachen darüber, daß man allgemein darüber klagt, daß die Ärzte so unpersönlich sind. So manch einer macht Worte wie diese hier: "Ich schaue noch rasch nach dem Magen auf Station 11."
Doch Onkel Dölein sagte, er würde immer sagen: „Ich schaue noch rasch nach der Seele auf Station 11."

Dienstag, 29. August

Sonnig – diesig

Am Morgen hatte ich Dinge geträumt, mit denen ich mich nach dem Erwachen geistig nun weiterbeschäftigte:
Daß der Karl-Hilbert eine Web-Seite eingerichtet hatte:
http://www.Alles-rund-um-die-ehe.de
Zuerst betrieb er Ehevermittlung, dann weitete er die Web-Seite aus und bot sich als Privatdetektiv an, der untreue Ehepartner beschattet: Als Zusammenschläger für Fremdgänger, die er in flagranti aufspürt, und schließlich bot er sich sogar als Callboy an, und machte eine Schweinekohle damit, und die Eltern ahnten von alldem nichts!
Einmal brachte er sich selber in eine verzwickte Lage:

Von einem Ehemann erhielt er den Auftrag, den Liebhaber seiner Frau zu verdreschen, und dabei war dies grad er selber!

Schließlich raschelte es ganz leis:
Das süße Rehlein fädelte sich ganz morgenvermulmt ins Tagesgeschehen ein.
Leider hatte ich einen leichten Husten bekommen, und meine Stimme klang wie jene, von Herrn Bolzens verruchter Schwägerin Elke! Einmal frug mich Rehlein aus, ob wir auch mal mit den Bolzens beim George gewesen seien, und beim Wörtchen „Bolz" wurde in meinem Gehirn noch ein weiteres versiegeltes Traum-doc geknackt: *Wir schwammen im Schwimmbad, und einmal stieg Herr Bolz mit einem schelmischen Ausdruck auf dem Gesicht hinzu. Buz hatte es gar nicht gemerkt, wiewohl der Einkanalige mit irgendeinem anderen Badegast im Wasser über irgendwas Geigenspezifisches sprach. Herr Bolz tauchte unter, und ließ ein lang ausgestrecktes Bein aus dem Wasser ragen. Bis auf den Zeigezeh hatte er alle so hinweggerollt, daß sein herrausragender Fuß ausschaute, als sei er einzehig.*

Dann erhoben wir uns alle zu einem sehr schönen Frühstück auf der Terrasse.
Zuvor hatte ich noch gemeint, daß wir es schon mal vorproben müßten, die Nachricht von Opas Ableben gescheit zu verdauen.
Ich ruf bei Buzen an und sage: "Es ist etwas ganz Trauriges passiert: Der Opa ist gestorben!" Dann horch ich drauf, wie er reagiert, und sage schnell:

"Nein! Er lebt schon noch. Das war nur ein Probealarm!"

Und diese Probe machen wir dann ein paarmal im Jahr.

Beim Frühstücken sprachen wir über Werner Wallert, und wie er trotz der Entführung im Busch nie seinen frohen Mut verloren hat.

Wir blieben sehr lang am Frühstückstisch sitzen, weil´s so viel zu plaudern gab. Z.B., wie flott Andis reife ehefrau Lisel noch sei, und ich erzählte dem Dölein vom Pfarrer Fliege, wie er einst das Thema „Alter Mann – junge Frau" bearbeitete.

Ich quasselte sozusagen auf der Basis dessen, daß ich meinte, den Onkel sähe man so selten, daß man ihn praktisch vollquasseln <u>müsse</u>, und nun benützte ich das Fernsehprogramm, in dem ich grad träge herumgestochert hatte, als Vorlage:

„Der Pfarrer Fliege klaubt den Leuten immer die Satzenden aus dem Mund!" berichtete ich, „und dann erzählt er die begonnene Geschichte einfach nach eigenem Gutdünken weiter, obwohl sie völlig anders konzipiert war."

Zur Mittagsstund hab ich einen alten Plan von mir herumgehen lassen, nach welchem ich in Wien mal zu leben versucht hatte. Den tippte ich damals im Bestreben, wenigstens aus der Tipperei einen Lustgewinn zu ziehen, auf Opas alter Schreibmaschine.

Meinen begonnenen Brief an Ute B. schrieb ich heut zuende, weil ich schon an dem Gefühl krankte, keine Briefe mehr schreiben zu können. Ich fürchte fast, er geriet mir etwas geziert und gewollt? So nach dem Motto: Der Brief muß jetzt geschrieben werden! Dann saß ich eine Weile neben dem Opa. Der Opa sagte, daß er die Mobbi jeden Tag intensiv anschauen würde. „Aber es nützt nichts. Davon wird sie nicht wieder lebendig!" sagte der alte Mann traurig, und ich hatte das Gefühl, daß sich eine Träne in sein Auge stahl. Da füllten sich auch meine Augen mit Tränen.

Heute erfuhr ich von Buzen am Telefon, daß die Frau Weisser wirklich verstorben ist. Obwohl ich´s doch schon gewusst hatte, machte es mich ganz traurig. Ich wurde lethargisch und müde, und beteiligte mich nur noch am Rande an den eher lahmen Plaudereien der anderen. Ich dachte an Frau Weisser im Sarg, und daß sie in ihrer ursprünglichen Form in unserer Dimension nicht mehr anzutreffen ist.
Trotz aller Todessehnsucht grauste es mich vor dem Tode, und auf dem Heimweg durch die dunkle Nacht wehte mich ein Schauderkick an, und ich frug mich, wie es sich wohl anfühlt, wenn ich von einem Autofahrer angefahren, und in ein Maisfeld geworfen würde, und wie kalt die Nacht wäre!
Dann dachte ich bekümmert darüber nach, wie schön es war, als der Opa noch jung war. Nur, als

ich in den so reichhaltigen Sternenhimmel sah, kam wieder ein Geborgenheitsgefühl in mir auf.

Mittwoch, 30. August

Zuweilen sonnig –
doch hi- und da Gewitterstimmung

Ich erwachte vor mich hin, und nach und nach wurde mir das kaum fassbare Ableben von Frau Weisser wieder ins Bewustsein gespült. Für Frau Weisser selber ist es vielleicht das Beste, denn sie landet kostenlos im Paradies – so, als ginge ein Lebensmüder zum Arzt, und bäte drum, daß man ihn einschläfern möge.
So, wie ich Rehlein früher mal wie ein Kleinkind ständig nach ihrer Brücke befragte, so frug ich sie nun beständig nach der Beerdigung von Frau Weisser aus, weil ich mir nicht vorstellen konnte, wie das wohl abläuft bei einer alleinstehenden Frau, die womöglich noch nicht einmal eine Bestattungsversicherung abgeschlossen hat?
Und was passiert später mit ihrer Rente?
Beim Frühstück schien´s ein wenig so, als habe meine Stimme – gestern noch unnatürlich verrucht – schon wieder das Weite gesucht, und ich würde zur stummen Statistin degradiert?

Unglücklich malte ich mir aus, wie das wohl wäre, wenn mich meine Stimme einfach verlässt, und nie mehr wiederkehrt?

So, wie´s anderen Frauen mit ihrem Mann zu gehen pflegt?

Ganz viel, was mir Freude macht, könnt ich dann vergessen: z.B. mit Freunden zu telefonieren, oder aber in einer Unterhaltung einen lustigen Einwurf zu machen, und wenn ich jetzt in Baltrum schon wieder ohne Stimme antanze, dann glauben die mir doch gar nicht, daß ich überhaupt je eine Stimme hatte?

Dann wurde das Frühstück aber doch nett, weil ich mein altes Gästebuch herbeiholte, in welchem sich auch Stilkopien von Postkarten vom Onkel Rainer befinden. Ming sagte warm und schmeichelhaft:

"A-Sann! Heute hab ich schon zweimal wegen dir Tränen gelacht?!"

Doch nach dem Frühstück trennten sich unsere Welten, da Dölein und Ming ein neues, wahrscheinlich äußerst befriedigendes Hobby gefunden haben: Den Speicher leer zu räumen.

Binnen kürzester Zeit schaute unser Vorgarten aus als hätte eine Bombe eingeschlagen. (So viel Müll und so viele Kartons.) Arbeit, die mehr Arbeit aufwirbelt, als man sich je hätte träumen lassen.

Ich selber fühlte wieder mein grippales Muskelziehen in den Beinen. Eine lauwarme Grippe, die irgendwie nie richtig zum Ausbruch kommt?

Zur Mittagsstund war Irenes Sohn Florian mit dem Bagger da.

Auf mich hat der Florian eine dahingehende Wellenlänge, daß ich mich lose und erfreut in einem fühle, weil er so nett ist. Als ich mal eine Zucchini mit verbeulter Figur für Rehlein geerntet habe, dachte ich mir bereits die Keimzelle einer Geschichte aus, die später beim Mittagessen einen interessanten Plauderstoff bot: Daß es ausreichen würde, wenn ich einmal nackt durch Florians Gesichtsfeld spazierte, und ich wäre eingebrannt in seinem Gehirn und seinen Gedanken – für immer!
Wie die Irene wohl schäumen wird, wenn ich ständig bei ihnen herumhänge, und der Florian seiner Mutter erzählen würde, daß er auf reife Frauen steht, und mit jungen Mädchen absolut nichts anfangen könne?

Onkel Dölein wundert sich ein wenig, was Ming in Amerika will, weil doch hier ständig die Rede davon sei, wer nackt durch wessen Blickfeld läuft, und wo er überall schon nächtigen durfte. Das gäbe es in Amerika alles nicht mehr.
Dann wiederum mußte ich denken, wie unglaublich es wäre, wenn man in einem der schwarzen Säcke auf dem Speicher die Leiche eines seit 29 Jahren abgängigen Mannes finden würde? Einem Postboten. Erschlagen vom Opa im Streit um eine Briefmarke.
Bloß würde sich der alte Tatterich heut an gar nichts mehr erinnern.
Opa: "Weiß i nimmer."

Donnerstag, 31. August

Regnerisch.
Manchmal eine leichte Gewitterstimmung

Heute nacht schlief ich leider nicht so toll:
Mein Weichteilrheumatismus plagte mich.
Am Morgen, als ich dann wach dalag – unschlüssig, wie man den Tag nun anpacken solle, fluteten überraschend virtuose Brieferöffnungspassagen in mein Hirn, nachdem ich auf Erwachsenenart das Briefeschreiben schon fast verlernt hatte.
"S.l.n.g. weißt du, was das heißt? (So lange nicht gesehen.)
Ein beliebter Brieferöffnungssatz im Chinesischen, denn sobald man das schriftstellerische Feuer auf einen zu entgleiten drohenden Freund oder Bekannten eröffnet hat, schwemmt sich einem die Tragik dieser Worte regelrecht ins Gemüt! Drum stellt man ja auch manche Freunde oder Verwandte eckig umrahmt in einem Rahmen auf den Schreibtisch. So wirkt´s, als säßen sie – wenn auch in einer autistisch-einsilbigen Phase – wenigstens ein bißchen da.
Dann erhob ich mich.
Durch die Aufräumeaktion ist unser Leben hier etwas aufgelockert und spannender geworden.
So lagen beispielsweise auf dem Eßtisch vier Bögen Paßfotos von der damals noch jungen Uroma (so zirka 46 Jahre alt.)

Man weiß aber nicht so recht, ob einem die Uroma gefallen soll? Sehr weich in ihren Zügen, durch die etwas Schwäbisches schimmert – aber auch gütig….

Beim Frühstück sprachen wir über die amerikanischen Präsidenten.
Onkel Dölein scherzte, wie der Clinton damals, als die Monica ihm mal einen blies, dabei ja gedacht und gearbeitet hat.
Dann sprachen wir über den Sohn vom Bush „George W." der vielleicht unser nächster Präsident wird?
Nach seinem Lieblingsphilosophen befragt, habe er geantwortet: "JESUS."
Wir plauderten über Al Gore und seine Frau „Tipper", die amerikanisch ausschaut bis zum Anschlag, und weitermodulierend darüber, wie die Debbie in ihrer Bakterienphobie immer ihren eigenen „Mug" (klobige Kaffeetasse) braucht, und wie Onkel Dölein seine, ihm von der Struktur her doch sehr fremde Ehefrau grade noch mal davon abbringen konnte, Desinfizierungssprays für Türen und Telefonhörer zu kaufen.
Ich wurde sehr vergnügt und fröhlich, und sagte ein ums andere Mal:
"Das fand ich jetzt alles so spannend mit den Präsidenten, daß ich davon wieder richtig gesund geworden bin!"
Ming hatte so bannend vorgelesen, wie Laura Bush mal ein Stopschild übersah, und dabei einen Studienkollegen totfuhr, und wie George Bush jun.

mit Hilfe eines Pfernsehfarrers (hätt ich beinah geschrieben!) vom Alkohol loskam, und wie er manchmal Mühe hat, sein cholerisches Temperament unter Kontrolle zu halten. Doch letztendlich reiche es, wenn seine Frau „Bushi" zischt.
Dann machten sich alle auf nach Wiener Neustadt, und ich blieb einfach so zurück.
Ich las einen bei den Aufräumetätigkeiten zutage getretenen Brief, den der Opa als 24-jähriger, werdender Vater an die damals 48-jährige Uroma geschrieben hat, die bei der Eröffnung, Großmutterfreuden entgegenzusehen in Tränen ausgebrochen war, weil sie es kommen sah, daß ihre einz´ge Tochter Lotte genau jene Fehler zu wiederholen im Begriffe war, die einst *ihr* passierten.
„Liebe Mama!" schrieb der durch die Liebe enthusiasmierte Opa nicht ohne Gefühl und legte seine überschäumenden Gedanken, getragen von Liebe und Zärtlichkeit, dar. Zum Schluß schrieb er, der riet, alle Unmutsbezeugungen auf *ihn* abzuladen, da „Mutter & Kind geschont werden sollten", „herzl. Gruß Kurt".
Lustiger wär´s gewesen, er hätte geschrieben: "Herzl. Grüße Opa".
Ich kochte mir Kaffee und las wieder im Buch von Annemone Sandkorn, die mit ihrem Liebhaber Alexander, von dem der Leser nicht recht schlau wird, ob er nun im Gehirn der gemütskranken Frau auf dem Selbstfindungstrip ausgebrütet worden ist, oder ob man sich tatsächlich einen graumelierten

Schmeckefuchs vorstellen solle, schwül-schwülstig-philosophische Liebesbriefe austauschte.
Etwas, was mir wiederum überhaupt nicht gefallen würde.
Packender fand ich indes einen leeren Dialog, den sie mit ihrem Mann austauschte.
Mittags rannte ich durch den Wald.
Rehlein schuftete im Walde, und zum erstenmal seit dem traurigen und viel zu frühen Tod ihrer Mutti sah ich die fünf kleinen Türkinnen wieder. Ich fand überhaupt keine Beileidsworte und wußte zudem nicht, was ich sagen sollte, zumal die fünf kleinen Mädchen noch immer die gleiche Ausstrahlung gehabt haben wie immer: Freundlich, neugierig und fröhlich.

Oben auf dem kahlgeschorenen freien Feld vor der Kapelle, dachte ich, es läge vielleicht ein verletztes Karnickel da, und trat ein wenig hin, da man ja auch nicht so zu den Wegschauern gehören mag. Doch dann war´s eine Katze, die sich nur totgestellt hatte, und nun förmlich wegschnellte!
Wie alle Tage stahl ich einen Apfel.
Den Hund, der mich an dem steilen Abhang auf die Hauptsraße so betont niederösterreichisch, unsympathisch anbellte, ignorierte ich frostig, und dann ist mir der Apfel einfach auf den Boden gehopst, als ich ihn wieder aus der Tasche, in welcher ich ihn vor einem vorbeirauschenden Auto verborgen hatte, herauszog.

In „Brisant" konnte man die Heimkehr von Werner Wallert anschauen. (Dem Familienoberhaupt einer Familie, die in Malaysien in Geiselhaft war.)
Der stets frohgemute Mann lud alle Reporter zur Pressekonferenz ein, sobald auch sein Sohn wieder in Freiheit ist, und seine sensible Frau Renate hatte das Gesicht schon wieder von wildesten Gefühlsströmungen zerknautscht gehabt.
Ich dachte an den Leserbrief einer bösen Frau, in dem zu lesen stand: "Ihre Weinerlichkeit war widerlich!" und daß diese böse Frau doch gar nicht weiß, was sie da schreibt?
Vielleicht ist Frau Wallert ja auch so sensibel wie unser Rehlein?
Etwas staksig in der Wortwahl drückte sich Herr Wallert nun wieder dahingehend aus, daß er diese Probleme seiner Ehefrau nicht so habe!

Dann mündete der Nachmittag schon in die Abendeßzeit hinein, draußen regnete es, und über dem Ganzen lag auch noch die regentriefende Stimmung dessen, daß wir morgen früh schon wieder abreisen müssen!

Das Abendessen verlief ein wenig mühsam:
Ich saß so neben dem Opa, dessen Brot, das Rehlein ihm so liebevoll in Stücke geschnippelt hatte, wie eine Tastatur ausschaute. Rehlein gab dem Opa ganz viele Anregungen, wohlwissend, daß er´s eh nicht hört, und setzte ganz oft hilflos:

"..sonst setzt´s was!" hintan, um ein kleines bißchen lustig zu sein.

Durch Schüttelreimerein versuchten wir uns selber alle ein wenig hilflos aus dem unbestimmten Stimmungstief zu hebeln.

Zum Schluß malte ich uns nostalgisch aus, wie schön es wäre, wenn Onkel Dölein im Dorf mit der Gruber Maria verheiratet wär. Er wär allerdings fast immer bei uns, weil´s in seiner Ehe leicht kriselte. Oder aber er wär Stammgast im Gasthof „Zur Burgenländerin", wo man ihn jeden Abend antreffen könnte.

Ich hab es so gern, wenn Rehlein so warm: "Ööpele!"sagt.

September 2000

Freitag, 1. September
Ofenbach - Bonn

Verquollen, gewittrig und höchst koloriert und interessant bewölkt

Um Punkt sechs Uhr weckte ich Onkel Dölein im linken Dienstbotenzimmer, und der Onkel sah so entzückend aus, wie er sich im Bette in Vorfreude auf einen noch ungewissen Tag aufrichtete.
@Sogar der Opa schlurfte herbei, als ich uns Kaffee kochte, weil der alte Mann es spürt, daß wir heut abreisen, und somit traurig ist.
Obwohl es draußen noch dunkel war, und man nichts sehen konnte, frug mich der Opa nach dem Wetter aus.
Es nieselte zart, als ich wie bei fast jedem Abschied mit blutendem Herzen mein Gepäck zum Auto trug.

Beim Frühstück trat Behagen auf.
Ich erzählte Dö- und Rehlein plastisch, wie die Omi Ella früher, als ich elf war, immer wollte, daß ich Liebesromane les, weil sie gemeint hat, ein junges Mädchen könne man nicht früh genug auf die Liebe einstimmen, und als ich 14 war, war sie immer ganz fassungslos, daß ich abends nicht ausgehe!
Immer wieder versuchte ich den Onkel dazu zu animieren, doch das Weihnachtsfest mit uns zu

verbringen, denn wer weiß, wie lange der Opa noch lebt?
Der Onkel muß aber wie alle Jahre in Florida feiern, obwohl es dort so langweilig ist.
Die Debbie möchte ständig in feine Restaurants gehen.
Dem Onkel scheint's dann so, als säße er nie woanders, und die Debbie sagt dann hinterher immer: „Dies sollten wir öfters tun!"
Der Abschied vom Opa war so herzlich, und zum Abschied umarmte der liegende Opa Onkel Dölein praktisch wie aus dem Sarg heraus.
Rehlein war bis zur letzten Sekunde für ihre Lieben tätig: Einmal sah man sie auf der Terrasse Trauben abschneiden, und ich liebte Rehlein unendlich.
Dann fuhren wir den Onkel zum Flughafen nach Schwechat.

Ich erzählte Ming, wie sich die verstorbene Frau Weisser einst ein Konzertabbo gekauft hat, und zehnmal im Jahr die leider meist sehr mäßigen Konzerte des Trossinger Kulturringes besuchte.
Die schrecklichen Sparorchester die man angemietet hatte nannte man Scheißhäufen mit Musikerschmeissfliegen, und ich freute mich an dem Kraftausdruck.

„Was soll ich bloß lernen?" frug Ming, der sich irgendwie immer auf einem ungewissen Lebensglatteis befindet, und ich schlug vor, bayrisch zu lernen, weil die Luisa doch nach Passau zieht.

Und hinter der Türe hört man fortan, wie Ming Vokabeln büffelt: Z.B. „Norgerlzuzzler".
(Versteht dies jemand?)
Ming nervt´s, daß die in Ofenbach es in Jahrzehnten nicht geschafft haben, das Haus wirklich wohnlich und gemütlich herzurichten.
So malte ich Ming aus, wie´s wäre, wenn in seinem Leben endlich alles perfekt ist. Er würde in einer schmucken amerikanischen Vorortgegend wohnen, mit einem flotten Schlitten jeden Tag zur Arbeit fahren und harte Kohle verdienen.
Abends stünde die Luisa auf der Veranda und würde rufen: "Honig! (Honey!) Es gibt Barbecue!" Und dann würden Al und Tipper Gore zum Barbecue kommen.
Später las ich Ming aus dem Kinderbuch „Schlimm sein ist auch kein Vergnügen" vor, da es sich um jenes Buch handelt, nach dem Buz einst benannt wurde, nachdem man den leider wenig schmeichelhaften, und doch passenden Passus gelesen hatte:
„Buz denkt selten weiter, als seine Nase lang ist."
Ferner liest man:
"Buz ist lang und dünn und 6 Jahre alt".
(Frank Golischewski lässt grüßen – hahaha!: „Das Krankenhaus steht am Rande der Stadt und des Ruins", oder aber „Er sprang in seine Jeans und die Treppen hinab". Wobei der letzte Satz in den Sinnen des Lesenden ein sehr flottes Bild herbeizaubert.

Im „Rosenberger" (Nobelraststätte an Ösösterreichs Autobahnen.)

Verliebtheitsgemäß war Ming leider sehr schweigsam. Doch wenn ich ihn drauf angesprochen hätte, hätte Ming sicherlich mild-aufbarschend gesagt:
"Man muß doch nicht immer was sagen! Oder??"
und so ließ ich es bleiben, und griff stattdessen nach der Broschüre für den Kindergeburtstag. Das Geburtstagskind bekommt ein ganz tolles Geburtstagsgeschenk aufs Haus!
Das, was sich auf dem Papier für das Erwachsenenauge so lapidar ausnimmt, nimmt die Firma Rosenberger ungeheuer ernst: Sie ruft bei der Familie des Geburtstagskindes an, und frägt, was sich das Geburtstagskind wohl am allermeisten wünscht?
Rehlein würde gutmütig lachen und sagen, sie glaubt, am meisten wünsche ich mir, daß mein Onkel Dölein aus Amerika kommt, zu uns ins Dorf zieht, und für immer bei uns bleibt.
Die Firma R. würde sich dann ein Bein ausrupfen, um Onkel Dölein einen Job in der Nähe zu verschaffen, eine Wohnung zu vermitteln, und sich hinzu noch um die Flüge und die Rückwanderungsgenehmigung kümmern. Aus einer Papptorte würde dann an meinem Geburtstag Onkel Dölein steigen...
Ein schöner Traum.
Dann fuhren wir weiter.
Diesmal fuhr *ich*, und hinzu nicht schlecht. D.h. zu Beginn passierte mir eine leichte Ungeschicklichkeit, und ich konnte mich nicht auf die Autobahn einfädeln. Doch nach kurzem Stillstand ging´s doch.

Ming las mir aus der Kriminal-Chronik folgende Fälle vor: Das Eifersuchtsdrama über Ingrid van Bergen, und die Entführungsfälle Snoek und Oetker. Um ein wenig interessant zu sein oder zu scheinen, redete ich mich in Glut darüber, wie toll es sei, gute Reportagen zu schreiben, weil ich fand, daß der Schreibende die Geschichten, so interessant sie auch sein mögen, einfach so herabgeschrieben, und gar nicht gescheit ausgekostet hatte.
Einmal schlummerte Ming.
Und einmal fuhren wir durch einen Ort namens Ort.

Ich dachte an den Opa, und wie er uns früher immer vorgelesen hat, und dann stellte ich mir die 82-jährige Luisa im Jahre 2062 vor. "Die Jahre mit dem Iwan waren weiß Gott nicht immer leicht!" sagt sie.
Nach einer Weile machten wir eine Rast im zarteingeschnieselten Aschaffenburg. Gerhard Oppitz hatte im Radio so sagenhaft Brahms gespielt, daß ich ganz von den Socken war.
Ich drücke mich hier ein wenig ungeschickt aus, denn in Wirklichkeit war mir zumute, wie einst Clara Schumann, als sie mit ungläubig geweiteten Augen auf den klavierspielenden Brahms zutrat.
Dies erzählte ich Ming, als wir am Fluß unter dem Aschaffenburger Schloß entlangliefen.
Das Schloß selber schauten wir uns auch an.
Ich mußte dabei an das Gefängnis in Celle denken, wo man um diese Zeit schon die Näpfe für die Essensausgabe scheppern hört.

Ich hatte Ming ein Gedicht von Heine über ein Mägdelein, das ihm sein Totenhemd wusch, vorgelesen, welches unter die Epidermis ging wie die Musik von Brahms.
Das Mienenspiel am Himmel nach vereinzelten Gewittereinlagen war unglaublich: Einmal sah man eine tsunamiartige Wolke mit flammendem Goldrand, und daneben zackige Eisberge.
Wir sprachen über den George:
Ich erzählte, daß es ein Typ sei, der in jungen Jahren Marihuana rauchte, und anschließend Gruppensex betrieb. Auch seine Ex-Frau Gisela aus den 70ger Jahren sei sehr alternativ: Typus einer langhaarigen Wasserleiche mit JESUSlatschen.

Dann kamen wir noch bei Helligkeit beim Heiner in Bonn an.
Die Melanie rührte in einer Suppe für uns, und Heiner und Ming sprachen gleich verbindend über Friedels Ehemisere.
Mit Wort und Gestik setzte Ming sich inbrünstig dafür ein, daß der Friedel um seinen Status als Vater für die Kinder kämpft.
Jetzt weiß ich auch, daß sich die Leslie in einen Typen namens Brät verliebt hat, und sich verliebtheitsbedingt gegen alle guten Ratschläge sperrt!
Der Brätt, ein Herr mit Kinnbärtchen, den wir auf einer Zeichnung vom Friedel bewundern konnten, hat den Friedel aus ihrem Herzen vollkommen vertrieben, da Frauen ja immer sukzessive lieben.

Dann erlebte ich eine Überraschung:
Onkel Dölein kam zu Besuch. Für den Onkel war´s heut ein Tag der Überraschungen: Zuerst überraschte er die Antje, und dann seine Freundin Renate, die er seit 40 Jahren nicht mehr gesehen hat. Die Renate hat ihn aber gleich wiedererkannt, und doch fühlte sie sich bei der Umarmung spröd wie ein Besenstil an!
Heiners Söhnchen, der kleine Marius sagte den ganzen Abend: "Ditto!" und ist so süß.
Es gab eine schöne Suppe, und der Friedel kam zu später Stunde auch.
Der Friedel hat fast keine grauen Haare mehr, weil er ein Wundermittel von Schwarzkopf nimmt.

Samstag, 2. September
Bonn – Aurich

Regnerisch. Abends in Aurich mild aufgeklart

Im Traum schien´s ein wenig so, als stöbere die Traumregie in meinem Erinnerungsarchiv:
Mir träumte von Jan Horak und seiner Darbietung des Dvorak-Konzerts.
*Nachbar in Japan aus den 70er Jahren!

Am Morgen kroch der Heiner mit seiner grauen Stoppelfrisur schmuserig zu mir ins Bett.
„Was macht dich bloß so erotisch für mich?" frug er gar enthusiasmiert und warm.

Der kleine Marius machte zu so früher Morgenstund schon einen Blödsinn: Er riß die ganzen Fotoecken aus der Verpackung, so daß alles klebte.

Dann fuhren Ming und ich zur Antje, um Onkel Dölein nochmals zu verabschieden. Ich fühlte mich seelisch so gewärmt. Vielleicht nicht zuletzt deswegen, weil alle in der Familie irgendwo immer so vom Schicksal angerempelt sind, daß man gleich verbindende Gesprächsthemen hat.
Onkel Dölein als Pathologe mußte nämlich dem Kläuschen gerade in den Mund hineinleuchten, da das sensible Kläuschen eine verdächtige Stelle im Mund hat, und in dieser Woche operiert wird.
Klaus: "Ich bringe so etwas immer gern schnell hinter mich."
Wir sprachen davon, daß Kläuschens heut 29-jährige Tochter Susanne mit 21 Jahren Brustkrebs bekam und nun bis zu ihrem 34. Lebensjahr Tamoxifehn nehmen muß. (Ein Mittel, das klingt, als sei´s ein Ort in Ostfriesland, doch in Wirklichkeit sei´s ein Antihormon, - so daß man kaum noch mit weiteren Enkeln rechnen darf, zumal Kläuschens Sohn Stefan bei drei Kindern so langsam anfangen sollte, den Schwanz ein wenig einzuziehen (symbolisch gesehen.)
Das Traurige ist, daß die Susanne, die doch Schneiderin von Beruf, und hinzu sehr eitel ist, durch die Medikamente schon so aufgeschwemmt ist, daß der Heiner sie kaum wieder erkannt hat! Das stimmte mich ganz traurig.

Sitzt man an Antjes Frühstückstisch, so fällt der Blick auf ein Foto mit Maika und Alysa. Die kleine Alysa hat so süße Öhrchen wie ein kleiner Osterhas´. Der Friedel wohnt derzeit im Gartenhäusl, und einmal entblätterte er in unaufdringlichem Stolze ein Bild, das die kleine Maika gemalt hat.
Die Rede wurde auf die Melanie geschwenkt, die sich leider manchmal ganz unmöglich benimmt: Neulich rief sie den Heiner auf einer Party an und sagte, wenn er nicht sofort heimkommt, dann erschlägt sie den Marius (natürlich nur in ihrem Zorne!)
Die Antje bat Onkel Dölein unaufdringlich, ob er nicht mal unaufdringlich nach Friedels Prostata schauen könne?

Onkel Dölein nächtigte heut in jenem Zimmer, in welchem das Fitnessradl steht, und zum Abschied sagte mir der gefühlvolle Onkel ein kleines Geheimnis, das ich nicht weitersagen solle, und das mich sehr gerührt hat: Daß er nämlich mich am meisten vermissen wird. Ich wurde davon so gerührt, daß ich gleich davon sprach, daß ich nach Jacksonville kommen wolle, und Onkel Dölein solle seinen Dirigenten Gerrit Alman fragen, ob ich eine Weile bei ihm im Orchester spielen dürfe?
Gerrit Alman wirkt ein wenig unschlüssig, und sagt schließlich: "Ja....solange sie sich nicht als etwas Besseres aufspielt!"

Bei strömenstem Regen besuchten wir in einem Kindergarten einen indischen Basar.

Allgemein kannte man sich, doch leider fand ich zu niemandem Kontakt, und bewegte mich somit verlegen und raumverdrängend herum. Ich betrachtete den Kindergarten, und die gebastelten Sonnenblumen, die von der Decke herabbaumeln, und wo man zu denken geneigt ist: Diiie müssen ja Zeit haben!
Später aß ich ein Stück Kuchen, und nahm an einem niedrigen Kindergartentisch Platz, wo ich mich eng an Ming und Friedel heransetzte, um ihren bannenden Gesprächen über die treulose Leslie zu lauschen, was angesichts der Vielfalt an Plaudereien um mich herum gar nicht einfach war.

Das Kläuschen erzählte ein erheiterndes Anekdötchen aus seiner Kindheit: Eine Dame kam zu Besuch, und das damals 4-jährige Kläuschen schaute ihr so intensiv ins Gesicht, daß es den Erwachsenen ganz peinlich war. Dann rief das Kläuschen mit seiner lauten Kinderstimme: " Papa, die hat ja gar keine Haare auf den Zähnen!"
(Großes, fröhliches Gelächter ...)

Wir fuhren bis nach Aurich, während die Sonne sich aus trübem Regengewölk schälte. Ming las mir aus der Kriminalchronik den Kriminalreport über den Dr. Herzog vor (einen bayrischen Frauenmörder).
Beim Verlassen des Gerichtssaals rief der Dr. Herzog laut: „Die Frauen, die mir schreiben wollen: Dr.Herzog, JVA Augsburg! Kommt an!"

Und tatsächlich bekam er körbeweise Post von lieben Frauen, die gemeint haben, daß man mit Liebe und Güte noch etwas bei ihm ausrichten könne.

Abends daheim in Aurich:

Ming telefonierte zwei Stunden lang.
Ich dachte natürlich, die Luisa wär´s, und war mit meinen Gedanken ganz bei den Telefonierenden.
Aber es war die Linda, die da mit Ming sprach, wie sich später herausstellte.
Auch ich sprach kurz mit dem Lindalein. Ich rankte Worte drum, daß die Linda unbedingt an Weihnachten zu Besuch kommen solle, doch das Feuer ist erloschen. Die Linda lachte nur, und meinte, sie sei doch erst letztes Jahr dagewesen!
Das enttäuschte mich, und dann war unsere Wellenlänge nur noch gewöhnlich.

Sonntag, 3. September
Aurich - Langeoog

Am Morgen ein Duschregen – hernach ein sehr heller mattblauer Himmel mit weißem Blumenkohlgewölk

Wieder schlief ich nicht so toll, weil meine Halsflüssigkeit, ähnelnd der Bremsflüssigkeit im

Auto plötzlich einfach versiegt schien, und sich eruptive Hust- und Räusperstöße aus meinem Inneren lösten! Einmal wirkte es direkt so, als wolle ich in Panik um Hilfe schreien.

Netterweise fuhren mich Ming & Buz zur Mittagsstund an die Hafenplattform in Bensersiel. Ming las im *Stern*, daß bereits 138 Menschen durch die Hand von Neonazis starben, und so politisierte man herum. Z.B., daß man das mit dem Haider auch nicht so locker sehen dürfe.
*österreichischer Politiker *1950

Ich erzählte, wie der Sägemörder vor Gericht tiefste Reue gezeigt hat, so daß er mit 15 Jahren Knast mit einem blauen Auge nochmals davon kam. Sicherlich hat er noch viele andere Frauen zersägt, doch man konnte ihm nichts nachweisen, so daß diese Überlegungen bei der Urteilsfindung keine Rolle spielen durften.
Vom Oberdeck des Schiffs winkte ich den Herren noch herzlich zu. Fasziniert beobachtete ich, wie sie immer kleiner wurden, während ich wie eine Eisscholle vom Festland hinweggetrieben wurde, und da ich jetzt anonym war, konnte mir meine leicht verpickelte Haut auch gleich ein wenig egaliger sein, weil *ich* sie ja nicht anzusehen brauche.
Ja, so schön könnte man schreiben, doch in Wirklichkeit war es mir natürlich alles andere als egal, und ich fühlte mich in meiner alternden Hülle verlegen und fremd.

Nun galt´s, mir einen Sitzplatz zu suchen, was trotz der relativen Aperlichkeit etwas schwierig war, denn alle Tische waren „angeknabbert", in dem Sinne, daß sie besetzt von Leuten mit ganz fremder Wellenlänge waren.

Schließlich setzte ich mich zu einem Senioren, der erschreckend förmlich „guten Tag" sagte. Er erinnerte mich an Herrn Rautenberg, und ob ich einen guten Tag hatte oder nicht, spielte für ihn nicht die geringste Rolle. Somit fühlte ich mich sehr verlegen und fehl am Platze, und auch als beim Ausstieg zwei Seniorinnen auf leicht alberne Weise hinter mir herwitzelten, ob das wohl ein Geigen- oder Gitarrenkasten sei? Alle Erwiderungen klingen da hilflos wie „vom neuen Dienstmädchen".

Dann erkannte ich Mutti Groll („Dorothee"), die mit einem leicht verdrossenen Ausdruck im Gesicht ernst an mir herumwartete. Doch dann fand sie mich, und wir liefen zusammen zum Vengorow-Pad (oder so ähnlich).

Ich erfuhr, daß meine ehemalige Trossinger Kommilitonin Margarete Sch., die bei Herrn Baynov studiert, und die Prüfung nicht bestanden hatte, ihre Kusine sei, und mich bei ihrem Besuch letzte Woche auf den Fahndungsplakaten (hahaha) erkannt hat.

Mich machte es nach all den Jahren immer noch traurig, daß sie wegen der Sache von damals vielleicht sauer auf mich ist (bloß weil mein Papa mitjuriert hat), und daß sich die Säure von damals womöglich in eine gleichmütige Verachtung verwan-

delt hat – die allerdings bloß kurz an die Oberfläche schwimmt, wenn die Rede denn mal auf mich geschwenkt wird?
Vor dem Haus der Grolls bekam ich einen kurzen Schreck, weil ich nicht mehr dort untergebracht war, wie letztes Jahr, und schon Angst bekam, ich müsse jetzt vielleicht bei den Grolls wohnen? Doch ich bekam im Obergeschoß ein sehr nettes Gästezimmer zugewiesen, und Mutti Groll ist eigentlich wirklich nett, obwohl es, wie bei Schwaben nicht ungewöhnlich, eher jemand mit einer nötigen Anwärmphase ist?

In der Kirche las ich noch die Eintragungen, die die frommen Seniorinnen ins Kirchengästebuch gemacht haben: Die meisten bedankten sich für den schönen Urlaub. Eine schrieb: „Lieber Gott! Bitte beschütze meine Mama in ihrem kühlen Grab und hilf mir, daß ich lerne, loszulassen!" Etwas unlogisch, weil's doch mehr Worte für den LORD sein sollten, schrieb ich aus tiefstem Herzen: „Mobblchen, du süßer kleiner Quirl. Ich liebe Dich!" und meinte es auch tausendfach so. Ich fand's einfach schön, daß für Mobblchen warme Worte auf Langeoog zu lesen stehen.
Dann begann das Konzert.

Ich erfuhr, daß der Geigenlehrer Stefan Krücken aus Oldenburg jede Woche nach Langeoog kommt, weil so viele Inselbewohner Geige lernen wollen.
Heut jedoch kam er nicht.

Montag, 4. September
Langeoog - Aurich

Am Morgen grau – sonst sonnig,
wenn auch mit vielen weißen Wolken am Himmel

Ich mußte darüber nachgrübeln, wem man hier auf Langeoog plötzlich begegnen könnte, – und was dann? Z.B. Jim Creitz mit seinen Kindern – oder vielleicht dem Prof. Kebap und der Nicole, die gestern typischerweise natürlich nicht in mein Konzert gekommen wären.
Der Professor würde sagen: „Wir haben stattdessen gestern abend eine große Inselinspektion vorgenommen!"
Dann saß ich im Kupferpfanderl am Fenster, frühstückte gleichmütig vor mich hin und schaute gleichmütig auf die Leute drauf. Quadratische graumelierte Herren. In meinem Blickwinkel saß eine Variation des Ehepaar Ehlerts aus Leer: eine graumelierte Dame mit aufgeworfenem Näschen, und ein altersgemäß passender Herr, der sich nicht so recht einzuprägen vermochte, und beide redeten kein Wort, weil´s wohl nicht mehr viel zu sagen gibt?
Wieder am Festland: Der erste Mensch den ich sah als ich aus dem eingelaufenen Schiff in die Freiheit blickte, war der süße Buz, der sich suchend umsah! Wie ich schon richtig geahnt hatte, hatte Buz sich noch mehr auf die A-Seite zugekantet, und war so wie fast immer, ganz bezaubernd nett.

Am Abend fuhren wir zu Remy´s. Im Auto las Ming aus dem *Stern* über Nazi-Aussteiger vor. Ein geläuterter Aussteiger hatte beide Arme mit Parolen volltätowiert, und steht heute gar nicht mehr dazu!

Dienstag, 5. September

Bräunlich grau und waschküchenhaft

Am Morgen spielte der süße Ming so schön Haydn Sonaten, und ich erhob mich mühsamst, weil ich das chronische Erschöpfungssyndrom hab!
Dann begab ich mich eilig an den Frühstückstisch, wo Ming sich bereits in seiner Lederjacke eilig ein Brot schmierte.
„Eilig wie in Amerika!" sagte ich in verdrossenheitsübertünchender Spöttigkeit, und dann saßen wir so da.
Am Vormittag hatte ich tatsächlich ein wenig jenes Gefühl, daß es für einen klugen, ausgereiften Menschen doch wirklich ein wenig wenig sei, immer nur eine reproduzierende Kunst auszuüben. Man erklärt sich selber zum Diener eines schaffenden Künstlers.
Buz´n zur Freude lernte ich endlich mal etwas Neues: Das Korngold-Konzert. Eine Arbeit, die mir fast ein wenig Angst gemacht hatte. (Bißl so, wie´s – laut Nicole – Angst macht, wenn man feststellen

muß, daß 1-2 = -1 ist (ungefähr)), da man als Geiger unbewusst denkt: Wie komme ich gegen den Goliath Heifetz an? Gemischt mit Gedanken wie: Lieber sterben, als ein zweiter Ulf Hölscher werden. Und dann ging´s ganz ganz leicht. Ich lernte allerdings nur die erste Seite, und erste Seiten sind ja im Allgemeinen naturgemäß nicht soo schwierig
(„....aber wenn du *wirklich* in die 6. Klasse kommst, beginnen die Schwierigkeiten..."(Gretchen Vollbeck zu Ludwig Thoma)).

Nach zwölf brach ich zu einem Einkaufstrip auf: Eigentlich wäre es mir am liebsten gewesen, *das* zu kochen, was „die Aktuelle"(ein Hausfrauenblatt) für den Dienstag vorschreibt.
Milchreis mit Kiwi war vorgesehen, doch ich stolperte bereits über die erste Vorgabe: Zwei Packungen Soja-Creme. Etwas, von dem man nicht einmal wußte, daß es überhaupt schon erfunden oder entdeckt ist – geschweige denn, wo man es suchen soll? Und außerdem hatte Ming mich doch ausgesandt um Gemüse zu kaufen. So trat kurzfristig jener unschöne Anwurzeleffekt ein, der mich hi- und da zu befallen pflegt. Ich weiß nicht mehr, was ich zuerst tun soll, und komme mitten im hektischen Supermarktstreiben geistig und körperlich zum völligen Stillstand.
Die „Bild"-Überschrift kam bei Null wieder heraus, denn etwas Erfreuliches mixte sich mit etwas Bedauerlichem, wobei ich sagen muß, daß mir keines der Ereignisse wirklich naheging: **Otto & Eva**

Blitzhochzeit und: **Maximilian Schell ringt mit dem Tode!** (Etwas, was ja alle zuweilen tun).

Ming spielte dem ungläubig staunenden Sebastian Heinemeyer Rachmaninoffs erstes Klavierkonzert vor, und Buzens A-Seite war voll erblüht, da Buz so bezaubernd zu mir war.
Das Essen mundete Buz unglaublich. Verheißungsvoll sagte er zu Ming:
"Rate, wen ich heute Nachmittag unterrichten werde?"
Na, der Leser wird´s erraten.
Nach Art einer höheren Tochter und älteren Schwester ulkte ich, wie Ming sich wohl fühlt, wenn er die Luisa heut erstmalig Geige spielen hört?
Was bloß, wenn er sich hernach auf dem Heimweg eingestehen muß, daß er sie nicht mehr liebt?

Einmal telefonierte ich mit der Margarethe und erfuhr, daß der Konrad am Hals operiert wird. Ein bösartiger Schilddrüsentumor mit anschließender Radio-Jod Behandlung. Mit einer zehn prozentigen Wahrscheinlichkeit muß mit seinem Exitus gerechnet werden.
Die Margarethe wirkte allerdings total fröhlich und unbekümmert und löste schon wieder einen gradezu unglaublichen Plauderschwung in mir aus.
Etwas sehr lose anbetracht der Situation sagte ich:
"Du lebst nach dem Motto: „Andere Mütter haben auch schöne Söhne"?"

In „Brisant" kam heute etwas über den Frauenmörder von Kehl, und der agile Ming schaute es sich ebenfalls interessiert an.
Nachts fährt nun immer eine Streife durch die einsamen Straßen von Kehl, da ja der Killer, ähnelnd Jack dem Ripper immer nur bei Dunkelheit wahllos auf Frauen einsticht!

Am Abend war ich im Fitnesstudio, doch heut strengte es mich viel mehr an als gestern, weil ich traurig war. Ich hatte großes Heimweh nach Rehlein.

Mittwoch, 6. September

Manchmal plätschernder Duschregen.
Bräunlich bewölkt

Um 7:57 begann Ming unter mir im Musikzimmer ganz zauberisch Haydn-Sonaten zu spielen, und ich lag mehr als eine Stunde lang wach und wohlig verpackt da, und fühlte mich trotzdem unglücklich. D.h. ich versuchte mich unglücklich zu fühlen und es zu genießen, da ich ja leidenssüchtig bin. U.a. dachte ich über die Tante Irma nach, und zwar frug ich mich, warum die Irma als Nachbarin und potenzielle Bekannte wohl immer so emsig ihre Zurückhaltung zur Schau zu stellen pflegt? Ihr scheint es direkt eine Herzensangelegenheit, daß das Gegenüber spüren möge, daß sie von sich aus

<u>niemals</u> Kontakt aufnehmen würde. („Nein, ich bin nicht scharf auf Gesellschaft!")

Zum Frühstück löste Ming wieder einen unerhörten Plauderschwung in mir aus:
Ich erzählte, wie Herr Prof. Kebap mal über Herrn Bloser sagte:
"Da hat sich die Stuttgarter Musikhochschule nicht den Allerschlechtesten geschnappt!"
Plötzlich dürstete es mich, ein Foto von Herrn Bloser zu sehen, und ich erinnerte mich an die Web-Seit´, die sich die Stuttgarter Musikhochschule für die Interessenten angelegt hat.
Ming sörfte extra wegen mir wie ein Weltmeister im Internet, doch die Stuttgarter Musikhochschule fanden wir nicht, weil wir Stuttgart ausversehen mit zwei „t" am Po eingetippt hatten – etwas, was uns allerdings viel später – zur Mittagsstund – einfiel.
Aber in Trossingen wurden wir fündig: Wir ließen die Fotos der alten Kollegen aufblitzen. Bloß von Buzen gibt es keins, da er sich durch Post, welcherart auch immer, nicht sonderlich ansprechen lässt. Auf einem Bild sah man Herrn de Secondi, einen ölig gelackten Italiener, der mit gerunzelter Stirn und einer dirigentischen Wedelpose der Hand hinter seinem Cello saß, um bedeutungsvoll irgendeinen Quatsch von sich zu geben, der für das Weltgeschehen nicht einmal überhaupt keine Bedeutung hat!
Dann dachte ich uns noch etwas Daltonhaftes aus:

Jetzt schon Briefe für die Zukunft zu schreiben, die man hernach nur noch einwerfen müsse:
Z.B. zu Gesines 75. Geburtstag am 18. 12. 2071, und bei einem Notar zu hinterlegen, bzw. dafür zu sorgen, daß die Briefe dann auch wirklich abgeschickt werden. Dann begab ich mich wieder an meine Aufgabe, die 2. Seite vom Korngold-Konzert auswendig zu lernen, damit es nicht bei einem Lippenbekenntnis bleibt – einer Müh, die der Lösung eines gordischen Knotens gleichkam.
Doch wem sage ich das? Ich übte, bis es saß (zirka drei mal eine halbe Stunde lang), und dann trommelte der süße Ming bereits zu einem Müsli.
Doch kaum hatte man es sich hinter dem schmackhaften Müsli gemütlich gemacht, da wurde Ming auch schon von Linda R. an den heißen Draht gezwungen. Linda R. war von wilder, fast schmerzlicher Sehnsucht gepackt worden, mal wieder zu klönen. Das ganze Bestreben ins Mäntelchen einer Ratsuchung gehüllt, wie es wohl mit der pianistischen Ausbildung ihres Söhnchens Philipp weitergehen solle?
Wieder spürte man ein wenig „das Drama der Aufdringlichen".

Im Fitnesstudio:
Draußen tropfte schwer der Regen, und ich hoffte die ganze Zeit, er möge für meine Heimfahrt wenigstens ein bißchen innehalten – vergebens.

"Jetzt kommt die Naturdusche!" sagte ich zu einer Dame in der Umkleidekabine. Hahaha – man lachte kurz, und so radelte ich heim.

Am frühen Abend kam uns der Christoph-Otto besuchen. Er war ganz naßgeregnet, und ich fühlte gleich eine fantastische Wellenlänge zu ihm, die all jenen Worten, die ich manchmal mache („Männer machen mich eigentlich nur noch verlegen,") eine lange Nase zu drehen schienen. Der Christoph brachte ein paar CD's, die unter der Schirmherrschaft: "Unbekannte Cellisten spielen unbekannte Werke" zu stehen schienen.
„Der Christoph setzt sich immer für selten gehörte Cellisten ein!" rief ich nach Art einer höheren Tochter spöttisch und doch verbindend aus.
Ming kochte Tee, und wir saßen da, während es draußen so regnete, daß das Wasser auf dem Nachbardach zu einem regelrechten Wasserfall zusammenströmte. Zu diesem Naturschauspiel verstanden wir uns regelrecht fantastisch.
Ich sprach viel (zu viel) über die Liebe, so daß ich stellvertretend für den Christoph-Otto bereits über mich selber dachte, daß sich unter der Oberfläche des zugeknöpften Fräuleins ganz offensichtlich ein brodelnder Vulkan zu verbergen scheint?
Ich erzählte von Herrn Bloser, und dann sprachen wir über unter- oder überschätzte Komponisten – so, wie auf dem Klassikfragebogen.
Der Christoph denkt gar, daß Mozart vielleicht überschätzt sei?

Dann liefen wir zum Romantico, wo wir uns mit den Heinemeyers treffen wollten.

Die Heinemeyers hatten zwei ihrer vier Söhne mitgebracht, so daß wir an einen längeren Tisch umzogen. Der Abend war wirklich nett.

Herr Heinemeyer wär gern Trompeter geworden, doch er hat ein solches Lampenfieber vor Publikum zu spielen!

Ganz spät telefonierte ich noch mit Frau Kehrwald. Sie war sehr warm und nett gestimmt. Wir sprachen über ihre Kindheit im Harz, und wie die bösen Buben in der Schule sagten: "Mein letzter Wille: Frau mit Brille." (Wegen dem Reim.)

Donnerstag, 7. September

Stark bewölkt. Hi und da ein Regenaufschäumen –
grünlich feuchte Wolken,
wo zuweilen der entblößte Himmel
durchschimmerte. Abends Orkan

Bevor Ming heut zum Frühstück bei der Luisa aufbrach, spielte er noch etwas ganz Schönes von Händel auf dem Klavier. Dann war er weg.

Fahrt mit Ming nach Neßmersiel: Ich befrug Ming, wie's wohl bei der Luisa gewesen war, über die ich schon ein wenig nachgedacht hatte.

Manchmal denk ich: Die Luisa hat mir der Himmel geschickt, da Ming jetzt hoffentlich nicht nach Amerika auswandert.

Mir gefiel's, daß Ming bei den Krause-Continis nach Art eines Freiers in einem Bergmann-Film ein- und ausgeht.

Ich erfuhr, daß Luisas Mutti wegen Nierensteinen im Krankenhaus liegt, und die Luisa somit heut Mittag nach Leer ins Krankenhaus fährt.

„Was uns allen noch bevorsteht!" stöhnte ich.

"Eine Nierentransplantation beispielsweise....wie bedeutungslos scheint dagegen ein verpasstes Schiff!"

Dann tat ich ein wenig so, als hätte ich die Lebensweisheit vom Friedel adaptiert, und sagte somit im Stile vom Friedel:

"Das habe ich mir vollkommen abgewöhnt: mir Sorgen zu machen! Das bringt dir echt nichts!"

Ming löste wieder einen ungeheuerlichen Plauderschwung in mir aus.

Wir sprachen darüber, daß unsere holländischen Partner leider in den roten Zahlen stecken. Ming konnte sich den Boss Hank Backx, zu dem wir zumindest in diesem Sommer keinen besonderen Draht gefunden haben, gar nicht mehr recht denken, und frug, wie er wohl ausschaut.

„Früh gealtert und sehr verrunzelt!" sagte ich in einer gewissen Bekümmerung. „Er schaut aus wie ein eiliger Mann, der sich von früh bis spät härmen muß. Die Sorgen haben sich tief in seine Physiognomie eingegraben, und sind längst Teil seines Ausdrucks geworden."

Dann erfand ich eine Hank Backx Geschichte für Ming.

Ich habe sie mir auf dem Schiff ausgedacht, erzählte ich stolz.

Hank Backx hat unbeabsichtigt einen Mord begangen. Er hatte es eigentlich gar nicht vor, doch „sie" hatte ihn an einer empfindlichen Seite „gepackt" und derart in Rage versetzt, daß er ein bißchen zu fest zugedrückt hatte...kurz & gut: Nun hatte er eine Leiche am Bein, die er erstmal in einem schwarzen Sack im Schuppen versteckt hat, weil es in dieser Woche absolut keine Lücken gab, in denen er sich um eine fachgemäße Beseitigung hätte kümmern können. Aber nächste Woche, wenn seine Frau zur Kur war, da würde er sich etwas einfallen lassen. Das hatte er sich schon ganz fest vorgenommen.

Bevor es jedoch dazu kam, wurde es mit seinem Asthma immer schlimmer, so daß seine besorgte Ehefrau ihn für einen Tag auf die Insel schickte, und ihrerseits wiederum gelobte, am nächsten Tag nachzukommen.

Auf der Insel ruft er zur Mittagsstund seine Frau an, und die Frau sagt zu seinem Entsetzen:

"Bevor ich zur Kur fahre, <u>muß</u> ich noch den Schuppen entrümpeln. Ich muß einfach ein wenig aussortieren, was sich in den verschiedenen Säcken und Kisten so angesammelt hat – was wir brauchen, und was wegkommen kann." Hank Backx wird von

ihren Worten heiß und blümerant zumute, und es peitscht und drängt ihn innerlich ganz schnell wieder nach Hause zu reisen, um sich gegen die unaufhaltsam anbahnende Tragödie zu stemmen – doch heut am Sonntag fährt kein Schiff mehr.
So verbringt Hank Backx die schlimmste Nacht seines Lebens.
Am nächsten Tag kommt er zu Hause an.
Seine Frau ist strahlend gelaunt wie fast immer:
„Puh! Ich habe hier geschuftet, das kannst du mir glauben .." sagt sie fröhlich und wischt sich etwas übertrieben den Schweiß von der Stirn, "schau es Dir nur an…" der Schuppen ist perfekt entrümpelt, und wirkt im schönen Sonnenschein ganz hell und leicht.
Von dem schwarzen Sack, der in der einen Ecke lag ist jedoch keine Rede. Bloß liegt er auch nicht mehr dort, wo er mal lag, und Hank Backx muß jetzt den Rest des Lebens in der Ungewissheit verbringen, was mit der toten Frau wohl geschehen ist...

Ming hatte eine etwas nachdenkliche, aber sehr warme Ausstrahlung und erzählte, wie der Fischbrötchenverkäufer so unfreundlich gewesen sei.
Ming hatte gefragt: "Gibt's noch Mattjesbrötchen?"
„Steht doch da!" habe der Verkäufer gebellt.
Dabei hätte er doch auch sagen können: "Jawohl! Für Sie doch immer!"
Ich erzählte Ming, daß viele Führungskräfte Nettigkeits- bzw. Lebensqualitätsaufschäumungskurse besuchen würden, wo man nach amerikani-

schem Vorbild so allerlei lernt: z.B. drei Menschen am Tag zu sagen, daß man sie liebt.
„So viele kenne ich ja gar nicht!" denkt Musikschulleiter Seibold.
Doch er ruft brav ins Sekretariat hinein: "Frau Rudolpf! Ich liebe Sie – muß ich sagen, ist Therapie, höhö!"

Ich erzählte, daß der Prof. Kebap nicht nur bei der Musik, sondern auch in allen anderen Themen sehr kritisch sei: z.B. in Restaurants mit den Speisen und der Bedienung, und im Bioladen sagt er gar:
"Bitte eine Tüte Krümel!" weil er das etwas konsistenzarme Brot nicht als Brot anerkennen will.
Da wird´s die Nicole schwer haben: Nicht genug damit, daß der Professor nichts von ihrem Geigenspiel hält, nun muß sie sich auch täglich von neuem als Köchin vor dem großen Meister verantworten.
Ming brachte mich zum Schiff, und blickte mich oftmals liebevoll besorgt an. Ich erfuhr, daß er heute, wie nicht anders zu erwarten, mit der Luisa über die Liebe gesprochen habe...
die Luisa, so Ming, schwanke zwischen Gefühlsintensität und Vernunft.
Der Traum vom Studium in Passau ist ihr heute vorerst geplatzt. Eine Absage, da es leider – oder Gott sei Dank? - für über tausend Bewerber nur 36 Plätze gab.

Sehr herzlich verabschiedete ich mich doppelt und fast ein wenig wehmütig von Ming, der noch zwiefach im Auto an mir vorbei fuhr.

Die Insel Baltrum schien so nah, die ganze Zeit konnte man sie bereits sehen – und doch dauerte die Reise eine halbe Stunde, weil das Schiff so gemächlich ist.

Wie man´s von mir kaum noch anders erwarten kann, verbrachte ich die Reise dichtend.

Auf Baltrum hatte die evangelische Kirche ein Wägelchen für mich bereitgestellt, und heute erlebte ich die Insel in einer sehr schönen Dampfküchenwetteratmosphäre. Bloß trat mir zweierlei ins Hirn. a: Programmzettel vergessen und b: Folgende Idee nistete sich regelrecht in meinen Kopf wie ein befruchtetes Ei, denn mir war zumute, als sei´s schon so:

Ob vielleicht der Prof. Kebap mit der Nicole und seinen Kindern aus erster Ehe hier Urlaub macht?

Je länger ich darüber nachdachte, desto wahrscheinlicher erschien es mir, und mein Violinspiel, das sich vor den Ohren vom Professor am Abend sodann entfalten würde, kam mir im Vorherein schon ganz komisch vor: Kein Hinten, kein Vorne, kein gar nichts...,,*man erkennt irgendwie gar keine Zusammenhänge oder so...*" *hörte ich im Geiste die Nicole nach Art einer Analyse-Professoren-Gattin, von der ein gewisses Knoff-hoff erwartet wird, murmeln.*

Während ich somit leicht unglücklich mit dem Wägelchen vor mich hinlief, kam plötzlich Frau Friebe des Weges.

Ich erkannte sie sofort, und spürte ihre wundervolle Wellenlänge von der ersten Sekunde an.

Sie, die stets fröhliche Frau mit dem plattdeutschen Einschlag in ihren Worten, die ausschaut, als sei sie von Wilhelm Busch gezeichnet worden.

Man läuft neben ihr her, erörtert „die Situation" und fühlt sich unter bergenden Schwingen wundersam geborgen. Im Fenster vom „Haus am Meer" hatte ich bereits das Konterfei von Herrn Gaßmann erblickt, - allerdings leider nur auf einem Plakat. Ich erfuhr, daß das zugegebenermaßen etwas altmodische, fast englisch wirkende Haus am Meer demnächst verkauft wird.

Nachdem ich es mir gemütlich in meinem kleinen Zimmer eingerichtet hatte, besuchte ich die Pfarrfamilie nebenan, und lernte den kleinen Reemt (*15.11.99) kennen. Ich fand den kleinen Wonneproppen mit dem quadratischen Kopf süß, wennzwar er oftmals so laut aufquietschte, daß eine Unterhaltung kaum möglich war. Auch den sechsjährigen Wilko lernte ich kennen. Er redete ganz viel auf mich ein: Über die Gepflogenheiten vom kleinen Reemt, und siezte mich immer.

Mutti Friebe kochte köstlichen Friesentee und ich fühlte mich so wohl und gelöst, daß ich fast vergaß, daß ich ja gar keine Verwandte bin, sondern streng genommen lediglich ein geduldeter, passagerer Gast. Als ich beispielsweise mein Programm auf dem PC

niedertippen durfte, murmelte ich beständig mit, was ich da soeben niedertippte. „Nicht auszudenken, wenn das die neue Sekretärin wär!" rief ich gar einmal aus, so als wenn's bei Ming daheim wäre.
Dann kaufte ich im Supermarkt ein. Vor der Kirche hatte ein junges Paar eine „Auseinandersetzung" die mit Fleiß extra etwas vernunftsbezogener abgehalten wurde als von den Vorfahren, weil man wenigstens ein bißl was gelernt hat.
Um halb neun fand mein Konzert statt:
Eine graumelierte Urlaubspfarrerin, Frau Dudel aus Düsseldorf, übernahm das Kartenabrupfen. Später konnte man es nicht fassen, wie leer die Kirche schon wieder war. So wie in einem Bus saßen maximal zwanzig Hörwütige da. Ich bemühte mich um schönes, lebendiges Spiel, doch eigentlich konnte ich nur mit der C-Dur Fuge richtig zufrieden sein.
Dann war ich frei. So, wie einer mal übers Kuckucksnest flog, kaufte mir einer eine CD ab.

Von einer Telefonzelle aus rang ich Rehlein im fernen Ofenbach an.
Das süßeste Rehlein briet soeben ein Spiegelei für den Opa.
Ich erzählte von dem Sturm, der hier tobt, und Rehlein machte sich große Sorgen, daß ich von einem Ziegelstein erschlagen werde.
Da war die Telefonkarte leer, und ich mußte das arme Rehlein mit ihren Sorgen zurücklassen.

Freitag, 8. September

Trübe – oftmals nieselnd aber angenehm frisch und warm in einem

Am Morgen hatte ich fast ein wenig vergessen, wo ich eigentlich liege?
In einem weichen frotéebezogenen rosa Bett.
Ein bißchen war mein Leben am Morgen paradiesisch, auch wenn´s ein wenig nieselte.
Wie´s so ist:
Auf Baltrum sind die Lokalitäten entweder schon oder noch zu.
So auch heute.
Ich las über Nietzsche - sehr ansprechend geschrieben - wie er langsam wunderlich wurde. Häßliche Leute z.B. konnte er überhaupt nicht ertragen, und Menschen mit lauter Stimme waren ihm ein Graus, weil er sich nicht vorstellen konnte, daß jemand mit einer so lauten Stimme feine Gedanken ausbrüten kann.
Dabei fiel mir plötzlich ein, daß ich der Gesine doch einen Brief zu ihrem 75. Geburtstag im Dezember 2071 schreiben wollte.
Ich malte es mir bildhaft aus, und fühlte mich so, als sei der Brief bereits geschrieben. Ich rufe die Gerswind an und sage: "Gersi, ich hab der Gesine geschrieben. Zum 75. Geburtstag."
Gerswinds etwas staubiges, ungläubig-belustigtes Auflachen hörte ich förmlich.

Nun muß aber Sorge getragen werden, daß die Gesine den Brief auch bekommt. Zwölf Seiten würde er lang. Lauter kleine Banalitäten aus dem Alltag – humorig aufbereitet.
Die Daaje ist noch zu klein, als daß man ihn ihr jetzt schon anvertrauen könnte, und wenn´s dann so weit ist, dann ist sie vielleicht schon tütelig und vergißt´s? Aber – als ich so auf die planschenden Senioren hinter dem Glasfenster draufschaute, mußte ich denken, wie toll es sei, wenn die Gesine einen Brief bekommt, der für sie geschrieben wurde, als sie noch keine 4 Jahre alt war.

Später bei Friebes:
Ich erzählte von meiner Entscheidungsschwäche. Das mit dem "Hierblieb" sei kein Problem – bloß muß ich unters Dach umziehen.
Das grünlich tapezierte Zimmer dort oben taugte mir weniger, und so saß ich – innerlich von der Entscheidungspein regelrecht gepeitscht – äußerlich katatonisch eine Weile lang entscheidungsschwach auf dem Bett.

Dann rief ich Ming an. Ich brannte darauf, zu sagen: „Ich habe mir schon wieder eine neue Geschichte ausgedacht! Darf ich sie dir erzählen?" Mir fiel ganz viel ein, und ich erzählte Ming, daß ich mich fühlen würde wie Edward Grieg, der immer unter dem Dach saß, um dem Klang der Regentropfen zu lauschen.

Dann wiederum sprach ich davon, wie's wohl sei, wenn man einen ganz entfernten Bekannten, wie beispielsweise Herrn Kämmerling anriefe.
„Karl-Heinz Kämmerling. Guten Tag."
„Hallo, Herr Kämmerling! Hier ist die Franziska. Ich bin die Schwester vom Iwan König."
„A – ja..?"
Herr Kämmerling würde sich ohne Worte zu machen in eine fragende „Was gibt's?"- Positur begeben, die man auch ohne ihn anzusehen, genau sehen könnte.
Ich würde sagen: "Herr Kämmerling, ich hab zwei Geschichten erfunden. Darf ich sie Ihnen erzählen?"
Vielleicht würde er sich die Geschichten anhören, aber wahrscheinlicher wäre, er würde sagen, dafür habe er keine Zeit.
Dabei unterrichtet Herr Kämmerling Klavierschüler, die - um es ein wenig salopp zu formulieren, - dazu abgerichtet werden sollen, anderen etwas vorzufingern.
Bloß haben die meisten Menschen keine Zeit zuzuhören, weil sie so damit beschäftigt sind, selber etwas vorzubereiten, wozu dann andere wiederum keine Zeit haben.

Der Nachmittag gehörte meinem Inselvergnügen in dem Sinne, daß man's eigentlich kaum fassen kann, daß man sich auf so einem Flecken Erde so wohl und geborgen fühlt, als wär's bei einem daheim im Wohnzimmer!

Es fühlte sich direkt ein wenig so an, als sollte man nackt herumspazieren, weil man sich eben so zuhause fühlt. Man sollte entblößt in den Inselshop gehen und in den Illustrierten blättern, und die Leute würden einen nur auf Mondkalbbasis anschauen, denn die Hemmschwelle, einen nackten Menschen anzusprechen ist geradezu ungeheuerlich.

Im Gegensatz zu in Frankreich ist es hier auf der Insel absolut unüblich, einander zu grüßen, da die Menschen aus unterschiedlichsten Bundesländern kommen, und somit alle untereinander am Klassenzimmersyndrom laborieren, und sich höchst verlegen fühlen. „Man möchte mit „Griiiies Gott!" oder gar „s´Gott!" grüßen, üblich sei jedoch ein unverbindliches „Moin!"?

Im „Witthuus" saßen vereinzelte Seniorinnen-Doppels an Tischen und tauschten Banalitäten aus...

"…Das ist die Sehnsucht nach Zärtlichkeit,…" sagte eine Seniorin bedeutsam über irgendjemanden.

Ich trank Tee und aß einen Apfelstrudl. Im Stern las ich über´s „Stalking": Wenn man seinen Schwarm über jegliche Gebühr hinaus belästigt. Der Sänger Costa Cordalis („Anita") wurde von einer Frau so heiß umschwärmt. Jeden Tag schrieb sie ihm glühende Liebesbriefe, und rief hundertmal am Tag in seiner Wohnung an.

Der Sänger ließ sie über seinen Anwalt unterrichten, sie möge den Liebesterror einstellen.

Ich besuchte den kleinen Inselfriedhof, denn mich als vielseitig interessierten Menschen interessieren die Eckdaten der Verstorbenen, ferner, wie alt sie geworden sind, wie sie geheißen haben, und ob sich vielleicht jemand findet, der am gleichen Tag Geburtstag hat(te), wie jemand, den man kennt?

Ein kleines Mädchen wurde am 1.1.1904 geboren und starb schon ein halbes Jahr später.

„Unser liebes Töchterlein" stand da so warm auf dem Grabstein zu lesen. Eine andere Frau wiederum wurde fast 101.

Dann lief ich weiter, und sah die unglaublichsten Dinge: Pferde die mit gesenktem Haupt grasten, eine 100 m Rennbahn, grasige Hügel wie von Dr. Seuss gezeichnet und eine Wiese mit lauter Picknicktischen. Der Sprühregen wusch mir ein wenig mein Haarmittel vom Kopf.

Das tobende Meer schaute ich auch an (überwältigend!) und dann schaukelte ich auf der Schaukel neben dem Strandcafe´.

Dann lief ich zurück ins Westdorf.

In einem ganz kleinen Kirchlein moderierte die Inselpastorin Anita Dördl (oder so ähnlich) soeben etwas Frommes.

Zuvor hatte ich sie noch vor dem Inselshop getroffen und scherzend gemeint, ich würde vielleicht bis an mein Lebensende hierbleiben?

Ich lief noch so lang herum, bis es ganz dunkel geworden war. In meinem Gastzimmer dichtete ich zehn Minuten lang am Brief für die Gesine herum. Es war so warm, und so zog ich mich ganz nackt aus. Zum ersten Male dichtete ich nackt, und es dürfte ausgeschaut haben, wie auf einer Postkarte auf

der ein kunstvolles Gemälde abgebildet ist, wie sich´s der Leser wohl bildhaft vorstellen kann?
Ich erwog, im Brief an die Gesine zu schreiben: „Dein Vater, Gott hab ihn selig, war ein „Arsch"".

Samstag, 9. September
Baltrum - Aurich

Grell-sonnig unter dünner Wolkenschicht.
In Ostfriesland schön

Ich nächtigte – so quasi von der realen Welt hinweggeblendet – in dem Schrägzimmer unter dem Dach mit der grünlichen Tapete.

Dann erhob ich mich um zu frühstücken.
Zunächst frug ich im Hotel Freesena gegenüber nach. Was mich auf dieser Insel stört, ist die Unpersönlichkeit.
Ich schaute auf das gewöhnliche Frühstücksbüffée drauf (Küchenabfälle, messerspitzenkonforme in Plastik eingeschweißte Butter und Marmeladen-kleckse, und bleiche Brötchen) und erfuhr, daß es 20 – 25 Mark kosten würde, und von diesem gesalzenen Preis, regte sich gar die Erbmasse vom Onkel Rainer in mir.
Ich frug, ob man nicht auch ein ganz kleines Frühstück haben dürfe – doch als das Schankstubengirl sich zum Fragen retirierte, retirierte

auch ich mich (leicht unhöflich), so daß ich wohl verschwunden war, als es wiederkehrte? (Ich sah mich jedenfalls nicht mehr.)
Stattdessen frühstückte ich im Witthuus.
Beim Frühstück las ich immer noch im z.T. wirklich packenden Buch von Annemone Sandkorn, die einfach mit ihrem Mann nicht kommunizieren konnte
„Annemonewiegehts?" ließ sie ihn in einem Wort fragen, um die quälende Banalität der Frage nach dem großen Ehezwist noch zu unterstreichen.
Aber mir gefiel's plötzlich in Baltrum nicht mehr so sehr.
Ich fand das Hotel so häßlich und unpersönlich, und das Wetter gefiel mir auch nicht: Aufdringlich durch die Wolkenschicht strebender diesiger Sonnenschein, unter dem man die Augen zusammenkneifen möchte. Schon am zweiten Tag keimte Urlaubsschalheit in mir auf, und ich fühlte mich *schon wieder* wie die Irma nach der Pensionierung.
Man weiß nicht, was zu tun?
Vor lauter Langeweile rief ich in Aurich an.
Zu meiner Überraschung kam Buz selber an den Apparat. Ähnlich wie mit Annemone S.'s Mann „Wolfgang" entpuppte sich die Kommunikation zwischen Mann und Frau als ein wenig mühsam.
Buz gähnte dauernd, und inspirierte mich trotz Nettigkeit nicht besonders.

Ohne wirkliches Interesse stöberte ich die Journale im Inselshop durch, und dann lief ich „heim" und

fühlte mich mehr denn je so, als habe ich mich in die 63-jährige Irma verwandelt.
(Froh, daß ich mich nur so *fühle*, aber (noch) nicht so weit bin.)
Im Treppenhaus mußte ich darüber nachsinnieren, wie sich die einsame Irma tagein, tagaus wohl fühlen mag?
Man kocht sich Tee, schaltet die Glotze ein (so auch ich jetzt), blättert ohne wirkliches Interesse ein Buch oder eine Illustrierte auf, und für alle anderen Tätigkeiten scheint die innere Sprungfeder hoffnungslos und irreparabel ausgeleiert.
Jetzt z.B. saß ich auf dem häßlichen grünen Sofa – vor mir der Tee – und stocherte lustlos in der Nordwest-Zeitung herum.
Ich stellte mir allerdings vor, es seien die Kieler-Nachrichten, damit ich mich noch besser in die Irma hineinversetzen konnte. So gut, bis ich tatsächlich die Irma geworden war.
„Ob ich den jungen Leuten eine Reise nach Venedig schenk´??" überlegte ich für die Silvia und meinen saublöden Schwiegersohn Anselm. „Damit sie das kleine Luzilein mal eine Weile bei mir abladen, so daß ein wenig Leben in die Bude kommt?"
Doch im Geiste hörte ich die Silvia bereits sagen: „Es ist <u>mein</u> Kind, Mutter! Begreif das endlich...."
(Kränkende Worte, die die Silvia im wahren Leben *niemals* machen würde, – und doch wurden sie der Irma in mir einfach „eingegeben".)
Dann schaute ich fern.

Pastor Fliege über das leidige Thema „Ich wurde gejagt!"
Die Sendung war aber wie alle Sendungen von dem geselchten Arsch lähmend und uninteressant.
Um 13:30 hörte ich Svjatoslav Richter im Moskauer Puschkin Theater.
Er spielte Beethovens Sonate op. 31/2.
Ich passte extra auf.
Wie selbstverständlich faltete er nach knappen unpersönlichen Verbeugungsansätzen die Noten auf und klimperte los.
Nicht für die dummen Leute – sondern mehr so, als wolle jemand, der eigentlich gerad seinen Winterschlaf hält, sich doch noch mal kurz an der Teetafel zeigen.
Ein Effekt wie beim „Klassenbuch" trat ein.
Ein Buch, das sich „währenddessen" eher uninteressant liest, da es sich ja um eine Ansammlung gewöhnlicher Briefe gewöhnlicher Frauen handelt.
Doch hinterher, wenn man es zuende gelesen hat, ist das Buch ganz plötzlich im Nachhinein ergreifend und interessant, weil´ es einen Einblick in eine so lange Zeitspanne gewährt!
Ebenso erging´s mir mit dem alten Mann am Klavier.
Ich schaute auf eine pulsierende Ader an seiner Stirn drauf, und mußte darüber nachdenken, wie er mittlerweile im Sarg unter der Erde liegt.
Er starb nach einem anstrengenden und nicht immer leichten Leben in einem Moskauer Krankenhaus.

1915 wurde er in der Ukraine geboren, und dazwischen lagen viele, viele Jahre, in denen er immer Tagebuch schrieb – so, wie ich.

Am Nachmittag um drei lief ich an der Strandpromenade entlang zum „Café Kluntje". Das Café Kluntje war wegen seinem fantastischen Ruf so voll, daß ich im Freien sitzen mußte. Ich saß gemütlich da und schaute in die verwilderte Natur, und wenn die Sonne manchmal aufleuchtete, dann erinnerte es mich an früher - vor 100 Jahren – so schön war´s!
Ich bestellte mir einen Joghurt-Becher.
Dann setzte sich eine zirka 70-jährige Dame zu mir. Obwohl nett, („Guten Appetit!") löste sie keinen Plauderschwung in mir aus – ebenso, wie drei alte Wachteln, die etwas später zu uns stießen.
Inzwischen konnte ich´s kaum noch erwarten, endlich wieder in die Freiheit entlassen zu werden, und so fühlte ich mich nicht mehr ganz so, wie die Irma, sondern eher wie jemand, der heute nach langen Jahren endlich aus der Gefängniss-Insel Alcatraz entlassen wird.
Bei den Friebes holte ich mir noch das Wägelchen ab, und die süße kleine Hiske schaute mir durchs Wohnzimmerfenster durch einen Feldstecher hinterher.
Im Schiff fuhren wir an einer anderen Insel vorbei, wo unzählige Seehunde am Strandsaum lagen.
Irgendwie kommen mir die Inseln ein bißchen vor, wie die neun Planeten, und man schielt neugierig drauf, wie´s wohl auf den anderen Planeten zugeht?

Dann sah ich meinen lieben, lieben Ming am Ufer stehen.
Vor unbändiger Wiedersehensfreude wunk ich mir fast die Arme aus – doch zunächst fuhr das Schiff an Ming vorbei, so, als hätte man sich zu früh auf ein Wiedersehen gefreut.
Hilflos symbolisierte ich mit den Armen eine Ratlosigkeitsgeste.
Später war ich dann die Erste, die an Land stieg.
Ming stand an der Treppe zum Hauptausgang, und schaute versonnen in die andere Richtung, von woher er mich erwartete. Und so stellte ich mich neben Ming, und wartete auf mich selber!
Doch dann begrüßten wir Geschwister uns warm.
Ich erfuhr, daß Insa & George am Montag heiraten, und traute meinen Ohren kaum!

Daheim machten wir einen kleinen Spaziergang – von der Druckerei Meyer aus schnurgerade bis zum Abschnitt drei am Kanal.
Wir sprachen versonnen darüber, was Ming wohl machen soll?
Die Luisa fährt morgen für eine Woche nach Passau.
Ich riet Ming, zu heiraten, und sich vier Kinder anzuschaffen.
Zwei Söhne und zwei Töchter: Thomas, Frerich, Simone und Renate.

Abends machte ich mir solche Sorgen um Buz! Die Omi rief nämlich an, und war so mißgestimmt und grätelig, wie man sie noch überhaupt nicht gekannt hat, weil Buz gesagt hat, er käme, und dann kam er eben nicht!

„Der Wolfram ist ein unanständiger Mensch!" sagte die Omi in beharrendem Verdruß, und fügte vergrätzt ein „biddö??" hinzu, als ich etwas sagte, was wohl dem Zwecke dienen sollte, das harrsche Urteil über unseren Papa wieder aufzumildern.

Ich machte mir so schreckliche Sorgen um Buz, daß alles andere bedeutungslos wurde.

Schließlich rief er aber doch an.

Buz war beim Onkel Hartmut hängengeblieben.

Sonntag, 10. September

Waschküchenhaft und unauffällig

Am Morgen hörte man Ming bereits fröhlich pfeifen, und dann hörte man den s´Schatz so bezaubernd das „Spinnerlied" von Mendelssohn fingern.

Und jetzt spielte er auch noch Rachmaninoff´s Erstes auf eine Art, daß man den Atem anhielt.

Ming las aus dem *Stern* über den Schlaganfall vor, und kreuzte gewissenhaft den beigefügten Fragebogen über sein persönliches Risiko an.

Ich war immer todfroh, wenn Ming mit Gusto „Nein!" ankreuzen durfte.

Unser Leben steht derzeit ein wenig im Banne des Entrümpelns. Doch ähnlich dem Hinterfragen des

„Woher? Wohin? Wozu?" einer Beethoven-Sonate, spürt man dabei am eigenen Leibe, daß das Öffnen einer Türe, mehrere weitere verschlossene Türen offenbart.

Ich wollte Noten einräumen, und stellte fest, daß Buz ein ganzes Notenbord dazu genutzt hatte, seine losen Socken (hundert an der Zahl) hineinzupferchen. So spielte ich auf Buzens Bett erst einmal Socken-Memory – in dem Sinne, daß zu jedem Sock´ der passende Zweitsock´ gefunden werden mußte. Eine nicht sehr anstrengende, aber dafür auch leicht rappelig stimmende Aufgabe, da man vom Gefühl begleitet wird, nichts Sinngeschwängertes zu tun! So parodierte ich dem rumrümpelnden Ming genußvoll vor, wie es damals war, als Herr Bloser auszog, und seine Mutti ihn mit flehender Stimme daran zu hindern suchte.

Doch Herr Bloser blieb unerbittlich, weil er fand, daß sein Leuchtturm nun anderswo stünde, und außerdem konnte er das elterliche Chaos einfach nicht mehr ertragen.

Ich fand, daß Ming ein so unglaublicher Sohn ist: Sogar Buzens Unterhöschen faltete er, und darunter befand sich auch noch ein kleines Tangahöschen , mit welchem Buz der Hilde mal zu imponieren suchte.

Dann übte ich oben an meiner Bach Sonate in E-Dur für das Konzert in Frankfurt, obzwar mich auch bei diesem Thema ein Gedanke im Hirn zwickte:

Was, wenn Herr Dierks nicht bereit wäre, sein Cembalo höher zu stimmen? Weil ich mit tiefer Geige doch nicht mehr auswendig spielen kann!

Ming entrümpelte Buzens Zimmer praktisch ohne Unterlaß, und hi- und da hörte man gar den Staubsauger aufheulen.
„Du bist wirklich ein noch besserer Sohn als Herr Bloser!" sagte ich gerührt, „obwohl Herr Bloser seinen Eltern an Weihnachten einen Truthahn zubereitet hat... und der ganze Tag dafür draufgegangen ist!" erzählte ich fast lustvoll, weil ich's so plastisch vor mir sah – bis hin zu dem schönen, rostbraunweißgekachelten Küchenfußboden von Herrn Blosers Eltern, von dem ich mal geträumt hab.
„Es war immer mein sehnlichster Wunsch, einmal Herrn Blosers Eltern kennenzulernen!" sagte ich nostalgisch, während ich zunächst eher etwas unbeholfen loskochte, da schon wieder der tüchtige Ming die ganze Arbeit auf sich nahm und alles kleinschnippelte.
Später glückte mir dann doch ein ganz tolles Mittagessen. „Wie von Zwerg Nase gekocht!" pries ich mich selber, und Ming mundete es auch ungeheuerlich. (Möhren, Zucchini, Kohlrabi auf einem französischen Nudelspiegel.)

Beim Üben dachte ich darüber nach, daß es nicht unbedingt ein Utopikum bleiben müßte, zu erfahren, wie der Freund von der Ina heißt.

Man müßte sich nur dazu überwinden, den Herrn mit dem Maulkorbbart zu fragen:
"Verzeihen Sie: Eine Frage, die Ihnen vielleicht ein wenig wunderlich vorkommen mag, aber wie heißt der Freund ihrer Tochter?"
Völlig perplex würde der Herr sagen: "Ich hab zwei Töchter, und weiß jetzt nicht, welche sie meinen – Ina´s heißt Holger, und Stefanies „Edzard"!
"Na, so genau wollt ich´s gar nicht wissen!" sag ich fröhlich, „aber ich brau diese Information für mein Tagebuch."

Ich telefonierte mit der Hilde, die seit dem 22.7. verheiratet ist!
Der Mohr kam an den Apparat und schelmte gleich drauf los, daß sie nicht mehr mit mir sprechen wollen, weil ich so lange nicht mehr zu Besuch gekommen bin!
Hildes Stimme wiederum hörte sich ein wenig abgegriffen an. Dauernd mußte sie den kleinen Yussuf ermahnen, daß er nicht beißen darf.
In Juist sei der kleine Schatz die ganze Zeit krank gewesen: Er hustete, heulte, übergab sich und wachte nachts ständig auf, und es war so anstrengend!

Dann machte ich mir große Sorgen um Ming, der weggeradelt, und nicht wiedergekehrt war. Dann kam er aber doch.

Abends rief mich Ute B. an, so daß wir ihr unseren frischgelernten Kanon vorsingen konnten. Ich erfuhr, daß Frau Weisser zehn Tage vor ihrem Tode noch gelebt habe. (Natürlich!) Daß sie aber ganz normal auf ihrem Sekretärinnenstuhl saß, als sei gar nichts!?

Ich las in einem uralten Zeitmagazin aus dem Jahre 1976 über die Dirigentin Hortense von Gelmini. („Wenn sie wenigstens nackt dirigieren würde").

Montag, 11. September

Wunderbar sonnig

Am Morgen war ich noch sehr mit mir im Patte, ob ich so früh überhaupt erhoben bleiben soll, wo man doch immer gleich an die Verdrusseshürden denken muß, die der Tag für einen bereithält?
Vorallem der Zahnarztbesuch um 11 Uhr 15 verdüsterte mir wie eine lugubre Wolke für´s Erste mein Weiterleben.

Ming hatte einen Brief vom Lindalein bekommen, der ihn allerdings deprimant gestimmt hat, obwohl sich die Linda Mühe gegeben hatte, ganz gefühlvoll und zärtlich zu schreiben.
Schon das schrill orangefarbene Briefpapier fand Ming so häßlich, zumal die Linda sich für ihre sonstigen Briefe doch extra ganz nobles Papier zugelegt hat.

Ming las den Brief vor, und eine Stelle nagte besonders an ihm, weil er sie so pathetisch und komisch fand:
Ich denke ganz viel zurück, aber ich wollte nicht, daß es wieder so wär, es ist vorbei...

Ming wollte wissen, zu welchem Zweck ich wohl die Zeitung gekauft habe?
„Ich les so gerne Zeitungen!" sagte ich wahrheitsgemäß.
„Und was hoffst du darin zu lesen?"
„Dramen. Mord. Totschlag. Todesanzeigen...und vieles mehr" entgegnete ich gleichmütig.

In der Zahnarztpraxis:
Auf der Liege liegend konnte ich´s kaum fassen, daß ich freiwillig so daliege und mich foltern lasse.
Ich schaute auf das eine schöne Strandbild an der Wand, und mußte darüber nachdenken, daß Frau Weisser zehn Tage vor ihrem Tode, als sie der Ute noch so nett mit der Alexandertechnik half, nicht im entferntesten ahnte, wie wenig Pulver noch in ihrer Lebenssanduhr vorzufinden gewesen wäre.
Dann begrüßte ich mich sehr warm mit dem Jörg, der heut nach langer Vakanz erstmals wieder praktizierte.
„Da mußt erst wieder in Übung kommen!" bescherzte ich ihn.

Ming litt an Zweifeln an der Menschheit und undefinierbarem Liebesgram.

Daß es mit der Linda aus war, hatte er ja schon gewußt, doch es war der herzlose Satz „Es ist vorbei", der Ming den Rest gegeben hatte.
Die Luisa hatte ihm nur einmal *fast* gesagt, daß sie ihn liebt, doch in diesem Moment hatte das Telefon geschrillt, und danach war der Zauber vorbei.
„Und die am Telefon bin womöglich ich gewesen?" dachte ich klamm beschämt und beschloß meine Anrufe generell auf ein winziges Maß hinabzuschrauben.

Mittags radelten wir zum Kanal und spazierten dort herum.
Ming wurde wieder lebhafter, und ich erzählte ihm plastisch die Geschichte von Veronikas Freund Ernesto aus Sao Paolo, der seiner Mutti nie Bescheid gibt, wie lange er zu bleiben gedenkt, oder wann er wieder geht? Er zog nach Bamberg, um dort ein neues Leben als Orchestermusiker zu beginnen und lässt sich nur alle zwei Jahre in der alten Heimat blicken.

Dienstag, 12. September

Knollenblätterbewölkung – abends ganz warm,
so jedoch windig und waschküchenhaft

Ich erfuhr, daß der Professor H., der „Hagelhans", in diesem Jahr   trotz vorangeschrittenen Alters?

(zirka 59 – 61 Jahre alt) nochmals Vater wurde: „Julia".

„Er hat eine häßliche Japanerin gegen eine häßliche Koreanerin ausgetauscht!" sagte Ming nicht eben nett.

Nach dem Frühstück spielte Ming Klavier, und ich tänzelte in seiner Aura herum und erfand allerlei: z.B. daß Ming am 60. Geburtstag von Frau Bisold an der Türe klingeln möge um zu sagen: „Ich komme von Pianoröp und soll Ihnen ein Ständchen am Klavier bringen!"

Am 5. Oktober beginnt hier in Aurich ein Prozess gegen einen Herrn aus Weener, der seine eigene Mutter (77 Jahre jung) ermordet hat. Hernach täuschte er einen Raubüberfall vor, indem er sie an den Stuhl fesselte und knebelte.

Ich stellte mir vor, wie ich eine Rentnerin wäre, die nichts zu tun, so jedoch genügend Geld hat.

Ich würde ständig zu Mordprozessen gehen, und die Einladungen auf den Todesanzeigen als persönliche Einladungen ansehen, und mir vielleicht angewöhnen, aus purer Bosheit anonyme Schmähbriefe zu verfassen?

Am Nachmittag besuchte ich den Auricher Friedhof, wo ich mich immer sehr wohl fühle.

Zuerst suchte ich eine Weile lang am Grab von Herrn Rautenberg herum.

Er, der mir zu Lebzeiten hochmoribund schien wurde nur 72 Jahre alt und starb am 8.5.82. Das

schlichte Grab war nur dürftig bepflanzt, weil 18 Jahre nun doch eine sehr lange Zeit sind, und die Welt sich nun auch ohne Herrn Rautenberg wieder gut eingeschwungen hat.
Allgemein denkt man nur noch ganz sporadisch an ihn zurück.
Seine Frau lebt heute noch, ist aber inzwischen 80 Jahre alt. Für sie ist noch ein Platz auf dem Grabstein freigeblieben, und darunter steht „Königstein".

Mittwoch, 13. September

Vernebelt. Nieselig

Heute erfuhren wir bestürzt, daß der Prof. Hamann am 11.9. verstorben ist, und ich mußte über den Verblichenen nachdenken, als ich auf den Bioraden zuladelte. (Schreib ich schon wie ein Chinese?)

Nach dem Frühstück, als Ming Klavier spielte, wurde ich allerdings sehr gefühlvoll. Ich fand Mings Klavierspiel so bewegend.
Ming spielte den „fröhlichen Landmann" von Schumann so bezaubernd.
Ich erinnerte mich daran, daß es dem Opa vor 28 Jahren immer so vorgekommen war, als sei der „fröhliche Landmann" der Gipfel dessen was man auf seinem Instrument erreichen könne, und als ich

ihn als kleines Kind auf der Geige spielen konnte, da ist der Opa vor freudigem Stolz fast geplatzt!
Ich stand wie angeleimt und doch hopsend in Mings Aura und konnte gar nicht mehr aufhören zu plaudern.

Der kleine, sehr warme persönliche Brief im Inneren von Herrn Hamanns Parte, läßt darauf schließen, daß Herr Hamann seinen Tod fast lustvoll vorbereitet hat. Ich malte mir aus, wie er sich vielleicht eine ganz lustige Beerdigung gewünscht hat? „Pappnasen und lustige Hüte statt Trauerkleidung!"
An seinem letzten Tag klimpert Herr Hamann am PC noch einen Rundbrief für die Kollegen zusammen: Er wünscht sich, daß dieser Brief nach seinem Ableben rundum geschickt würde.
Und als der Brief endlich fertig ist, fühlt sich Herr Hamann plötzlich ganz leicht.
Bei der Grabesrede wird Herr Reimer ganz übergangslos aus dem Brief zitieren, und die Trauergäste wissen zunächst gar nicht, daß das ein Zitat sein soll? Und ein Raunen der Befremdung zieht durch die Menge.
„Liebe Kolleginnen und Kollegen! Hand auf´s Herz! Ihr seid doch alle froh, daß ich nicht mehr da bin?! Und soll ich Euch auch was ganz im Vertrauen sagen? Ich bin auch soo froh, daß ich diese ganzen dümmlichen Visagen in der Hochschule **nie mehr** sehen muß!"…(soweit das Zitat).."ja, lieber Gerhard!" – fährt Herr Reimer in eigenen Worten

fort – „Es war deine geradlinige Zunge, die wir immer so sehr an Dir schätzten!"

Beim Essen dachte ich mir aus, wie es wohl wäre, wenn Omi-Mobbl in ihr Testament geschrieben hätte: „Meinem Mann möchte ich gestehen, daß eines unserer fünf Kinder nicht von ihm gezeugt wurde. Damit diesem einen aus dieser Beichte heraus kein Ungemach entstehe, so möchte ich indes verschweigen, welches…"

Donnerstag, 14. September
Aurich – Bad Homburg

Sonnig – bewölkt – sonnig

Im Radio konnte man hören, wie Hitler bedrohlich zur Jugend sprach: "…*hart wie Kruppstahl*.. (es klang bedrohlich aggressiv, und man hätte meinen können, der solcherart vor sich hin zeternde sei ein armer Verirrter.)

Der verliebte Ming ließ am Morgen gleich den Computer aufsurren, so daß man es im ganzen Hause gehört hat, weil er doch so sehnsuchtsvoll auf ein Zeichen vom Lindalein aus Übersee wartete.
Später hörte man ihn dann telefonieren.
Hinterher erzählte Ming, daß die Linda sich immer so lahm anhören würde, und nach Erwachsenenart

das Gefühl suggeriere, daß es das Wichtigste im Leben sei, zu arbeiten und keine Zeit zu haben.

Dann fuhren wir los:
Ich im Auto versuchte zu schlummern, und stellte mir dabei Herrn Hamann in der Leichenhalle vor, und wie er morgen zu Grabe getragen wird.

Besuch bei alten Freunden in Bad Schwalbach.
Ming spielte seine fis-moll Polonaise vor, und aus lauter Respekt vor dem Weltklassespiel, öffnete Hausherr Christian währenddessen den Flügel - in der Art, wie sich der Geigenvirtuose Szerying einst eine Krawatte umgebunden hat, als ihm die 12-jährige Anne-Sophie Mutter auf ihrer Violine vorspielte.

Abends in Bad Homburg:
Zunächst kam mir die Wellenlänge etwas traurig vor, was allerdings daran gelegen haben mag, daß die Frau Heidi Kaiser irgendwie so alt und verdrossen wirkte, wie eine Schildkröte, die ihr Haupt aus dem Panzer ausfährt, weil halt Besuch gekommen ist?

Freitag, 15. September
Bad Homburg - Frankfurt

Meist schwül und dunstig. Leicht sonnig

Wenn ich aufstehe und mich ankleide, freue ich mich immer, in Buzens Kunert-Socken zu steigen, die Buz sich einst aus Verehrung für eine Dame namens Uta Kunert gekauft hat, und weil ich mich Buzen dann so nahe fühle, und zudem das Gefühl habe, daß die Socken einen neuen Menschen aus mir machen.
Dann vergaß ich im Alltag allerdings weitestgehend was ich so an den Füßen trage, und dachte nur noch sporadisch dran.

Frankfurt:
Jetzt hätte ich glücklich sein können, doch gleich fraß sich wieder ein häßlicher OCD-Gedanke in mein Hirn und legte sich wie ein trüber Schleier über meinen Frankfurt-Besuch.
Im Geiste sah ich nämlich wie Heidi Kaiser, so wie ich´s an ihrer Statt wohl auch getan hätt, heimlich in meinem Tagebuch liest und auf den Passus von gestern stößt, und wo ich sie mit einer müden, alten Schildkröte vergleiche, und wie sich die Heidi heulend aufs Bett legt, weil sie plötzlich das Gefühl hat, daß man üüüberhaupt keine Freunde auf der Welt habe.

„Ich beziehe ihnen die Betten! Lade sie zum Racklett ein, und dann steht da so etwas Kränkendes über mich zu lesen!!-Huuuhuuu!"
Und ich fühlte mich soo schlecht.

Samstag, 16. September

Meist tosender Regen

Auf mich wartete ein luftiges Bett in einer gemütlichen Kammer bei Frau Elke Eisbrich.
Jetzt hätte man sich glücklich ausstrecken können, doch dann schob sich, so wie alle Tage, etwas dazwischen.
Zunächst war´s nur ein Verdacht: Ein Knurren am Himmel – doch ich lag mit angespannten Muskeln da, ähnelnd Mobbln im Sorgenstuhle, wenn sie manchmal unglücklich drum bangte, ob die „Dame Gerswind" wohl ihren Anschlußzug „verpasst".
Ich im Bett lag somit 2 Millimeter höher als nötig.
Ich bangte um meine lose im Kofferraum liegenden Diarien und malte mir schmerzgepeinigt aus, wie sie wohl bis zur Unkenntlichkeit durchweicht werden, bloß weil ich zu faul war, sie in den Koffer zu legen.

Am Morgen:
Nun saß die gemütliche, graumelierte Frau Eisbrich (*1938) auf der Terrasse, und dadurch, daß sie sich von hinten, anmutig da sitzend, im Spiegel spiegelte, sah es aus, als säßen dort Zwillingsschwestern!
Frau Eisbrich, Typus der fröhlich, engagierten Christin, aus Berlin stammend, beplauderte mich nett.
Seit gestern haben sie einen etwas unheimlichen neuen Untermieter:
Seine Mutter kam mit dem Herrn Sohn nicht mehr klar, und sagte zu Frau Eisbrich, der mütterlichen Chordame: „Du kommst doch so gut mit ihm aus?"
Und nun wohnt er auf Probe bei denen.
Ich erzählte vom Opa, und wie er mal in Bangkok beinahe starb.
Er nächtigte bei seinen Freunden, den Schützens, und es war so unerträglich heiß in Bangkok. Der damals 64-jährige Opa hatte eine höchst anstrengende Reise hinter sich, und am nächsten Tag beim Frühstück zeigte er sich nicht. Er zeigte sich auch nach einer Weile nicht, und nach einer weiteren Weile ebenso wenig, und so wurde der Herr des Hauses – Herr Schütz – ausgesandt, nach dem sonderbaren Gast zu schauen.
Der kehrte wieder wieder und sagte beklommen: „Es ist etwas Furchtbares passiert!! Der Rothfuß ist gestorben!" „Nein,nein,nein,NAAAAIN!" schrie die Hausfrau wie von Sinnen – sie hatte keine Lust auf Behördengänge, Überführungsmodalitäten und dererlei und berüttelte den verstorben Geglaubten

wie von Sinnen – so lange, bis er die Augen wieder aufschlug.

Bis heute glaubt man, der Opa wäre von allein nie wieder aufgewacht und somit als 64-jähriger in Bangkok für immer eingeschlafen.

Ein Glück, daß ich nicht verheiratet bin, denn ich erzähle ja buzesgleich jetzt schon immer die gleichen Anekdoten – für meinen Mann wäre es nicht auszuhalten!

Trossingen am Abend:
Draußen bogen sich die Bäume im Wind. Eigentlich ideal, um Herrn Hamanns Grab zu besuchen und sich zu schaudern.
Mir fiel auf, daß es immer, wenn jemand beerdigt wird, den ich kannte, am Abend ein Gewitter gibt.

Sonntag, 17. September

Grau bewölkt. Am Nachmittag zart-lieblich

Ich fuhr nach Höchenschwand um Buzen in seinem Zimmer in der Kur zu überraschen.
Zunächst suchte ich ihn in einem häßlichen weißen Krankenhaus vergeblich, und dann auch noch beim „heiljen Georg" – dort, wo Buz wirklich wohnt. Bloß war der Patient aushäusig.

Aber als ich in der Nähe von der großen Kuppel in St. Blasien eingeparkt hatte, überraschte mich Buz selber, und hinzu mit einem Eishorn in der Hand.
Wir gingen wandern, kamen dabei an eine hohe Kraxelwand und bestaunten ein paar Kletterer, die allerdings allesamt angeseilt waren.
Ein Mädchen hatte es schon fast geschafft und unten stand ein Herr und hielt das Seil. Wäre das Mädchen hinabgestürzt, so wäre er wiederum hinaufgezurrt worden.
Einer Ironie des Schicksals wäre es gleichgekommen, wenn Buz und ich beim Bestaunen der Kletterer rückwärts in die Tiefe geplumst wären, da es hinter uns steil bergab ging.

Buz hatte ein bißchen versucht, seine geplante Seoul-Reise vor uns zu vertuschen und tat so, als wolle er bloß nach Taiwan.
„Du hast eine koreanische Freundin!" mutmaßte ich schelmisch und rief: „ Der Papa wird rot! Der Papa wird rot!"

Buz als Kurgast ist dazu verdonnert, die Essenszeiten, die für ihn zu gänzlich unpassenden Zeiten abgehalten werden (Abendessen um 18:00), wahrzunehmen, und als hierfür somit kurz im Eßsalon entschwunden war, schaute ich auf seinem Zimmer „Mona-Lisa".
Wir Zuschauer lernten die deutsche Meisterin im Gewichtheben kennen. Eine rosige, übergewichtige

Frau, die auf den ersten Blick fast ein wenig debil wirkte. 245 Kg wuchtet sie mühelos in die Höh!
Bei den olympischen Spielen in Sydney warten allerdings drei harte Konkurrentinnen auf sie, und eine erst 16-jährige Amerikanerin schaut aus wie ein Ungeheuer vom Mars.

Nach der Mahlzeit liefen wir noch ein bißchen durch diesen etwas schwarzwaldhaften Ort, wo ich unseren Pabba so gut aufgehoben weiß.

Montag, 18. September
Trossingen – Grebenstein

Durch die braun-graue Bewölkung
fraß sich ganz allmählich zarter Sonnenschein

Für Herrn Hamann hat sich Direktor Reimer noch nichts einfallen lassen, und sein Gedenkwisch für die verstorbene Frau Weisser klingt so anämisch, gemütsarm und gewöhnlich.
„Für uns alle unfassbar", schrieb er zwar, doch es wirkte trotzdem fremd und kühl.

Im Radio hörte man etwas Trauriges: Nun ist auch Bratschenwunder Tabea Zimmermann Witwe geworden: Ihr Mann David Schallon (49) starb in Tokyo an einem Asthmaanfall.

Ich wußte überhaupt nicht, ob ich mich auf die Omi überhaupt freuen solle, denn mir fielen wieder die vielen unerfreulichen Empfängnisse (Luisa) von früher im alten Hause ein: Wie kalte Kneippgüsse im Vergleich zu Mobblns warmen, zärtlichen und überschwenglichen Empfängen.

Warm leuchtete das Licht in Omis Wohnzimmer.
Die Schrödersche öffnete die Türe, und machte ein paar hessische Worte drum, daß man sich schon Sorgen gemacht habe.
Wer hätte jetzt gedacht, daß das Ömchen sich so über mich gefreut hat!

Leider ist Omis Rücken krumm wie eine gebogene Banane.
Als ich die Omi ins Bett brachte, sagte sie so rührend: „Ich danke Dir, daß du gekommen bist! Nur aus lauter Freundlichkeit…"
Dann schaute ich auf meine Oma drauf, die gerad wie auf dem Katafalk mit offenem Mund gleich eingenickt ist.

Dienstag, 19. September
Grebenstein-Göttingen-Aurich

z.T. schön sonnig

Traum:
Mir träumte, daß Buz sich durch einen Trick in einen Rattenfänger verwandeln wollte: (In jenem Sinne, daß ihm alle hinterherlaufen, und sich hinter ihm eine Riesenschlange bilden sollte wie im Märchen.) Dazu brauchte er noch einen anderen Herrn. Dieser Herr tat so, als sei er debil und lallte nur dummes Zeug.
Buz reichte ihm eine Tinktur aus einer kleinen Flasche, und nach nur einem Schluck war dieser Herr augenblicklich geheilt, und sagte nur noch die gebildetsten Dinge!
Und tatsächlich wollte ein jeder, der diese Szene mitbekommen hatte, sogleich ein Jünger Buzens werden.

Die Omi macht derzeit eine vierwöchige Tagesheimkur, und wird nach dem Frühstück von einem Taxiunternehmen abgeholt.
„Der häßliche Mann!" sagte die Omi verdrossen über den Fahrer, der sie gleich abholen wollte, und sich auf keinerlei Spielchen einzulassen pflegt. Er packt die Omi, setzt sie ins Taxi und fährt ab, und wenn die Omi mit ihrem zarten Stimmchen „Augenblick!" und „wartense mal!" sagt, so hört er einfach darüber hinweg.
Heut jedoch schien er ganz nett gestimmt.

In brummiger Gutmütigkeit duldete er die Spirenzerchen der alten Dame, die sich immer in den gleichen ausgetretenen Pfaden bewegen möchte.

Beim Treppabgang sah die Omi ganz windschief aus, und heut half ich dabei, sie ins Taxi zu pferchen. Wehmütig frug ich mich auch heut, ob dies vielleicht das letzte Mal war?

Und als ich dem verglimmenden Lebenslicht nachwunk, saß die Omi bloß gekrümmt da.

Die Edith frug mich, ob ich wohl daran dächte, mich mal zu binden? Doch ich sagte unbekümmert „Nein".

Die Edith meinte wiederum, wenn sie ihren Mann mal verlöre, dann wird sie bestimmt nicht soo trauern, daß sie sich gleich wieder binden wolle. Schon jetzt empfindet sie ihn manchmal als einen Klotz am Bein.

Mittwoch, 20. September
Aurich

Bißl sonnig. Am Nachmittag angenehm zart bewölkt

In der Musikschule:
Auf dem Klavier lag eine sog. „Notenschürze" – ein Papiergebilde, wo man seinen Kopf durchstecken kann, um dann blind herumzufingern. Darauf befand sich ein Plan, welche Note wie und wo auf der

Tastatur gefunden werden kann. Wenn man sich aber damit ans Klavier setzt, kann man nur spielen, wenn man ganz krumm und buckelig dasitzt, und die Arme unnatürlich hinter dem weißen Papier herausrenkt.
„Schau, meine neue Schürze! Wie steht sie mir?" rief ich mehrfach erheitert und vergnügt aus.

Ich erheiterte mich über den friesenfesten Stundenplan. Überall steht hinter dem Namen das Geburtsdatum, und dann auch noch das genaue Alter.

Um 17 Uhr kam die kleine Wijke, ein süßes kleines Kind das immer strahlt, mit seinem Papi, einem Herrn mit langen künstlichen Zähnen, der eine inspirative Ausstrahlung hatte. Nur beim Unterrichtsgeschehen selber schien er an andere Dinge zu denken, und saß geistesabwesend „nur so da".
Mit Buzen habe man bereits über Wijkes geplanten Wechsel von der Violine zum Klavier gesprochen, und der Herr wollte von Buzen als Experten wissen, ob die Wijke wohl ein Händchen für´s Klavierspiel habe?
„Da braucht man aber zwei Hände!" sagte ich in einem Humor, der an Justus Frantz denken ließ.
Dann nahmen wir die Schaumschule ganz von Anfang durch, und dem Vater gegenüber wurde es mir leicht peinlich, daß immer nur das „C" angetippt werden muß.

Überhaupt tendiere ich dazu, immer ganz schnell weiterzublättern, weil ich das alles schon weiß, und meine, der Schüler müsse das doch auch schon kapiert haben!

Mit zehn minütiger Verspätung kam um 18 Uhr 10 der kleine Kümmeltürke Deniz Jansen, über den Buz sagt, er habe ganz tolle Hände und noch bessere Ohren.
Tatsächlich spielte er gegen Ende der Stunde ein kleines Lied (einen Einzeiler), doch pädagogisch blieb er ungreifbar. Die meiste Zeit benahm er sich daneben, peitschte mit dem Bogen furchterregend durch die Lüfte, und als ich mal frug: „Weißt du überhaupt, wer ich bin, und wie ich heiße?" antwortete er respektlos:„"blöde Kuh" und mit Nachnamen „Sau"!"
Nach der Stunde geschah schon wieder etwas, das einen an der Echtheit dieser Episode zweifeln ließ:
Die türkische Mutter vom Deniz war in meiner Erinnerung eine ältere Diva wie die Frau Filippowitsch (eine mütterlich-vollbusige reife Sängerin in Japan), nun aber war´s plötzlich eine ganz junge Frau, die vor der Türe gewartet hatte, und interessiert frug, ob es normal sei, daß der Herr Sohn so gar kein Interesse habe, und den Geigenkasten zuhause nie öffne?
Ich fand es so schrecklich, wenn man daheim ein sog. „Problemkind" hat, und die Frau tat mir so leid.

Abends rief ich bei der Hilde an. Der Omar hob ab und war lustig wie der Opa. Er erzählte, wie er in der Nacht die Lottozahlen geträumt habe: Drei habe er leider vergessen, doch *die* drei die er sich gemerkt hatte, die waren allesamt richtig.

Die Hilde war im Kino, rief mich zu später Stund retur und war recht nett. Nur als ich sie nach ihrem ehelichen Glück befrug, gab sie sich etwas bedeckt: „guhuut. Ganz gut."

Donnerstag, 21. September

Grau

Im Traume *rollte mein Koffer einfach ganz schwungvoll durch die Graf-Enno Str., schlug einen Haken und rollte direkt zielstrebig durch das bewachsene Gartentor einer Familie.*

Ich rannte mit einem Entschuldigungslächeln im Gesicht, ähnelnd einer Mutter, die einem ausgebüxten Buzzewackele hinterdreineilt, in das Grundstück hinein. Die Leute dort waren alle ganz nett, und kannten mich bereits aus der Zeitung.

Im Bioladen:
Die beiden watschelweichen Bioleute schienen ehegemäß soeben sauer aufeinander zu sein. Ich spürte es mit dem siebten Sinn.

Die Frau stand hinter der Käsetheke und ich hatte vergessen, ob ich sie schon gegrüßt hatte. Nun stand ich aber schon zu lange da, um nochmals loszugrüßen.

Am Nachmittag rief mich die Schauspielerin Christine Müller an und sagte mit klarer Stimme, wie jemand, der sich seines Marktwertes bewusst ist und „weiß was er will": „Könnte ich bitte Ihren Mann sprechen?"
„Ich bin noch unverheiratet!" sagte ich.
Die verkaufsaggressive aber nicht unsympathische Chansonette und Schauspielerin war spitz auf einen Auftritt in Driver, doch mitten in ihre Worte hinein verkirnte ich mich stark, meine Stimme blieb ganz weg, so daß die Frau am anderen Ende der Leitung vielleicht gedacht haben mag, ich erlitte gerade einen Asthmaanfall in dessen weiteren Verlauf ich vielleicht stürbe?
Später beim Kochen dachte ich mir aus, daß ich doch theoretisch am Telefon mein Ableben hätte inszenieren können.

Von 14 bis 18 Uhr 30 musste ich unterrichten, und bevor es losging, schien mir diese Hürde unüberwindbar. Doch das freudige Vorbeben, daß ein Schüler vielleicht doch nicht kommt, kann einem ja auch niemand mehr nehmen, und so entfaltete ich erstmal das Tagesblatt, um mich ein wenig vor der sauren Tätigkeit vorzuerholen.

Ich las über einen 46-jährigen Busfahrerr aus Fulda, der einen Beamten im Radarauto mit der Pistole bedroht hat. Es war nur als Witz gedacht, doch dabei ging der Schuss los, und der Beamte starb.

Heute fiel das Urteil gegen den Rhein-Ruhr-Ripper in Duisburg der vier Frauen ermordet habe. Man sah einen ganz gewöhnlichen jungen Mann solcherart, wie sie bei Heiner und Friedel immer herumsitzen, ganz versunken und nachdenklich auf der Anklagebank sitzen. Sein Schlußwort war ganz ungewöhnlich: „Lasst mich bloß nie mehr frei! Umbringen dürft ihr mich ja nicht – leider!" sagte er.

Freitag, 22. September

Zart sonnig – herbstlich.
Ein Auftakt zum Altweibersommer,
der morgen erwartet wird

Vor dem Unterrichtsnachmittag grauste es mich, so daß ich ganz zusammengesunken mit meinem wahren Kriminalreport über eine zündelnde Schweize Austauschschülerin in der Sonne saß. Allerdings nahm ich mich ins Gebet, daß man sich positiv auf die Schüler einstimmen müsse, und statt von der „Schülerpest" zu sprechen, sollte man vielleicht lieber vom „Abenteuer Schülerschar" sprechen?

Ich dachte an Maike Windau, die nächste Schülerin, deren Kommen bereits in den Lüften lag, und wie sie vielleicht gerade ganz unglücklich in einen „Dreamboy" verliebt ist, bei dem sie sich aber keine Chancen ausrechnet, weil sie so eine häßliche Figur hat? „Eine etwas stramme Figur!" wie ihre Mama vielleicht abmildernd zu sagen pflegt?

In der Musikschule galt's, die beklemmende Kollegenaura zu durchdringen.
Obwohl ich mir tief im Inneren sicher bin, daß der Unterricht bei Herrn Dieterich überflüssiger ist als der allerüberflüssigste Pferdefurz fühlte ich Beklommenheit, den Kollegen zu interumptieren, um ihn zu bitten mir die Türe aufzuschließen.
Ich schreibe einfach „interrumptieren", - statt interrupptieren, wie es ein Lektor womöglich lieber sähe, weil dies wohl bedeutet, daß man jemanden einfach so mit einer Bitte berumpelt?
Ganz korrekt und ohne einen Funken Scharrm kam Herr Dieterich meiner Bitte nach. (Entsetzlich!)
Buzens Unterrichtszimmer war mit einer warmen Herbstbeleuchtung erfüllt, und ich setzte mich mit meiner Teebombe erstmal zu einem Picknick nieder.
Eine Weile schien's mir so, als käme die liebesgramgebeutelte Maike Windau nicht. Da war ich gerad froh – bloß, daß sie sich nach einer Weile ja doch durch den Gang wälzte.
Die erste von drei Enttäuschungen, die ich heute erlebte, und dabei hätte ich das Zimmer so gern mit krachenden Fürzen gefüllt.

Ich erfuhr, daß die Luisa nächste Woche ihre allerletzte Violinstunde abzusahnen plant, und schlug vor, diese in einen gemeinsamen Caféhausbesuch umzuwidmen.

Heute spielte sie den 3. Satz von Bachs E-Dur Sonate, welchen Ming ihr so nett kopiert hat.

Die interessierte Luisa wollte Fingersätze und Bogenstriche wissen, und vibrierte intensiv im Rahmen ihrer bedauerlichen Tonblindheit.

„Sehnst du schon sehnsuchtsvoll das Ende der Stunde herbei?" frug ich mehr für mich selber und blickte auf jene Uhr in Buzens Zimmer, die immer so seltsame Uhrzeiten anzeigt die es eigentlich gar nicht gibt.

Doch die Luisa ist sehr interessiert, und einmal sagte sie extra um mir eine Freude zu machen: „Vielleicht will ich nächste Woche doch lieber spielen, statt ins Caféhaus zu gehen!"

Samstag, 23. September

Zart-orange. Wunderschön - Altweibersommer

Am Morgen wartete außer dem herrlichen Altweibersommer niemand auf mich.

Im Combi traf ich den schwatzhaften Johann Holstein mit seinen drei Töchtern. Er lenkte gleich die Rede drauf, daß er gehört habe, wir zögen um, und unser Haus zum Verkauf bereit stünde.

Ein unsinniges Gerücht – allerdings hat´s ja vielleicht auch mal über den Hamann geheißen, er zöge um, und nun ist er tatsächlich mit Frau Weisser in die Friedhofs-WG gezogen!

Sonntag, 24. September

Wunderschön

Demnächst bekommt der Onkel Hambum den Flügel, der z.Zt. bei der Hilde untergestellt ist, und ich frug mich ob die Hilde – jetzt, da sie weiß, daß die Zeit für ihren Flügel ausrieselt, überhaupt noch Freude daran hat?
Wie bei einem uralten Opa weiß man: Jetzt ist er noch da, und nach menschlichem Ermessen ist er morgen und übermorgen wahrscheinlich auch immer noch da – bloß eines Tages wird er dann doch abgeholt.
Dann kam mir der Onkel Hartmut mit einem Telefonat sogar zuvor: der Onkel war ganz warm gestimmt und schilderte mir plastisch seinen schönen Garten.
Dann lud er mich für den Herbst nach Potsdam ein.
„Da kannst du mir ein bißchen im Haushalt zur Hand gehen, und auf dem Flügel spielen!" sagte der Onkel lachend.

Telefonat mit der Hilde:

Ich erfuhr, daß Hildes Papi seine Kinder finanziell nicht unterstützen darf, da er in die Fänge einer sehr strengen iranischen Frau geraten ist, die ganz und gar gegen das „en famille"-Gehabe sei. Bei Hilde und Omar sieht's derzeit finanziell etwas dürr aus, da der Omar in der Abendschule sein Abitur nachmacht, und währenddessen praktisch nichts verdient.

Montag, 25. September

Regnerisch. Manchmal aufgerupfter Himmel, doch als es dunkel war hörte man es laut regnen.

Am Morgen war's vorbei mit dem schönen Altweibersommer: Solcherart vielleicht, wie es eines Tages mit dem Glück vorbei ist? Man hörte schwere Regentropfen plätschern, und bräunlich getränkte Wattebäusche und triefende Wolken bedeckten das Himmelszelt!

Einmal sah ich beim Üben einen riesigen Möbelwagen vorfahren und malte mir aus, wie jener Mensch, der dem Johann Holstein erzählt hat, wir würden ausziehen, nun auch noch den Möbelwagen für uns bestellt hat?

Im Fotoladen vom Carolinenhof ging's deprimierend her: Lauter schlechte, kopflose Verkäufer, die durch ihren Mangel an zügigem, kompetentem Durchgreifen an alles Tresen Kundenverstopfungen auslösten.

Heute kamen sehr viele Telefonate von Leuten, die sich als Sommerinterpreten empfehlen wollten.
„Herr König ist nicht zu sprechen!"
(Geschäftig mit spitzen Lippen gesprochen.)
Viele sagen ja „Ihr Mann". Was würden die wohl sagen wenn ich sag: „Da melden Sie sich zu spät. Der sitzt im Knast!" „Oooh?"
„Mord. Lebenslänglich."

Dienstag, 26. September

Schwerer tropfender Regen

Am Morgen kam´s mir vor, als sei ich über Nacht tot gewesen.
Geweckt wurde ich dann allerdings von schweren Regentropfen.

Ich nahm den Brief an Herrn Schaarschuh auf Rügen in Angriff.
Währenddessen wehte mich eine leichte Panik an, ob vielleicht irgendwelche innere Blockaden bei mir bewirken, daß die wirklich wichtige Post niemals wegkommt, denn gleich nach der Anrede mußte ich ein neues Blatt bemühen, weil ein Buchstabe in seinem Namenszug leicht unkenntlich geraten war.

Dann schrieb ich wie ein in Plauderschwung geratenes älteres, einsames Fräulein, das ich ja auch bin, und sogar eine Zeichnung machte ich auf's Kuvert: Eine Straßengeigerin mit verdrossenem Gesichtsausdruck, die verbissen vor sich hinspielt. Eine mitleidige Hand wirft eine Münze. Die Nasenspitze des edlen Münzwerfers passte eben noch auf's Kuvert.

Dann dachte ich wieder über Herrn Hamann nach.
Der Tod eines Menschen wirbelt stets viele unergiebige Fragen in mir auf, und man weiß ja, wie es ist, wenn einem unergiebige Fragen durch's Hirn schwirren.
Störend wie ein Bienenschwarm molestieren sie die feineren und klügeren Gedanken beim Ausgebrütetwerden.
Wie heißen seine neuen Nachbarn auf dem Friedhof? Seine letzten Worte?

In dieser trostlosen Wetterlage spürte man plötzlich so überdeutlich: Dies hier ist nun der Ort, in dem Rehlein alt geworden ist. Enttäuscht und verbittert vom Leben in einer deutschen Kleinstadt – nachdem einem in der Jugend doch die ganze Welt offen stand!

Als es dunkel wurde, sah ich, wie einem alten Huzzlweiblein aus einer Limousine geholfen wurde. Es war Frau Rautenberg. Man hat's am Hut erkannt.

Beinah hätt ich das Fenster aufgerupft, um ihr etwas zuzurufen. Bloß was?
Beim Weiterüben mußte ich darüber nachdenken, daß ich Frau Rautenberg in der Mitte meines Lebens vielleicht nicht soo geschätzt habe, aber jetzt im Alter und auf Distanz, haben sich die Gefühle überraschenderweise nochmals aufgewärmt.
Doch nun telefonierte ich so warm mit meiner süßen Oma in Grebenstein. Die Omi mußte noch aus der Küche in ihren Sessel wackeln, und ich dachte mich ganz in die Grebensteiner Stube hinein. Wir malten uns aus, wie schön es wäre, wenn man sich jetzt ganz fest drücken könne.

Mittwoch, 27. September

Zuerst bewölkt. Am Nachmittag schön.
Blau und grün hoben sich so schön voneinander ab.
Dann zogen wieder Wolken auf

Ich erhob mich in einen Tag in den ich keine speziellen Erwartungen setzte.
Einen Tag, wo man froh ist, wenn er vorbei ist, so sollte man meinen.
Jetzt ist so ein Riesenstückteilstück vom Tag bereits ungenutzt vorbeigewelkt – und nun kommt´s darauf auch nicht mehr an – so oder ähnlich *könnte* ich gedacht haben, als ich zunächst in unbestimmter Mission zum Combi radelte.

Um 14 Uhr 30 wartete der erste Schüler auf mich: der von Buzen wenig geschätzte 9-jährige Sebastian A.. Der geistig leicht behinderte Junge mit dem großflächigen, sommersprossenbesprenkelten Pfannkuchengesicht stakste unbeholfen in der Klavierfibel herum, und seine dünnen Fingerlein wirkten wie die Beine eines frischgeworfenen Füllens!
Hernach kam die kleine Annemieke. Die Annemieke machte so einen niedergeschlagenen, lustlosen Eindruck. Ich spielte ihr ein paar Liedchen aus der vergleichsweise langweiligen Geigenfibel vor, und sie durfte den kleinen Liedgebilden Noten erteilen – so, wie in der Schule. Das machte sie ein bißchen gern, vergab aber aus mangelnder Inspiration immer nur Noten zwischen 2 und 4.
Hernach kam der Florian. Wir arbeiteten zwei Lieder aus der Schaum-Schule, und zum Schluß eines jeden Liedes hat sich der Florian zur Gewohnheit gemacht, freudig nach Heldenart die Muskeln spielen zu lassen.
Immer wenn ich so neben dem Florian sitze, dann denke ich daran, daß er daheim keinen Vater hat, sondern „bloß" den Lebensabschnittsgefährten seiner Mutter, und auch wenn ich die Leute nicht kenne, so finde ich es unfaßbar, daß seine Mutti einfach einem fremden Herrn verfiel!

Der kleine Kümmeltürke blieb mir heut auch nicht erspart. Gleich in der Türe hat er schamlos gefurzt, und später imitierte er mit Hilfe des Bogens ganz oft einen Pieselnden. Zum Schluß frug er dauernd, wie lang´s noch dauert? Um die letzten Minuten gescheit herumzubringen spielte ich vereinzelte Werke, wie beispielsweise das Korngold-Konzert und Beethovens Siebte auf der kleinen Geige und stellte mir vor, wie die Mutti vom Deniz vor der Türe steht und naiverweise meint, dies sei vielleicht der Herr Sohn, der sich bereits „gemausert" hat?

Heute füllte ich drei Combi-Gewinn-Coupons aus. Das Lösungswort lautete „Weißwurst", und mit etwas Glück gewinnt man ein Romantik-Wochende in einem kuckucksuhrartigen, blumengeschmückten Hotel in Bayern.

Donnerstag, 28. September

Herb und frisch

Am Vormittag saß ich beim Frühstück und hatte ein wenig Mühe, mich aus meiner Trägheit herauszuwinden, da ich wie das Kaninchen vor dem Schlund der Schlange wie gelähmt dem Unterrichtsnachmittag entgegensah.
Man möchte es kaum fassen, aber <u>alle</u> sind gekommen.
Langsam habe ich voll begriffen, daß Rehlein wahnsinnig geworden ist, denn ich bin es jetzt schon, und bei fast jedem Schüler dachte ich: „Ich halt´s

nicht aus!" und zählte die abgerieselten Minuten z.T. sogar einzeln!

Eine Heidenangst habe ich immer vorm´s Unterricht von Andreas Heinemeyer, da der gleich 45 Minuten bekommt, und vor lauter Enttäuschung, daß er gekommen war, begrüßte ich ihn unlogischerweise mit einem leicht übertriebenen Überschwang.
Ich erfuhr, daß der Andreas trotz seiner Jugend schon große Probleme mit dem Rücken habe: Die Wirbel hupfen ihm andauernd heraus, und außerdem hat er einen „Scheuermann".

Am Nachmittag saß ich mit der Luisa im Teehuus.
Ich erfuhr, daß die Luisa hofft und glaubt, daß sie dereinst vielleicht keine ganz typische Seniorin werden wird, weil sie schon in jungen Jahren ein kleines Büchlein führte, wo sie sich hineinschrieb, wie sie später mal nicht werden darf.
Ich erzählte von meiner Müdigkeit, und die Luisa riet mir, ganz weit wegzuziehen – z.B. nach Sao Paolo – dort käme meine Energie bestimmt wieder, weil man so viel Neues sähe! Natürlich hätte man auf tranige Erwachsenenart all dies mit ein paar trübgefärbten Sätzen niederwalzen können. „Was soll ich dort?"
Stattdessen malte ich mir aber aus, wie es wohl wäre, wenn ich Luisas Worte ernstnähme?
Ich blickte extra auf die Uhr, um zu schauen, ob das Reisebüro wohl noch geöffnet hätte?
Über ihre Zukunftspläne sprach die Luisa auch:

Jetzt ersteintmal viereinhalb Jahre studieren, und dann würde sie gerne in Brasilien berufstätig werden, ein bißchen verdienen, und ihren Eltern möchte sie ein Häuschen am Strand finanzieren, sagte sie so nett.

Einmal sang mir die Luisa ein brasilianisches Lied vor, so daß die Damen am Nebentisch belustigt zu uns herüberschauten.

Zum Schluß zeigte sie mir noch Fotos ihrer Lieben: z.B. von ihrer Omi, die auch Luisa hieß und leider an Krebs starb bevor die Luisa überhaupt geboren war. Dann trennten sich unsere Wege. Die Luisa versprach, zu schreiben und radelte ihrem neuen Leben Richtung Passau entgegen.

Nachtrag 2020:
Leider die wieder gesehen

Freitag, 29. September

Sagenhaft schön (Altweibersommer)

Ich brachte mein Auto zum TÜV, und wurde auf dem langen Heimmarsch immer heiterer und zufriedener. Heut noch ein eine Stunde Musikschulschicht, und dann ist erstmal wieder „Wochenende" angesagt, und weiter mag ich ohnehin gar nicht erst denken, dachte ich nach Art eines typischen Arbeitsnehmers.

In der Zeitung las man, daß der Mörder „Dieter Zurwehme" 15 Heiratsanträge in den Knast bekommen habe. 15 einsame, bindungsscheue und doch liebeshungrige Damen, die meinen, daß man mit Liebe und Güte etwas ausrichten kann. Für eine von den fünfzehnen entschied er sich, und nun konnte man lesen, daß der Sünder derzeit seine Hochzeit vorbereite.

Kurz vor unserem Heim schob sich mir schon wieder etwas auf meinen Lebensweg: Nämlich die gebückte Gestalt von Frau Rautenberg vor ihrer Tür. Jetzt wollte ich's wissen, und trat auf sie zu. Frau Rautenberg war gottlob noch in Schuss, und nach drei schweren Hüftoperationen geht's nun auch mit der Lauferei stetig bergauf.

Nun geriet Frau Rautenberg in loggoröhischen Schwung, und die Themen, die sie so anritzte, waren hinzu allesamt nicht ganz unbannend.

„Kikalein – mal genz ehrlich: Sind deine Eltern noch beisammen?" wollte sie wissen, und murmelte hinter vorgehaltener Hand, daß es da allerlei Gerüchte gäbe.

Dann erzählte Frau Rautenberg ganz viel: d.h. sie säte spannende Geschichten aus, hielt dann allerdings bald inne. „Dir würde ich ja alles erzählen," sagte sie vielsagend, und machte ein leichtes Getue drum, ob das Fenster zur Wohnung von Frau Prawitz wohl geschlossen sei? Und dabei stand Frau Prawitz im Garten und hatte meinem

Gefühl nach eine leicht konsternierte Ausstrahlung, was ich da wohl mit Frau Rautenberg so zu bereden hätt?

Samstag, 30. September

Zauberhafter Altweibersommer.
Nur am frühen Abend wurde es ganz plötzlich
weiß und dunstig

Durch die Graf-Enno-Straße sah ich die brave Metzgersfrau Richtung Stadt wackeln. In der einen Hand ihr Blindenstöckchen, in der anderen ein Rotkäppchenkörbchen.

Auf dem Standradl im Fitnessklub las ich den offenen Brief, den Yvonne Wussow an ihren Klaus-Jürgen geschrieben hat, da die beiden verkrachten Parteien auf Zuraten der Anwälte nurmehr auf diese Weise miteinander kommunizieren.
Vor einigen Wochen schrieb die knittrig-gebräunte Frau noch: „Ich will Dich nie wiedersehen!" Doch inzwischen haben sich die Fronten wieder aufgeweicht, und sie schrieb – wenn auch „mit Belag": „Du bist jederzeit willkommen!" Außerdem waren ganz viele Bilder, die sie mit enttäuschter Miene zeigten, zu jenem Zwecke abgedruckt, um den Professor zum Erbarmen zu bewegen.

Personenverzeichnis:

Aki, Herr in Aurich (*1934). Bruder von Buz und Rehleins alter Freundin, Frau Giquel
Alting, Herr, Psychiater in Aurich, Geburtsjahr unbekannt
Alysa, (*1999) zweite Tochter von unserem Lieblingsvetter Friedel
Amalia, Meisterpianistin aus Rumänien (*1974)
Ammer, Birgit, alte Schülerin Buzens (*um 1965)
Andrea, (*1968) Ehefrau von unserem Manager Thomas Hummel
Annegret, befreundete Flötistin in Mödling (*1966)
Anthina, Freundin in Driever (*1964)
Anselm, (*1964) Schwiegersohn von unserer Großtante Irma
Antje, (*1939) unsere Lieblingstante in Bonn. Exe von unserem Onkel Rainer in Kanada
Backe, Ingo, (*1968) einz´ger Sohn von unserem Freund, Herrn Backe
Basse, Frau, wohlstandsverwahrloste Millionärin und Hobby-Pennerin in Ostfriesland (*1950)
Beate, (*1943) Rehleins Schwester in Kalifornien
Bernhard, (*um 1957) Herr in Aurich
Bitze, (*1928) Mutter von unserem adeligen Freund Tone
Bloser, Herr, mein Klavierlehrer in Trossingen (*1947)
Bolz, Herr und Frau, (Er*1936, Sie *1935)
Bumble, Sir, Spitznamen von unserem Manager Thomas Hummel (*1968)
Charlotte, niederländische blonde Sängerin, (*1979)
Christian, Orgler in Bad Schwalbach (*um 1967)
Christiane, Zahnarztgattin in Aurich (*1966)
Christoph-Otto, Stadtmusikant von Ostfriesland (*1965)
Conny, Mitarbeiterin in der Ostfriesischen Landschaft. (*1972)
Creitz, James, Bratschenprofessor in Trossingen (Geburtsjahr unbekannt.)
Daaje, (*1994) älteste Tochter von Mings Exe Gerswind
Debbie, (*1953) Frau vom Onkel Dölein in Amerika
Deniz, türkischer Geigenschüler. (*um 1992)
Eberhard, (*1947) jüngster Bruder Buzens
Edith, (*1942) mütterliche Freundin in Grebenstein, die sich auf rührende Weise um die Omi verdient machte
Ernst-August, Erbprinz von Hannover (*1954)
Florian, Musikschüler in Aurich (*1987)

Foolke, Klavierschülerin Buzens (*1982)
Franz, Buzens emsigster Jünger aus Taiwan (*1968)
Friebe, Pastorenfamilie auf Baltrum
Friedel, unser Lieblingsvetter (*1962) – soeben aus Amerika rückgewandert
Friederike, (Rieke), Kastanjettenspielerin (*1973)
Fritz, deren gibt es zwei: (*1970) Ehemann von Mings Exe Gerswind, und (*um 1930) Ehemann von unserer Reinmachefrau Frau Meyer
Gaßmann, Joachim, Gitarrist aus Worpswede (*1953)
George, (*1935) Ehemann von Mings Exe Insa
Gerswind, (*1964) Exe Mings. Bratschenspielerin
Gesine, (*1996) zweite Tochter von Mings Exe Gerswind
Giquel, Frau, (*1935) alte Freundin von Rehlein & Buz
Golischewski, Frank, (*1960) Kabarettist aus Trossingen
Groll, Kantorenfamilie auf Langeoog
Grootheer, Herr, Herr im Reformhaus Aurich (Geburtsjahr unbekannt)
Gunnar, (*1966) ehem. Student Buzens
Hanne, (*1947) Schwägerin von Frau Giquel in Aurich
Hanno, (*1975) ehem. Klavierschüler aus Aurich, der zum Studium nach Wien aufgebrochen ist
Heike, Herr, (*1933) vielseitiger Herr (Komponist, Professor für Phonetik, u.a.)
Heinemeyer, Andreas, (*1986) Geigenschüler in Aurich
Heinemeyer, Sebastian, (*1982) Klavierschüler in Aurich
Heiner, (*1962) unser Vetter in Bonn
Helga, (*1947) Haushälterin vom Tone
Hermann Bär, Geigenschüler in Aurich (*1982)
Hess, Sebastian, Meistercellist (*1970)
Hilde, (*1964) Exe Buzens
Hildegard, (*1929) Buzens Kusine in Australien
Hilke-Maria, (*1992) kleine Schwester von Mings Schwarm Luisa,
Hiske, (*1997) kleines Töchterlein der Pfarrfamilie Friebe auf Baltrum
Holstein, Johann, (*1960) Nachbar in Aurich
Hurst, Walter, (*um 1921) alter Mann, der im hohen Alter von Australien nach Deutschland zurückwanderte
Ilse, (1913 – 1996) Opas Kusine in Ofenbach
Ina, (*um 1983) junges Fräulein vom Hause gegenüber in Aurich
Insa, (*1965) Exe Mings

Irene, (*1944) Tochter von Opas Kusine Ilse in Ofenbach
Irma, (*1937) Wittib von Opas Bruder Otto in Kiel
Jean-Jacques (Wiesen-Jacques), Konzertorganisator in Frankreich
Jennilein, (*1975) zweite Tochter von der Tante Bea in Kalifornien
Johanna, (*1986) Enkelin von Opas Kusine Ilse in Ofenbach
Josephine, (*1981) niederländische Sängerin
Kagan, Oleg, (1946 – 1990) sowjetischer Geiger
Kaiser, Heidi, (1936) Ehefrau eines alten Freundes von Rehlein & Buz in Bad Homburg
Kämmerling, Prof., (*1930) Klavierprofessor
Kamp, Frau, ältere Dame in Aurich (*1927)
Karl-Hilbert, (*um 1985) Bruder von Mings Schwarm Luisa
Kebap, Prof., Musikgeschichtsprofessor in Trossingen (*1953)
Klaus, Mann von unserer Freundin Anthina in Driever. Arzt (*1958)
Kläuschen, (*1934) Dritter und bester Ehemann von unserer Lieblingstante Antje in Bonn
Konka, Onkel, (*um 1935) Onkel von unserem Freund Tone
Konrad, (*um 1968) Ehemann von meiner Freundin Margarethe in Bad Schwwalbach
Lengen, Herr van, bedeutungsschwerer Herr in Ostfriesland – Funktion und Geburtsjahr unbekannt
Lerch, Beate, (*1961) alte Schülerin Buzens
Leslie, (*1970) treulose Frau von unserem Vetter Friedel
Linda(lein), (*1973) älteste Tochter von der Tante Bea
Linda R., Verehrerin Buzens (*um 1961)
Lüders, Renate, (*1937) sehr nette alte Dame in Aurich
Luisa, (*1980) Schwarm Mings
Luzilein, (*1999) Enkelchen von Onkel Otto (†) und Tante Irma in Kiel
Magnus, (*1968) ehem. Schüler Rehleins
Maika, (*1995) Töchterchen von unserem Vetter Friedel (in Amerika lebend)
Margarethe, (*um 1970) liebe Freundin
Marie-Hélène, (*1979) französische Studentin Buzens
Marie-Therese, Mutti von der Marie-Hélène (Geburtsjahr unbekannt)
Marlies, (*1967) Studentin Buzens
Martin, (*1964) Hornist aus der Schweiz
Melanie, (*1966) Frau von unserem Vetter Heiner in Bonn
Meyer, Frau, (*1935) Reinmachefee in Aurich

Münch, Frau, (*1943) meine Sekretärin in Aurich
Navratova, Frau, tschechische Hochschulkorrepetitorin (Geburtsjahr unbekannt)
Nick, Cellist (*1968)
Nicole, (*1971) ehem. Studentin Buzens. Die Neue an der Seite vom Prof. Kebap
Omar, (*1972) Ehemann von Buzens Exe Hilde
Opa, (*1909) wie der Name schon sagt: unser Opa in Ofenbach
Oppitz, Gerhard, bayrischer Meisterpianist (*1953)
Otis, Fagottist (*um 1970)
Peebo, Anneli, (*1971) estnische Sängerin
Peter, (*1947) Spezi Buzens, Pianist
Petra, (*1971) Studentin Buzens
Poppinger, Antje, Frau in Ostfriesland (Geburtsjahr unbekannt)
Prahm, Gabi, Opernsängerin (Geburtsjahr unbekannt)
Prawitz, Frau, Nachbarin in Aurich (*1911)
Rademacher, Herr, (*um 1954) Violinprofessor in Trossingen
Rainer, Onkel mütterlicherseits in Kanada (*1934)
Rautenberg, Herr, (1909 – 1981) Nachbar in Aurich
Rautenberg, Frau, (*1920) Nachbarin in Aurich
Reemt, (*1999) Söhnchen der Familie Friebe auf Baltrum
Rehlein, (*1939) unsere Mutter
Remy, kinderreiche Familie in Driver, einem Dorf in Ostfriesland
Riffi, (*1978) einziger Sohn von unserer Tante Bea in Kalifornien
Rösch, Pastor, (*um 1967) Geistlicher auf Wangerooge
Rudolf, deutschstämmiger Bratscher aus den USA (*1965)
Schafran, Daniel, (1923 – 1997) Meistercellist aus der UdSSR
Schoon, Stephan, (*1964) Gitarrenspieler
Schüt, Herr, (*1917) väterlicher Freund Buzens
Seibl, Frau, (*1947) Klavierspielerin in Aurich
Seibold, Herr, (*um 1942) Musikschulleiter in Aurich
Sharyn, (*1945) Frau vom Onkel Rainer in Kanada
Silvia, deren gibt es zwei: a) Tochter von Onkel Otto und Tante Irma *1960 und b) (*1967) Frau von Buzens Jünger Franz
Stoppelenburg, Herr, (*1943) Komponist aus den Niederlanden
Sven, (*1998) Söhnchen von unserem Manager Thomas Hummel
Theresa, Studentin Buzens (*1967)
Thomas, (*1968) unser Manager

Tone, (*1962) Freund in Ostfriesland
Tournebiese, Familie, dreiköpfige Familie in Frankreich: Jean-Jacques, Marie-Therese und Marie-Hélène
Ute B., (*1966) Freundin in Rottweil
Ute M., (*1963) Freundin in Herrenberg
Vègh, Sandor, (1912-1997) Violinprofessor. Reifestop mit drei Jahren!
Veronika, (*1945) liebe Freundin in Nürnberg
Vitzthum, Georg und Cornelia, Nachbarn in Ofenbach. (Er *1936, Sie *1947)
Werba, Markus, (*1973) Sänger
Wilko, (*1994) Söhnchen der Familie Friebe auf Baltrum
Windau, Maike, (1982) Geigenschülerin Buzens
Wussow, Klaus-Jürgen, (*1929) berühmter Schauspieler. „Prof. Brinkmann" aus der „Schwarzwaldklinik".
Wussow, Yvonne, (*1955) Variante von unserer Extante, dem bösen Uschilein
Yussuf, (*1999) Söhnchen von Buzens Exe Hilde

Und weiter geht´s im nächsten Band!

Erscheint am 26. September 2020